GOBOOKS
& SITAK
GROUP©

U0000265

4

一路煩花

illust. Tefco

神祕主義至上！為女王獻上膝蓋

Kneel for your queen

—承諾—

Kneel for your queen
秦苒
19歲，身高約175公分。
父母離異，從小由外婆扶養長大。
高三休學失蹤一年，
看似凡事都漫不經心，
其實有不為人知的身分……？

Kneel for your queen
程雋
身高：大約185公分
京城名家程家的三少爺。
智商過人，十六歲開始創業，
十七歲研究機器人，十八歲時去當小民警，
二十一歲當主刀醫生，
目前是雲城一中的校醫。

陸照影
身高：大約180公分
京城名家陸家的少爺，
時時跟在程雋身旁，是程雋的左右手。
將秦苒歸類為自己人，
平常在校醫室負責會診。

Kneel for your queen
秦語
18歲，身高大約167公分。
秦苒的妹妹。
父母離異後跟著媽媽寧晴到林家，
從小學習小提琴，學業成績優秀，
在校內排名前十名，是學校的風雲人物。

Contents

Kneel for your queen

第一章　驚動各方

秦苒回寢室洗了個澡，然後拿著手機去了學校的影印中心。

「全都列印嗎？」負責列印的大叔問得有些和藹。

秦苒微微頷首，額前的碎髮滑過眉骨，修長漂亮的手指搭在桌子上，漫不經心地敲著。

影印中心的大叔幫她一張一張列印。

照片有幾十張，印得很慢，秦苒就靠在一旁，把手裡的東西放下，拿起手機看常寧傳來關於外婆的資料。資料滿多的，秦苒微微皺起眉，尤其在其中還看到了寧薇的名字。

二十分鐘後，所有照片列印出來，秦苒心不在焉地看著，還在想寧薇的事。

老板正在幫她把照片裝起來，一邊詢問，「同學，妳列印這麼多風景照，是要做明信片？」

「啊，不是，」秦苒反應得有些慢，站直了身體，「送人。」

老闆把裝好的照片遞給秦苒，點點頭，不再詢問。秦苒把手機裝回口袋裡，拿著一疊照片去了九班。

老闆很少見到長得這麼好看的人，看著秦苒離開，才慢悠悠地踱步回去打遊戲，卻看到桌子上放著一張學生證。

三年九班，秦苒。這個名字有點耳熟，應該是剛剛那個長得很好看的女生的。

他追出去，卻沒看到秦苒的半個人影。

「走得真快。」老闆想了想，還是放回去，明天那個女生要是不來拿，他就找個空閒的時間送到三年九班。

九班今天有一半的人來了。

秦苒到九班時，徐搖光早就回來了，他手上拿著筆，手邊放著物理習題。只是從下午到現在，他寫了不到三個大題，仔細看，能看到他的眼神有些放空。

秦苒在孟心然那件事之後，人氣高居四人之首，然後又三天沒來上課，晚上忽然出現在九班時在九班引起了不小的轟動。

「苒姊，打遊戲嗎？帶我躺的那種！」

「苒姊，救命，渡劫局！」

秦苒把照片往桌子上一丟，拉開椅子漫不經心地坐下。

聽到身旁的嚎叫聲，她挑了挑眉，往椅背上一靠，伸出一根手指敲了敲桌子。

周圍的喧囂聲瞬間消失。

秦苒這才收回手指，拿出背包裡的原文書。

今天她沒練字，也沒看原文書，就一手壓著紙一手拿著筆，塞上耳機，開始在框架裡細化曲譜。

放在桌子上的手機每過一會兒就亮一下，都是言昔在傳微笑貼圖給她。

她寫得天馬行空，一會兒橫著來，一會兒豎著來，林思然看不懂她的動作，看了一會兒就收回目光，翻看她桌子上列印出來的照片。

教室後面，喬聲看到徐搖光似乎在看秦苒的方向，也放下筆，戳著徐搖光的背，小聲地問：

「徐少，你看什麼？這幾天，我查了一下Q……」

他猜是因為「Q」那件事。

從上次之後，徐搖光的狀態就一直不太對勁。

「喬聲，你記不記得秦語說過，秦……她會拉小提琴？」徐搖光微微側身，眼眸瞇起，壓低聲音詢問。

「嗯，不過苒姊的小提琴拉得不好，我也沒看見她練過。」喬聲沒想到他轉移了話題，愣了一下才反應過來。

徐搖光靠上椅背，手指轉著筆，眸光清冷，「你沒看見她練過，怎麼知道她拉得不好？」

這當然是秦語說的。喬聲撓撓頭，他又小心翼翼地看了徐搖光一眼，不敢反駁。

不過，徐搖光顯然沒有要等他回答的意思，他又移回了目光，不知道在想什麼。

與此同時，京城——

拜師宴圓滿結束，沐盈十分拘謹地跟在寧晴等人身後，來到了沈家。

因為秦語被戴然收為徒弟，沈家特意把寧晴從飯店接回沈家別墅，幫她們安排在秦語隔壁的房間。

沐盈連林家的門都沒見過，看到幾乎可說是金碧輝煌的沈家，她沒收住目光，看了一眼又一眼。

沈家一行人看在眼裡，但表面上沒表現出什麼。

臨睡前，沐盈一直在秦語的房間，寧晴則在一旁跟陳淑蘭講電話。

「大姨，外婆找您幹嘛？」

自從上次那件事之後，沐盈就一直沒跟陳淑蘭說過話，此時有些惴惴不安，怕陳淑蘭會跟寧晴說什麼。

寧晴放下手機，笑了笑，「她啊，聽說語兒被戴然老師收為徒，特地打電話給我，要了語兒的比賽影片。」

「要我的影片幹嘛？外婆不是不感興趣嗎？」秦語從浴室裡洗澡出來，挑起眉。

當初她表演的時候，寧晴傳影片給陳淑蘭，陳淑蘭就說要睡覺，沒有看，所以寧晴才傳給寧薇。

「現在後悔了啊，」寧晴笑著，有些志得意滿，「知道妳這麼優秀，她能不替你高興嗎？」

她低著頭，開始在手機裡尋找她錄的影片，傳給陳淑蘭。

秦語一邊擦著頭髮，一邊微微擰眉，總覺得有什麼地方不對勁，但又找不出來什麼。

「對了，妳媽怎麼沒來？」寧晴傳給陳淑蘭後，又看向沐盈，「我傳影片給她也不看，那麼晚了，她還在塑膠廠？」

「嗯。」沐盈點點頭，「我走的時候她還沒回來。」

寧晴瞇著眼睛，拿手機去外面打電話給寧薇。秦語知道她肯定是又要質問寧薇，為什麼不花她匯到寧薇帳戶裡的錢。

*

次日，高一學年辦公室。

「什麼？你要退出物理競賽，還要跳級？」一年一班的班導師手中拿著一卷準備拿去複印的競賽考卷，看著面前的這個得意門生，沒反應過來，「為什麼？」

衡川一中一向很重視各種競賽，現在在競賽中拿到省三等獎以上的話，高考都能加分。

期中考之後，高一的各科老師就挖掘了一批苗子。

沐楠是學年第一，各科分數直逼高三秦苒那個妖孽的分數，所以被數學、物理、化學還有生物各科老師拉攏，最後他選擇了物理。

往年，一個學校找到沐楠這樣的人才都會當成寶，但今年高三有一批逆天人物——秦苒、徐搖光、潘明月，沒一個好應付。雖然沐楠不顯山不漏水，但跟高三那幾個也值得一比。

此刻聽到他說要退出物理競賽，還要直接跳到高三，一班班導師站了起來。

「沒有為什麼。」沐楠低著頭，抿了抿唇，音色滿冷：「就是突然不喜歡高一了。」

「沐楠，你要想清楚，你基礎好，高二、高三的內容或許可以自學，但短時間內，你也不過就是囫圇吞棗。以你的資質，完全可以在幾年後拿個市榜首進一中，沒必要這麼糟蹋自己。」說著，一班班導師頓了頓，又放輕聲音，「你是不是遇到了什麼困難？沒有關係，直接跟老師說，老師可以幫你。」

沐楠抬頭，眼眸還是很黑，一如既往地如同碎冰。

「老師，我明年開春再跳級，物理競賽班這件事，希望您能幫我隱瞞。」

一班老師看著他的眼睛，最後嘆氣，「老師希望你回去再想想，或者跟你家人再商量一下。」

「謝謝老師。」沐楠朝他彎了腰，然後站起來，一步一步走出了辦公室。

身後，是一片嘆息。

一年一班的班導師愁著一張臉，去文件複印中心，忍不住跟老闆說了這件事。

說完之後，發現整個影印中心一冷。

一年一班的班導師愣了愣，偏頭看到一個穿著白色連帽衣，外面套了件校服的女生正在看他。滿面熟的。

「抱歉，請問，」秦苒精緻的臉上沒什麼表情，但十分有禮貌地朝他彎了彎腰，「您剛剛說誰退出物理競賽了？」

一班班導師的腦中靈光一閃，想起了這是三年九班的那匹黑馬，秦苒。

「沒什麼事。」想起沐楠的囑咐，一班班導師閉口不答。

秦苒只笑著，有些漫不經心。她點點頭，似乎只是隨口一問。

秦苒往前走了兩步，禮貌地笑了笑：「老闆，我昨晚有沒有忘了一張學生證？」

儘管笑著，身上卻股掩蓋不住的乖戾。

老闆愣了愣，連忙拿出昨晚收好的學生證遞給秦苒。

「謝謝。」秦苒拿過學生證，道了謝之後離開。

一班班導師發緊的心口鬆了鬆，「這年頭的學生……一個比一個不好惹。」

——傍晚，放學。

沐楠依舊回家做飯，然後拿著保溫桶去醫院。

他沒請假。寧薇的自尊心強，他若是請假，她不知道會怎樣。

今天還是沒有等到床位，寧薇靠在病床上，看到沐楠來後鬆了一口氣。

沐楠放下保溫桶，扶她去洗手間。剛上完洗手間回來，兩人轉到走廊，沐楠的腳步就頓住了。

看到他停下來，寧薇愣了愣，「你怎麼……」

一抬頭，就看到站在她病床前的秦苒，她手上正拿著她的病歷。

「苒……苒苒？」寧薇張了張嘴。

秦苒深吸了一口氣。

她轉身，能聽到自己近乎平靜的聲音，感受著身體裡翻滾的血液。

「診斷結果，三天後截肢？小阿姨，妳的腿不是快好了嗎？建議截肢？為什麼建議截肢？誰幹的？啊？」

「苒苒，妳來了。」走廊上人多，滿吵的，秦苒的聲音不算太突兀，寧薇只微笑著，讓沐楠把她扶到秦苒這邊：「我的腿是自己不小心攪進機器的，不怪任何人。」

寧薇的脾氣，秦苒很清楚。

秦苒沒再看向她，她仰起頭看著沐楠，眼底幾乎染了血，一字一字地問：「哪家工廠？」

沐楠只看著秦苒，沒說話。

寧薇卻掙脫了沐楠的手，往前走兩步，有些踉蹌，但她還是面不改色地走到了自己的床邊，然後微笑地歪頭看著秦苒：「妳看，我一點事也沒有，好好的，我這條腿本來就不好，妳也知道的，截不截肢其實沒什麼關係……」

沒什麼關係？寧家人的個性有多傲，秦苒會不知道？

她明裡暗裡為了寧薇的那條腿費了多少心力，眼看著她的腿一天比一天好，卻在這種時候……

秦苒拿起病床上的病歷卡，上上下下又看了一遍，最後，抬手放到病床上。

他們不說，她就自己查，一家一家地查。

沒看沐楠也沒看寧薇，她伸手攔下一個護士，一雙眼眸血紅，但還是壓著火氣，微微側頭問，「勞駕，李芸醫生在哪裡？」

護士看著她，那雙眼宛如染上了血，乖戾又深冷，讓人對視一眼都有點不寒而慄。

「在……在三樓門診室，快下班了。」

「謝謝。」秦苒朝她有禮地點點頭，然後伸手取下一直扣在頭頂的連帽衣帽子，什麼也沒說，直接朝電梯走去。

她走之後，寧薇才有些支撐不住地坐在病床上，額頭上斗大的汗珠一粒粒往下滑。

她伸手抓住沐楠的手臂，抬頭，「沐楠，跟上你表姊，別讓她知道我們廠長是誰。」

沐楠把她扶到病床上，把床尾的桌子拉過來，擺好了飯菜才沉默地跟上秦苒。

——三樓。

門診處早就下班了，李芸今天因為還要帶實習醫生，正盯著他們教怎麼插管。

示範了三遍之後，她一邊脫自己的白袍，一邊往更衣室走去。她今天的工作到這裡就結束了。

一走出門，就看到一雙肅冷的眼睛。

「打擾一下，我想問一下七十二號床病人的情況。」

一分鐘後，醫院的辦公室內，李芸把寧薇的診斷結果拿出來給秦苒看：

「病人的組織結構已經損壞到無法保留，如果不儘快截肢，發生病變會嚴重威脅到病人的生命。您是病人家屬，應該明白，我們做出的每一個截肢決定都非常慎重……」

秦苒現在腦子裡很亂，眉宇間的燥鬱愈發明顯。

診斷結果上的每一個字她都認識，但連在一起時，她就看不懂了。

「我已經問過了。」沐楠站在外面，有些平靜地開口。

秦苒依舊筆直地站著，沒回頭。

「李醫生，我想儘快轉到一院。」

雲城一院最近幾個月多了不少從各地轉來的知名醫生，隨之而來的，就是從各地湧過來的病人，這些事，業界都曉得。

李芸點點頭，「可以，不過診斷結果也會是同一個，你們做好心理準備。」

他們醫院很小，病人家屬不願意接受這個結果她能理解。不過這些重大病情，診斷基本上不會有誤差。

因為涉及到截肢，還是緊急病情，兩個醫院交接的速度非常快，李芸從來沒有辦過這麼快的轉院案例。她又重新穿好了白袍，一邊讓身邊的實習護士去檢查病人狀態，一邊調動資料，一院那邊的救護車就來了。

雙方經過確認，交接過程不到十分鐘，帶頭的似乎還是十分熟悉的臉。

等一院的救護車離開，李芸才忽然想起剛剛帶頭的人，不就是上次在雲城做研究報告的一院外科主任嗎？

李芸一邊拿著包包，一邊驚訝地思索。看沐楠跟寧薇的樣子，她原本以為就是一個被工廠欺騙的可憐人，現在看來，這兩個人好像也不如她想得那麼簡單。

至少剛剛那個雷厲風行，穿著校服的女生就不太像是普通人。

——一院。

寧薇看著新醫院的單人房，然後突然湧進一群醫生，她的喉嚨啞了一下。

專家會診。

她都來不及想秦苒一個高中生，究竟是怎麼在短時間內安排這個的。

她掙扎地坐起來。

「苒苒，我的腿我自己知道。」寧薇張了張嘴，「妳是不是去找了林……」

那群專家還在低聲討論。

秦苒低了低頭，伸手脫下自己的校服外套，只留下白色的連帽衣，語氣滿淡地開口：「沒有，我沒找林家，小阿姨，這件事您別擔心。」

幾個專家討論了一番，都有些愁眉緊鎖。

又有護士進來幫寧薇吊上點滴，雷厲風行的，幾個人又把病床推出去，「採取樣本，病人家屬跟過來。」

沐楠現在也放鬆了心情，只是他也沒想到突然會湧進一群醫生。

他看了秦苒一眼。

「放心。」秦苒朝他點點頭。

他出乎意料地相信秦苒，儘管現在這個情況出乎他的意料之外，但他也沒多問，就跟著寧薇的病床出去。寧薇是要重新做一遍詳細的檢查。

秦苒沒過去，她跟著一群專家去了辦公室。

幾個專家根據李芸傳過來的資料討論了很久。不到一個小時，各種精密儀器的檢查結果出來，跟李芸調過來的資料差別沒有特別大，討論最好的結果還是截肢。

得到這個結果的所有人，看向坐在會議桌最遠端的秦苒，「秦小姐……」

她一手搭在桌子上，一手拿著手機，目光盯著放在她手邊的病情資料。

「等等，」秦苒不知道想到了什麼，站起來走向會議室裡唯一一個拿著電腦的醫生，「電腦借我一下。」

醫生讓開了位置。

秦苒低頭，手指按了一串代碼，直接連接到顧西遲的私人帳號。不到一分鐘，那張略顯精緻的臉出現在電腦螢幕上。他靠在一艘遊艇上，風將他的衣服吹得颯颯作響。

『我在外面度假呢？什麼事，這麼急著找我？』

海上風大，顧西遲揚起聲音，然後又怕自己聽不到，從口袋裡摸出白色耳機，幫自己戴上。遊艇上有燈，把他的臉映成一片雪色。

「主任，您能把剛剛說的，再跟他說一遍嗎？」

秦苒抿了抿唇，把電腦轉向會議室裡的一群醫生。

會議室裡的醫生看著螢幕上那張年輕到過分的臉，十分驚訝，不過還是秉著醫生的職責，將病情還有各項資料說出來。

顧西遲一聽到秦苒的聲音就覺得不對勁。

他走到遊艇裡面，沒有了風聲，神情也逐漸嚴肅。

『大腿上的血管肯定無法修復了，我最近研究出了凝血CE藥，但組織我沒辦法修復。妳知道我不是外科醫生，主修病毒、傳染病、地方疾病以及人體器官，研究的是細胞病毒細菌學。我只能幫妳抑制細菌擴散，保證不會病變到需要截肢，但那條腿依舊會癱瘓，也好不到哪裡。』

顧西遲搖搖頭，但聽著他的話，在座的幾位外科醫生忍不住打斷了螢幕上那張幾近輕狂的臉。

「打擾一下，請問先生，您是誰？」

寧薇的腿狀態並不好，新討論出來的結果也是截肢，這個人卻說他能抑制細菌病變？

細菌一直是醫學領域無法控制的難題，因為細菌太小又千變萬化，世界上還有幾百萬種他們沒有研究出來的細菌菌種，只能統一稱為菌落。

『我？流浪醫生，被學校退學了，是不太重要的人。』顧西遲淡淡開口，想了想，又對秦苒開口：『有個人……算了，我明天到。』

上次因為秦苒說不用他去看陳淑蘭，他就按照自己的計畫出去旅遊了。每次他出去雲遊三個月回來，他都會給自己放一次假。

秦苒掛斷了電話。

寧薇大部分的檢查結果出來後，秦苒沒去病房，她走出會議室的大門就站在走廊外。

按照沐楠跟寧薇極力隱瞞的狀態，這件事一定有內情。

她低頭，顫抖著手，半晌後撥通了錢隊的私人電話，響了一聲就被接起。

錢隊只聽到秦苒幾乎無波無瀾的聲音：

「幫我查一件事情，只要是最近幾天有工人受傷的塑膠廠我都要，一個都不漏。」

現在已經差不多是晚上八點。

毒狼的事情告一段落，將其他收尾的事情直接交給了郝隊後，錢隊很早下班。接到秦苒的電話時，他正在書房翻閱以前案子的細節。

『工廠？可以。』錢隊把手裡的案子放下，伸手拿起掛在一旁的外套往外走，『發生什麼事了？』

這種工傷案，大部分的工廠都會選擇隱瞞實情。尤其是秦苒來問的案件，那家工廠肯定不會往上報，只能召集人馬排查。

不巧，錢隊這群人對這件事最在行。

「是有些情況，我們老地方見一面。」秦苒跟錢隊說了幾句就掛斷電話。

她捏著手腕，站在走廊上冷靜了一下才往寧薇的病房走。

寧薇已經被推回病房了。

「苒苒，」寧薇到現在還沒反應過來，她之前以為秦苒是去求了林家，但秦苒否認了，「剛剛……剛剛那些專家……」

用了藥物，又用了止痛藥，寧薇的臉色比之前好了不少。

她不知道沒有林家，秦苒是怎麼請動這些專家的。

「小阿姨，您安心養傷，」秦苒站在床邊，低頭看著寧薇的腿，「我一定不會讓您截肢的。」說完，也不等寧薇做出反應，她拿起自己的校服外套，看了一眼沐楠，聽不出情緒地開口：「你跟我來。」

秦苒當先走出病房。

沐楠抿了抿唇，站起身，剛要轉身卻被寧薇拉住了衣角。她沒有說話，只是微微瞪大了眼睛，搖搖頭，讓沐楠不要把事情說出去。

「我知道。」沐楠臉色冰冷地點頭。

秦苒就站在走廊盡頭，沐楠出去時，她靠在牆上，微微仰著頭，雙手環胸，看不出臉上的表情。

沐楠沉默地走到她身邊。

「你退出了競賽班？」聽到聲音，秦苒沒轉頭也沒看向沐楠，只淡淡開口。

沐楠抬起頭，然後抿著唇站在原地，半晌才開口：「是。」

「我知道了，」秦苒點點頭，「小阿姨會有看護照顧，你待會兒就回家。明天學校要上課，我就不進去了。」

沐楠看著秦苒按了電梯下行鍵，才回到病房。

「苒苒應該找不到我們工廠的位置……」知道沐楠沒被套出話來，寧薇鬆了一口氣。

畢竟她們廠長有些人脈，秦苒一個高中生想找到他們很難。

寧薇睜著眼睛，還是睡不著，擔心秦苒會不依不饒。

當年潘明月的那件事，在她心裡留下的印象太深了。

「沐楠，明天你去塑膠廠找我們廠長，把這件事私了，就說我答應賠償條件。」寧薇抿了抿唇，看向沐楠。

聽到這句話，沐楠的手頓了頓，半晌才發出聲音，「好。」

——八點半，某私房餐館。

秦苒沒坐在椅子上，只靠在窗邊。窗戶是打開的，她一隻手搭在窗戶上，冷白的指尖夾著一根雪白的菸，在黑夜裡明明滅滅。

她拿手機撥出顧西遲的電話。

『還沒到碼頭。』顧西遲站在船頭，看著遊輪全速往碼頭的方向駛去，微微瞇起眼，『在公海，還有一段時間。』

遊輪不是他的，是他以前救過的一個海盜老大送他的私人物品。上面有標誌，在公海沒有船敢靠近他。

「嗯。」秦苒點點頭，「剛剛忘記提醒，雲城有幾個江東葉的人，你下飛機的時候自己注意。」

『真是陰魂不散。』聽到江東葉這個名字，顧西遲臉色暗下，『我知道了。』

兩人掛斷電話。

包廂門外有人敲門，秦苒放下手機，說了句「進來」。

錢隊拿著電話，一邊跟手下吩咐查塑膠廠的事情，一手推開門。

秦苒正側著臉看向窗外。

聽到聲音，她偏過頭，隨手把菸按熄在桌子上的菸灰缸裡，指尖都攏裹著一層涼意：「坐。」

她指了指對面的椅子。

錢隊皺著眉，把手裡的手機放下，沒開口，等秦苒先說話。

晚上風大，秦苒等包廂裡的煙霧散去了才把窗戶關上，把事情簡單地說了一遍。

「這件事簡單。」一路上提心吊膽的錢隊到了這時才終於放下心，拿起菜單點了幾道菜，給了一句承諾：「放心，這間工廠我一定會幫妳找出來。看是誰有這麼大的膽子，還敢惹到妳頭上。」

這件事若只是普通報案，對方要是聽到風聲又瞞得很嚴謹，還真的不一定能找到。但是在錢隊這裡，一切都不是問題。

主要是快。

用一句不恰當的話來說，將雲城刑偵隊用在這種事上，簡直就是殺雞焉用宰牛刀。

秦苒會找上錢隊，就是衝著這一點。

她瞇了瞇眼，低頭看著手裡的茶杯，淡淡開口，「我也很想知道，到底是哪個人不要命了。」

＊

——次日一早，校醫室。

陸照影作為校醫，自然不能離開太久，他昨天下午就回來了。此時正跨坐在椅子上，看著推門進來的程雋打了一個哈欠，含糊地開口：

「不知道，沒看到秦小苒，剛剛打了通電話給她，她也沒接，我讓程木去學校了解一下情況。」

程雋只穿了件黑色襯衫，米色風衣被他隨手拎在手上，整個人懶洋洋的。

他抬手把風衣隨手扔到沙發上，聽到陸照影的話，微微抬起眼，「嗯」了一聲後沒說話。

沒過一會兒，程木就從外面回來了。

「我問了秦小姐的同學，她說秦小姐請假了。」程木從後面拿了一盒早餐出來，後面還跟著一個郝隊。

「雋爺。」郝隊恭恭敬敬地叫了一聲才愁眉苦臉地說，「秦小姐也不在嗎？怎麼都這麼忙？」

程雋拖了一張椅子坐下，腿有些漫不經心地翹著。他隨手幫自己倒了一杯水，偏頭問：

「還有誰也忙？」

「就是錢隊，我有個大資料庫要找他隊裡的技術人員幫忙，但是早上一去，卻被告知錢隊的隊伍都不在，似乎出任務去了。」郝隊坐到另一邊，皺眉。

所以他才會來一中，準備找秦苒分析一波，但還沒到校醫室，就被程木告知秦苒也請假了。

「錢隊的整個隊伍都出動了？」陸照影放下手中好幾天沒整理的病歷，詫異地看過來，「我們離開的這幾天，毒狼又開始有動作了？」

錢隊的隊伍行動力強，在整個刑偵界名列前茅。錢隊自己的能力不必多說，他隊上還有幾個人在刑偵界極其出名，不然也不會讓郝隊千里迢迢地來雲城找錢隊。

毒狼那件事，要不是秦苒在中間，郝隊還不一定請得動錢隊。

現在竟然全隊都出動了，雲城是要有什麼大動靜了嗎？

「沒，他們的殘黨早就被我解決了。」郝隊搖頭，看著程木擺好的早餐，順手拿起一顆包子咬了一口，「所以我才疑惑。」

錢隊一向高冷，除了對秦苒，對其他人都很少話。

郝隊想不通，從錢隊嘴裡也問不出答案，索性就沒再多想，只偏頭看向程木。

「你女神參加的一二九會員選拔怎麼樣了？聽人家說今年有大動作。」

在這網路資訊大時代，還是有些消息只會在京城內部的圈子流傳，就像普通人都不知道一二九這個組織的存在。

郝隊一直忙著清掃殘黨，沒太關注京城的事。

「當然，光是今年的出題人，就引起了大轟動……」程木一向面癱，臉上沒什麼表情，但語氣聽得出來很激動。

程雋靠在椅背上，沒吃東西，只漫不經心地拿了瓶豆漿，又抽出一根吸管，不緊不慢地插進去。

垂著眼眸思索了大概一分鐘的時間，他忽然抬起頭，眉眼動了動，「不對。」

聽到程雋的聲音，其他三個人都看過來。

「什麼不對？」陸照影開口詢問。

程雋放下豆漿，伸手敲著桌子，又看了郝隊一眼，「你確定雲城沒有什麼大事發生？」

「當然，不然江小叔來找的肯定是我。」郝隊十分肯定，「錢隊這件事驚動的可不止我們，江小叔早上還問我是不是毒狼那件事有狀況。」

江回是雲城的廳長，上次毒狼那件事他就忙前忙後，出資出力畢竟都是京城的人。郝隊也在江回手下做過事，所以雲城要是發生了大事，江回第一個會找的肯定是郝隊，而不是錢隊。

程雋站起來，眉頭微微擰起。他拿起手機一邊打電話給秦苒，一邊往外走。

這一次，秦苒接得很快。

陸照影不太明白他是怎麼了，「雋爺，不吃飯了？」

而郝隊本來看不太懂這個局勢，現在程雋的這番動作讓他靈光一閃，「難怪！」

錢隊的隊伍不是什麼普通刑偵隊，普通的案子自然輪不到他，但有一件是郝隊卻很清楚——秦苒。

錢隊對秦苒的態度十分特別，如果是為了秦苒出動整個隊伍，那這件事就說得通了。

「就是不知道發生了什麼大事……」郝隊喃喃開口。

聽到秦苒，陸照影也抬起頭，放下筷子，想起了秦苒請假和上午打不通秦苒電話的事。

「程木，你顧一下校醫室，我去找雋爺。」陸照影也坐不住了，他放下筷子，緊皺著眉頭。

程木點點頭。

郝隊想了想，也跟出去，順手還拿出手機打了通電話給江回。

當然，這些人現在還不知道，錢隊這些人會有這麼大的動作，只是為了一個塑膠廠而已。

——一院。

秦苒怕陳淑蘭懷疑就沒去看陳淑蘭，直接到寧薇的病房。

她去的時候，寧薇還在吊點滴，一群醫生正在例行查房。

秦苒站在一旁，等醫生查完房才走近，目光在房間裡掃了一圈，「沐楠呢？」

「他昨晚在這裡陪了我一夜，我讓他回去了。」寧薇動了動，看著那些醫生離開的背影，「苒苒，那些醫生……」

「小阿姨，您別騙我。」秦苒抿了抿唇，往前走了兩步，「沐楠真的在家？」

「不在家就在學校。」寧薇笑了笑。

口袋裡的手機響起，秦苒拿出來一看，是錢隊，她看了寧薇一眼，這次沒避開，「你過來。」

她直接報了寧薇的病房號碼。

寧薇看著秦苒，心中漸漸不安。

不到五分鐘，錢隊就拿著一個文件袋推門進來。

昨晚聽秦苒說過寧薇的事，所以錢隊沒多驚訝，跟寧薇問了好。見到秦苒沒避開的意思，他直接把文件袋遞給秦苒，「秦小姐，這是河海塑膠廠的資料。」

啪——寧薇心裡的一根弦直接斷裂。

來不及想秦苒是怎麼這麼快就找到了河海塑膠廠，她猛地坐起來，聲音有些尖銳地急忙開口：「苒苒，妳聽我說，不要去！這是因為我廠長想要我的一張配方，我不願意給。他讓機器失修，讓我的腿卡在裡面，只是為了警告我。我們廠長在那一塊有人罩著，他那種人，就算悄無聲息地利用機器失誤弄死一個人，也只能算是工傷，而且我這條腿本來就是廢的，截肢就截了，他那個人心狠手辣，肯定不會留下證據，妳別為了我衝動行事，不值得！」

秦苒聽完，點點頭。她是沒想到雲城還有這等狠人，僅僅為了警告，就廢掉人家一條腿。

秦苒幾乎都能想像到那個場景了。

她舔了舔唇，偏頭看錢隊：「聽到了？」

錢隊還來不及想寧薇說的配方是什麼，他做一行這麼多年，什麼囂張的人沒見過，但他此時也忍不住了，怒氣在胸中翻滾，周圍的空氣幾乎被點燃。

「嗯，聽到了，」錢隊笑了笑，眸底卻不見笑意，他淡淡開口：「膽子滿大，也夠囂張。」

這兩人你一句、我一句的，聽得寧薇膽戰心驚。

「小阿姨，沐楠到底去哪裡了？」秦苒把文件還給錢隊，一字一字地說，彷彿帶了火。

寧薇沉默，門外卻傳來一道清然的聲音。

「在家，」程雋靠著門框，聲音聽得出沉悶，「所料不差，應該是在跟那邊的人談判。」

跟秦苒想得沒錯。

她臉色有點沉，看了一眼寧薇，「小阿姨，您安心待著。」又側頭看了一眼錢隊，聲音裡幾乎聽不出情緒：「我們走。」

寧薇抓住了床單，「苒苒，你們要幹嘛？別衝動！」

「放心，我沒衝動。」秦苒沒回頭。

衝動？別說一二九沒參與，光是錢隊，那些人也一個都跑不掉。

她直接跟錢隊離開。

程雋沒有跟兩人一起走，這種不入流的塑膠廠，錢隊去了都是大材小用。他只是走到寧薇的病床旁，伸手勾起了寧薇床尾的病歷。

他微微靠在床邊，隨手翻了一下，眉頭微擰。難怪會發這麼大的火。

想了想，程雋拿出手機打了一通電話，然後看向寧薇，先非常有禮貌地跟她打了個招呼，「寧阿姨。」

他看著她，頓了頓，然後繼續溫聲開口解釋：「剛剛那個人是錢隊，雲城刑偵部的大隊長，國內刑偵界排得上前三的大人物。別說您那個廠長，就算是幫他撐腰的那個大地主也跑不掉。」

上次陳淑蘭生病的時候，寧薇見過程雋。這個年輕人長得好看又有禮貌，現在聽到程雋說這些，她愣了愣。

刑偵隊她當然聽過，但是再加上「前三」這兩個字，她就不太清楚了。

大人物？苒苒什麼時候認識這樣的人了？

寧薇還沒反應過來，就聽到病房的門被人恭恭敬敬地敲了幾聲。

程雋轉過身，微微彎腰，把病歷重新掛上去，不緊不慢地開口，「進來。」

一瞬間，一群醫生湧進病房。

寧薇還怔愣著，就看到比昨天專家會診還多的醫生都湧進了病房，態度嚴謹又恭敬，細看，還帶了幾分狂熱。為首的醫生偏老，胸前還掛著「院長」的牌子——一院的院長？

「把具體的身體報告給我。」程雋一伸手，院長立刻把一堆資料遞給他。

程雋接過來翻看。他翻得很快，偶爾會看寧薇一眼。

十二頁的報告，他不到三分就翻完了，然後把資料還給院長，心中有了想法。

旁邊立刻有人遞來一件白色的手術服。

「準備好會診，病人的身體狀態檢查好，二十分鐘後推到二十二樓……」程雋披上白袍，一手幫自己扣上鈕子，一邊往外走，不慌不忙地吩咐著，動作卻很快，沒有之前的懶懶散散。

寧薇則還在怔愣中，就這樣被人推去手術室，「你……你們是要截肢了嗎？」

「不是，」戴著藍色口罩的護士溫和地開口，「寧女士，您不要害怕，有程醫生在，您就算兩條腿被絞斷了，他也能讓您活蹦亂跳地站起來。」

昨晚先是秦苒跟她說，她本來被斷言要截肢的腿不會被截掉，今天這位護士又忽然說她能活蹦亂跳，再加上錢隊的事，寧薇在被打了麻醉後徹底傻掉了。

沐楠家在一個老舊的社區，六樓，沒有電梯，平常社區裡的人很多。

今天沐楠家的這棟大樓，卻沒什麼人敢接近。

樓下停了兩輛黑色的廂型車。

錢隊把車停下來，又按了手機，「人都從河海塑膠廠撤離了？」他走下車，跟手下說了沐楠家現在的位置。

秦苒從另一邊下來。她眉眼垂著，眸底都是看得見的血色，冷得嚇人。

秦苒長得好看，又很常來沐楠家，周圍的鄰居大多都認識她。

一個拎著菜籃，從菜市場買菜回來的白髮老奶奶看到秦苒要上樓，立刻叫住了她，「小妹妹，千萬不要上去啊，剛剛有一群人上去找妳表弟了，那一群人身上還有紋身，凶得很呢！」

被拉住衣角，秦苒低下頭，看著老奶奶渾濁的一雙眼，眸底是藏不住的擔憂，她深吸了一口氣。

「謝謝奶奶，我在外面看一眼就走。」

錢隊掛斷了手機，「他們跟我們差不多時間出發，在河海塑膠廠找到了監視器，不過已經被毀了，還有十分鐘到。」

秦苒點點頭，「把監視器畫面傳到我手機上。」

別說是被毀掉的監視器了，就算被粉碎了，她也能當面恢復給那些人看。

兩人一邊說著，一邊順著樓梯上去。

老奶奶站在兩人身後看了半晌，然後搖著頭嘆氣離開。

——六樓。

「兩萬，給你媽的賠償金。」

一個微胖的臉上有紋身的中年男人抽了一口菸袋，偏頭看了身側的人一眼，身側的人立刻扔了一疊錢到桌子上。

屋子裡擠了一堆黑衣壯漢，拉起袖子，上面都是青色的紋身。

沐楠沒有看錢，只是看向落腮鬍，眼眸極深：「你們是故意的？」

中年男人嗤笑地看了沐楠一眼，還沒出聲，大門就傳來開鎖的聲音。

這時候還有人回來？

中年男人和他的手下都不由得看向門外。

沐楠想到一個人，臉色也變了變，猛地抬起頭。

秦苒走的時候拿了寧薇的鑰匙，因此直接開門，跟錢隊一起進屋。

她連帽衣的帽子還是扣在頭上，沒有拉下來。今天她特地換了一身黑色的外衣，連校服外套都沒套。一雙漂亮的眸子微微瞇起，掃了屋子裡的所有人一眼，眸中沒有絲毫意外或者其他神色，只有無盡的深冷。

她伸手把帽檐拉低，遮住了眸中幾乎掩蓋不住的血色。

看到秦苒，中年男人的眼睛一亮，錢隊不動聲色地往前站，擋住了中年男人的目光。

人都到屋子裡了，中年男人也不急，反而好心地回答沐楠的問題。

「是不是故意的不重要，年輕人，別這麼憤怒，工廠要發生個意外什麼的，再簡單不過。」

沐楠抿了抿唇，指尖陷入掌心。他抬頭，把中年男人這張臉深深地刻在腦海裡。

「你不怕我報警嗎？」沐楠壓著聲音，有些沙啞，但聽得出來很冷靜。

像是聽到了什麼笑話，中年男人搖搖頭，似乎很同情地開口：

「你覺得我會讓你們拿到監視器畫面？沒有監視器畫面，誰又知道你們是不是憑空捏造，想要拿我們的賠償金？畢竟你媽本來就是個廢人，到時候買個水軍，在網路上帶風向說你媽碰瓷，你說倒楣的是誰？」

聽到這裡，沐楠的兩隻手都在顫抖。

「別這麼生氣。」中年男人笑了笑，用菸袋往桌子上敲了敲，「你們要報案就隨便你們，當然，能不能成功……」他的目光轉了轉，停在秦苒身上，眼眸瞇起，「這是你妹妹？」

像沐楠跟寧薇這種小蝦米，他根本沒放在心上，廢了寧薇的一條腿，既是警告，也是因為不屑的緣故。

看到中年男人將目光轉向了秦苒，沐楠內心一緊，「等等，我把東西給你，你快走！」然後回到房間，拿出一張已經有些泛黃的紙，遞給落腮鬍。

「你果然比你媽聰明。」落腮鬍接過沐楠手中的紙，眼睛一亮，「你媽要是像你這麼識趣，還需要受這種苦？」

他又抽了口菸袋，把這張紙鋪在桌子上，細細查看。越看，眸中貪婪的神色就愈發嚴重，然後把紙整整齊齊地疊好，塞回自己的口袋裡。

沐楠伸手指著門外，面無表情地開口：「現在你們可以走了吧？」

「走？」中年男人點點頭，「當然是會走。」

他站起來，往秦苒身邊走了兩步，目光有些邪淫，「不過你妹妹要陪我走一趟。」

沐楠猛地往前走了兩步，臉上青筋暴起，「你敢！」

「把這兩個男的都給我抓起來。」中年男人懶得理會沐楠，只吩咐了一聲。

手下立刻扣住了沐楠的雙手，還十分輕易地押住了錢隊。

這個時候——

秦苒口袋裡的手機響了。她低頭看了一眼，是顧西遲。

「到了？」她像是不知道現場情況有多緊張，淡淡地開口。

那邊的顧西遲已經在計程車上了，他戴著寬大的黑色墨鏡，「一院是嗎？哪個病房？」

秦苒說了寧薇病房的號碼，「有人在，你小心點。」

她說的人，自然是郝隊、程木還有陸照影他們。

顧西遲勾著眼鏡，漫不經心地笑了一下，「放心。」

掛斷了電話，秦苒抬起頭，看到整屋的人都在看她。

連中年男人都十分意外。秦苒的聲音太淡定了，跟別人通話的時候語氣都沒有變，似乎在說今天天氣真不錯。她是真的不知道現在的情況有多緊急，還是傻子？

中年男人頓了一下，然後回過神來，往前走了一步。

秦苒卻先繞過他，朝桌子旁走去。

她隨手把桌子上的錢撥到地上，拖出一張椅子坐下來。她低頭展開了自己的手機，變成微型掌上型電腦，調出剛剛傳到自己手上的監視器畫面，開始恢復。

「妳在幹嘛？」中年男人沒有反應過來。

這些人不是專業人士，手法粗糙，秦苒非常快就恢復了。聞言，她抬起頭，然後靠上椅背，淡淡開口：「想知道，就過來看看。」

中年男人看著她那張冷豔到極致，又散發著致命危險的臉。

他走過去，低頭看了一眼掌上型電腦的螢幕，上面赫然是已經被毀掉的案發現場監視器畫面。

他跟幾個員工在寧薇工作的機台上做手腳，還有好幾個已經被他毀掉的其他影片。

中年男人的臉色一變，伸手就要搶走秦苒的微型電腦，秦苒卻快他一步收起。

她不緊不慢地低頭，把微型電腦收回原狀，然後伸手把頭頂連帽衣的帽子拉下來，又從手腕上取下黑色的髮圈，將披散著的頭髮紮起來。

她活動了一下手腕，偏頭看向錢隊，雲淡風輕地開口：「證據夠了，我現在可以動手了？」

與此同時，郝隊跟陸照影到處都沒找到錢隊的蹤跡，不過打聽到程雋現在正在一院，又聽說秦苒的小阿姨似乎發生了事情，兩人就從院長那裡問到了病房號碼。

他跟陸照影驅車來到一院，想知道究竟發生了什麼事，讓整個刑偵隊鬧出了這麼大的動靜。

寶藍色的車停在醫院門口，一輛計程車也同時停下。

一個穿著白色休閒服的男人走下來，鼻梁上架了寬大的黑色墨鏡，但掩蓋不住那張稱得上精緻的臉。

陸照影雙手插著口袋，等郝隊停好車，目光隨意一瞥，然後頓住。

郝隊停好車後往這邊走。

「怎麼了？」他看到陸照影好像有點呆愣。

陸照影收回目光，側過頭壓低聲音，「那個戴墨鏡的，認識嗎？」

顧西遲的私人消息一直被人保護得很好，尤其是這幾年，想要拿到他的一張照片都不容易。但江東葉手裡有，這張照片是顧西遲幾年前的照片，這幾年江東葉也找不到他的消息。

他給陸照影看過。陸照影當時在玩遊戲，沒特別注意這個人，但就算是驚鴻一瞥，他對顧西遲那張酷似明星的長相也有印象。

個人氣息太鮮明。

郝隊手裡自然沒有顧西遲的照片，他往那邊看一眼，「不認識，明星？」

陸照影搖頭，沒再多說，心裡也不太確信江東葉出動了無數人馬找的人，就這樣被他輕易地在雲城撞見了？那江東葉是有多慘？

雖然這麼想，陸照影還是拿出手機，低頭傳了封訊息給江東葉。

顧西遲詢問過秦苒寧薇的病房號碼，很輕易就找到了寧薇的病房。不過病房裡空無一人，連門都是開著的。

「請問，這個病房的人去哪裡了？」顧西遲取下墨鏡，伸手攔了一個護士伸手指了指病房的方向，笑道。

他伸手指了指病房的方向，笑道。

護士看著他的臉，一愣，然後期期艾艾地回答，「在二十二樓做手術。」

「手術？」顧西遲頓了頓，不動聲色地詢問，「截肢？」

「是恢復手術，」護士搖頭，神色略顯激動，「聽說是一位程醫生親自主刀。」其他的，護士就不太清楚了。

「好，謝謝。」

顧西遲往旁邊側身，讓開了一條路讓護士離開，又拿了一頂鴨舌帽扣在頭上，直接去地下停車場等秦苒。

二十分鐘後，錢隊押著一幫人回警局，秦苒跟沐楠回醫院。

他們從沐家出發的時候才知道寧薇在動手術。沐楠直接去二十二樓手術室，秦苒則轉到地下停車場。

顧西遲靠著角落裡的牆，因為太黑看不清他的臉，他取下墨鏡，挑眉：「上次本來想說，要是能找到程雋就能救妳小阿姨，不過那傢伙不好請。沒想到我一來，妳小阿姨都被他推入手術室了。」

秦苒捏著自己的手腕，連帽衣的帽子也被她重新戴上，只能看到精緻雪白的下頷。

聽到顧西遲的這一句，秦苒抿了抿唇，她靠在旁邊的車頭上，車子也沒響，「所以我小阿姨的腿有希望恢復？」

「妳要是在國際醫科待過，就肯定不會有這樣的疑問。」顧西遲往前面走，跟秦苒並排坐在車頭上，偏頭笑了笑，「他可是國科的有名人物。」

國際醫科每年每國都會派代表參加，也會送一部分的學員去進行醫學交流。
那是在好幾年前，國內醫學還比較落後，也是第一次加入國科，送去的學員不受重視，裡面的醫學博士從來不指點他們問題，只會草草敷衍，讓他們學好基礎。
程雋就拿著一本十公分厚的醫科大典，堵在實驗室的門口。
都是新學員，那時候水準差不了太多，程雋也沒做什麼，就搬了一張板凳，拿著醫科大典坐在實驗室門口，十分有禮貌地挑釁那些國外學員。
這些新學員都不太在意程雋這行人，有時候還會指著新型儀器，問他們知不知道那叫什麼。
對於程雋的挑釁，他們一開始都沒放在心上。然而最後，別說是跟程雋同一批的新學員，就算是比他早一年來的國科學員都被程雋嗆到哭。
那段時間，國科新一屆、老一屆的學員都瘋了，被虐到懷疑人生。最後還是那些博士請來了大人物，才出面制止了程雋。
那一次後，國科改變了局面，那些博士的面子也丟得一乾二淨。
「妳小阿姨的腿是意外還是人為？」
顧西遲沒跟秦苒提及這些。昨晚他就看出秦苒的情況不對，不過那時候情況緊急，他沒多問就匆匆趕過來了。
「人為。」秦苒瞇了瞇眼。
「要幫忙嗎？」顧西遲偏頭看她。
「不用，我能解決。」秦苒站起來，伸手拉了拉頭頂的帽子，「你先找個地方住，正好來了，我找個機會我帶你去看看我外婆。」

——二十二樓。

秦苒到的時候，陸照影跟郝隊的人都在。

不斷有醫生跟護士來去匆匆地進出手術室。沐楠的嘴唇緊抿，他看了一眼秦苒又垂下腦袋，繼續站著。

氣氛沉默，陸照影摸摸自己的耳釘，難得沒插科打諢，只安慰了秦苒幾句。

下午一點，一直緊閉著的手術室大門打開。

程雋率先出來，他一手把口罩拉下來，一手正在解白袍的釦子。

陸照影本來靠在牆上，有些無聊地看手機，見到他出來，率先站直並開口：「雋爺，情況怎麼樣？」

走廊上的人都下意識地看向程雋。

程雋的目光在走廊上轉了一圈，看到站在最後面的那道清瘦黑色身影，淡聲開口：「手術很成功。」

沐楠一直繃著的心終於放鬆下來，他沿著牆壁，十分無力地往下滑，坐在地上。

沒兩分鐘，醫生推著寧薇的病床出來。她眼睛緊閉著，臉色滿蒼白的，麻藥還沒退，左腿纏繞著白紗布，纏得細密，看不到一絲血跡，完全沒有昨天看起來那麼觸目驚心。

秦苒走過來，確認了寧薇的狀態，懸著的心放下來。

她偏過頭，看向程雋，聲音低又啞，「謝謝。」

程雋把白袍隨手扔給一個護士，正低頭看著院長遞給他的一份新數據。

聽到聲音，他挑了挑眉，不緊不慢地回了三個字：「不客氣。」

秦苒跟沐楠去病房等寧薇醒過來，陸照影跟郝隊兩個外人就不太方便跟著兩人進去。

程雋每做完一場手術，都會跟一群醫生開個研討會，主要是由他幫其他醫生解決疑問。

「聽說是人為的。」郝隊正開車前往錢隊那邊，他偏過頭看陸照影，忍不住說，「你說，誰會沒事去害一個普通的中年婦女啊？」還是一個身體有缺陷的，沒道理。

陸照影靠在副駕駛座上，有一搭沒一搭地轉著手機，搖頭：「我也不清楚。」

手機震動了一下又一下，郝隊就提醒陸照影看手機。

陸照影低頭，全是江東葉的訊息。

『我派人把國外翻了個遍，都沒有找到顧西遲的影子，結果你去個雲城就能碰到？』

『你先叫人盯住他，我晚上就到！』

顧西遲似乎藏得比以前更猛了，以前江東葉還能稍微摸出他的大概方向，可最近連顧西遲到底是男是女都查不出來，所以江東葉才想方設法地讓程雋幫他查。

現在陸照影說在雲城看到了酷似顧西遲的人，若是以往，江東葉才不相信陸照影的鬼話。但現在他找不到顧西遲的半點消息，別說是酷似，就算只是一個背影，江東葉也會第一時間趕過來。

陸照影把手放在車窗上，看著江東葉傳來的訊息，嘖了一聲。

江東葉晚上到，若顧西遲真的也在雲城的話，那雲城就真的熱鬧了。

——一院，VIP病房。

陳淑蘭最近這兩天的精神比往日好很多，看護幫她倒了一杯水，笑道：「好久沒看到您的外孫了。」

「嗯，」陳淑蘭手上拿著手機，滿是溝壑的手指點開裡面的影片慢慢看著，聽到看護提起沐楠，她眯起眼，笑得和緩：「他前天打電話給我，說他參加了物理競賽，晚上要去參加培訓。」

病房裡響起小提琴的音樂聲。

看護最近都習慣了，陳淑蘭沒事就會看那個影片。

「您外孫女拉得真好聽。」看護把水遞給陳淑蘭，由衷地讚嘆。

「妳也覺得好聽吧？」陳淑蘭接過來喝了一口，偏頭看向看護，聲音聽不出情緒。

看護只笑著把杯子重新放好，笑著回了句「當然好聽」。

等看護走了，陳淑蘭的目光才轉向手機上的影片，這是寧晴傳給她的秦語小提琴表演。

一雙渾濁的目光漸漸變沉。

半晌，她閉了閉眼，關掉了影片。翻出電話簿，手指有些顫抖地撥通了寧晴的手機。

第二章　普通的朋友，普通的禮物

接到陳淑蘭電話的時候，寧晴還在京城。秦語剛拜完師沒多久，之後課業就暫時放下，她要跟著戴然學琴，寧晴要為她安排食宿還有各種來往。

秦語畢竟不是沈家人，沈家雖然不多秦語一個，但長久住下去也不是辦法。

林麒直接匯了一筆錢給寧晴，讓寧晴在戴然住所的不遠處買間公寓，算是送給秦語的禮物。

在京城買套公寓不便宜，林麒也是在秦語身上花了大血本。

這幾天她都在忙這件事，突然接到陳淑蘭的電話，她有點訝異。陳淑蘭通常不會打電話，最近好像打得有點勤。

電話裡，陳淑蘭開口：『妳什麼時候回來？』

「媽，是發生了什麼事嗎？寧薇呢？我這邊暫時無法回去。」寧晴愣了愣，她看了一眼正在看房的林婉跟秦語兩人，壓低聲音，「語兒剛被戴老師收到門下，她要常住京城，我不放心她。」

『我有事要跟妳說，』陳淑蘭咳了一聲，目光很深，聲音卻是平緩：『妳找個時間儘快回來。』

掛斷電話，寧晴皺著眉站在窗邊，拿著手機想了想，打了通電話給寧薇，沒響幾下就被掛斷了。

「怎麼了？」秦語看完臥室，注意到寧晴的異樣，走到她身邊詢問。

寧晴皺了皺眉：「妳外婆讓我回去。」

「讓您回去做什麼？」

「不知道，明天我回去一趟，看看妳外婆再回來。」寧晴收起手機，心裡總覺得很不安。

——晚上，雲城機場。

「江少，你怎麼突然來雲城了？」程木在校醫室待了一天，回去時開著程雋的車去接江東葉。

江東葉最近幾個月被江董逼著接管江氏財團的事，已經不是什麼祕密了。

江東葉翻了翻手機上收到的郵件，微笑地回答：「找人。」

「顧西遲？」程木一愣。

「嗯。」

江東葉風淡雲輕地回了一句，程木卻差點踩錯了油門，「他也在雲城？」

怎麼一個個沒事都來雲城？這雲城究竟是什麼風水寶地？

程木將車開回了別墅。

陸照影正靠在沙發上，手裡拿著抱枕，一隻腿放在茶几上。看到江東葉，他挑眉，「動作真快。」

程木癱著一張臉，跟在江東葉身後進來。事關顧西遲呢，他能不快嗎？

「雋爺呢？」江東葉坐到另一邊，往四周看了一眼，沒看到程雋。

管家幫江東葉端了一杯茶來，「少爺剛從醫院回來，在樓上洗澡。」

江東葉點點頭，但又覺得不對，「他這個月的手術不是已經做完了嗎？」這個月破例了？

管家搖頭，主子的事情，他哪知道。

「是秦小苒的小阿姨。」陸照影放下腿，隨手拿了塊糕點，「她在塑膠廠上班，腿被機器絞傷了。話說回來，郝隊，你有沒有覺得奇怪？她小阿姨在塑膠廠上班，那個廠長能圖她手裡的什麼配方？」

聽到這個，郝隊也搖搖頭，感到奇怪。

程木已經見怪不怪了。秦苒的朋友五花八門，戰地記者、雲城封家、刑偵隊骨幹……此時來個手裡有古怪配方的小阿姨，比起這些，其實也算不上奇怪。

樓上，程雋洗完澡，一邊把襯衫的袖口往上捲，一邊往下走。

「雋爺，你能給我一份今天來往雲城的名單嗎？」飯桌上，江東葉拿著筷子說。

從古至今，衣食住行都是重中之重，也是最賺錢的行業。而亞洲這一塊被五大巨頭占領著，食衣住行之外多了一個ＩＴ版塊。這五大巨頭在其他國家均有涉獵，尤其在國內，更是說一不二的存在。而且這些巨頭的事情，一般人不知道也不了解。

江東葉他們不知道程雋有什麼門路，但是他和其中一位巨頭有所聯繫，不然上次也無法那麼快就把何晨從邊境弄回來。

想要名單，找程雋，絕對比找任何一個人還快。

程雋看著他，微微瞇起眼，沒立刻開口。

江東葉吃了一口菜，然後嘆氣：「雋爺，你可憐可憐我吧，再找不到顧西遲，你們家老爺子不知道還會怎麼整我。你看，顧西遲身後都有大人物支持了，就我一個孤家寡人。」

程雋懶洋洋地拉開一張椅子，挑了挑眉：「待會兒有人會傳給你。」

江東葉突然有了精神。

程雋一手拿著筷子，一手拿著手機隨意地傳了訊息。

不到二十分鐘，江東葉的手機收到了一個龐大的資料。他急匆匆地吃完飯，讓管家拿一台電腦給他。當然，這龐大的資料江東葉是不可能一一查看的，只傳給了他的那群手下。

雲城怎麼說也是一個城市，一天的人流量有好幾萬，想篩選完這些人，要花費的時間太久了。

凌晨三點，江東葉收到了手下的篩選結果。

「在哪裡？」江東葉的精神一振，他走到沙發旁，幫自己倒了一杯冷水。

電話那邊的手下戰戰兢兢地給了他一個名字——李大壯。

找程雋要了資料，又用一整晚找到最像的一個人，竟然是李大壯？

媽的李大壯，饒是江東葉的修養再好也忍不住想要摔手機。

大半夜的，他敲響了陸照影的門，一聲又一聲地敲。

在陸照影開門，把一張椅子砸出來時，他往後躲了躲，聲音一如既往的風輕雲淡：「你有駭客聯盟的網址嗎？」

就算挖遍整個雲城，他也要把顧西遲找出來。

＊

——次日，星期六，照常去看陳淑蘭的時間。

秦苒很早來，她先去樓下看了寧薇，寧薇的臉色比昨天好了很多。

沐楠晚上沒回去，他搬了張桌子和椅子到寧薇的病房，桌子上擺著一個黑色筆記型電腦，是他中考榜首時，秦苒送給他的禮物。

秦苒去的時候，他伸手在鍵盤上敲著，旁邊還擺著一個單字本。

「在做翻譯？」

秦苒走到他背後，發現他在翻譯一篇十分複雜，涉及非常多專業名詞的國外醫學論文。

聽到聲音，沐楠抬起頭，然後站起來，額前的碎髮遮住了漆黑的眼睛：「嗯，宋大哥給我的。」

他是英譯中，因為涉及專業領域，價格比一般的文章高，一千字一百七十塊人民幣，而宋律庭給他的這篇專業文章有一萬七千字。

沐楠一直有在做翻譯，但他也是第一次接這種專業性翻譯，難度比一般的文章高很多。

「我媽還沒醒，」沐楠的聲音很輕，他把東西全都收起來，「我先跟妳上去看外婆。」

寧薇這件事發生得突然，雖然現在陳淑蘭的狀態看起來很好，但兩人也不會讓陳淑蘭知道。

——VIP病房。

看護正在幫陳淑蘭收拾房間，見到兩人進來，她笑了笑。

「陳阿姨的狀態比之前好多了，你們看，今天還自己下來走了兩圈。」

陳淑蘭的狀態看起來確實比以往好，臉色還透著一些健康的紅。她扶著桌子，正緩慢地走著，

看起來容光煥發。

但更像是迴光返照。

看到兩人，她微微偏頭笑道，「來了啊。」她撐著桌子坐到椅子上，又看向沐楠，「你媽呢？又去打工了？」

「嗯。」

沐楠的表情跟以往沒什麼差別，他往前走兩步，拿起蘋果又把刀遞給秦苒，讓她削。

秦苒也就順勢坐在桌子上，低頭慢吞吞地削蘋果皮，沒一會兒，病房門被人輕輕敲響。

秦苒抬起頭，把削好的蘋果遞給沐楠，「進來。」

一道清瘦挺拔的身影走進來。他取下墨鏡，把醫藥箱隨手丟在桌子上，露出一張略顯精緻的臉，揚起笑，「外婆，我來看您了。」

顧西遲在寧海鎮住過一段時間，跟著秦苒叫陳淑蘭外婆。陳淑蘭也記得他，這年輕人長得不錯。

「小顧回來了？」陳淑蘭坐回床上，看到顧西遲顯然很高興。

沐楠沒見過顧西遲，不過見到陳淑蘭的這個反應，應該是秦苒的朋友。他看了顧西遲一眼，就繼續低頭切蘋果。

秦苒早就給顧西遲看過了陳淑蘭的病情報告。他這次來，主要是要用自己的儀器幫陳淑蘭做全身掃描，具體結果他還要回去自己研究。

沐楠切完蘋果，又幫顧西遲倒了一杯茶。

顧西遲接下茶，隨手拖一張椅子來坐下：「謝謝。」

陳淑蘭今天無論是精神還是身體，看起來都很好。三個人在病房裡待了一上午，陳淑蘭就催他們趕緊去吃飯，老是待在病房不好。

「那外婆，我改天再來看您。」顧西遲戴上墨鏡又戴上鴨舌帽，十分有風度地跟陳淑蘭擁抱了一下才離開。

秦苒急著知道顧西遲的檢查結果，跟陳淑蘭說了一聲就跟顧西遲一起出門。

沐楠最後一個走，等他關門離開，陳淑蘭微微閉起來的眼睛緩緩睜開。

她穿上鞋，扶著牆走出來。

VIP樓層的人很少，她看到沐楠搭的電梯沒有在一樓停下，而是停在了六樓。

陳淑蘭抿了抿唇，又折回病房拿了件外套，直接去了六樓。

六樓大多是單人病房，陳淑蘭一間一間找，終於在最盡頭的一間病房看到了寧薇。她躺在床上，左腿纏著厚重的紗布，插了好幾根管子，不知是昏迷不醒還是在睡覺。

沐楠則坐在電腦前，時不時就看寧薇一眼。

陳淑蘭眼前一黑，她連忙轉身，往電梯走去，走得踉蹌。沒走多遠，她就扶著牆，一手捂著胸口順著牆坐下。

「老太太，您沒事吧？」一個路過的人把她扶起來。

「沒事，謝謝你，小夥子。」半晌，陳淑蘭喘過氣，在一個護士的攙扶下回到了自己的病房。

三點，寧晴從京城回來，沒有先回林家。

寧薇的電話也打不通，她怕陳淑蘭有急事就直接過來醫院。

「媽，您這裡怎麼沒有人？寧薇呢？沐楠呢？苒苒呢？」看到陳淑蘭的病房空無一人，寧晴擰起眉，「我只是去京城幾天，怎麼一個個的都這麼不懂事！」

她拿起手機，低頭翻出秦苒的電話，怒氣沖沖地就要打電話給秦苒，想要問問她是怎麼照顧陳淑蘭的。

「不要打電話給苒苒，她現在很忙。」陳淑蘭睜開了眼睛，情緒沒什麼波動。

「您就知道寵她，她不願意跟我去拜師，卻跟一個混混跑去京城！」寧晴忍不住開口，「算了，我也管不了她，高中以後，她想怎麼樣我也不管了。」

她說這句話也是為了跟陳淑蘭表明，她之後的重心肯定要跟著秦語。

陳淑蘭沒說話，看著窗外半晌才開口：「妳記得我上次跟妳說過，苒苒一直有在練小提琴吧？」

「嗯，怎麼了？」寧晴倒了一杯水給陳淑蘭。

陳淑蘭雖然說過秦苒一直有在拉小提琴，但從來沒說過秦苒的等級。寧晴問過，據說是連一級都沒考，之後就沒再注意了。她心裡想著，陳淑蘭不會是知道秦語拜師成功了，此時想叫她把秦苒也帶去京城拜師吧？

「苒苒除了練琴之餘，還喜歡寫寫簡譜，」陳淑蘭轉回了目光，「她自己寫完就扔，都是我收回來的，我住院的時候，讓妳去林家拿的行李中，就有她的曲譜。」

寧晴拿著水杯的手一頓，眸中的驚愕十分明顯，「苒苒……她也會？」

陳淑蘭說著，又咳了好幾聲，一雙渾濁的眼睛精光畢露，聲音又輕又緩：「我看過妳傳的影片，秦語拜師的那首曲子，苒苒三年前在她生日的時候拉過。妳說，奇不奇怪？」

在寧晴眼中，陳淑蘭一直是個普通的老人，第一次見到她有這種態度跟氣勢。

寧晴愣了一下才聽懂陳淑蘭在說什麼。

她有些失態地站起來，看向陳淑蘭：「怎麼可能?媽，您瘋了嗎？不要跟我開這種玩笑！秦苒怎麼可能寫得出來！她到現在都沒有考過一級！」

「秦語是什麼水準，妳自己不知道？」陳淑蘭看了寧晴一眼，坐起來，輕輕一笑，「以她的格局能寫出這樣的曲子？」

面容清淡，幾乎看不出什麼表情。

從之前秦語問她秦苒的曲譜，到魏大師親自打電話給她，陳淑蘭心裡就隱約預料到了，所以她找寧晴要了秦語的比賽影片。

跟魏大師一樣，她對秦苒的其他曲目可能印象不深，卻對秦苒在生日宴上拉的這首曲子印象極為深刻。秦語改動了一些，大大不如秦苒的原曲，反響卻依舊深刻。從能讓戴然忽略她本身的技術，破例選擇秦語，就知道原曲給人的印象有多深刻！

「媽，我知道您不喜歡語兒，但也不能這麼偏心，您怎麼就知道語兒寫不出來？」寧晴站起來，握緊了手中的包包，抿抿唇，「媽，我回來不是跟您吵架的。」

寧晴也覺得煩，心裡很亂，因為她清清楚楚地記得魏大師之前也說過。

她不敢也不願意往深處想，沒有再跟陳淑蘭辯解什麼，直接去找醫生問陳淑蘭最近的情況。得到結果後就回去了林家，沒有看到她轉身之後，陳淑蘭看著她漸漸失望的臉。

喀嚓——門被關上。

陳淑蘭伸手拿起自己的手機，打電話給魏大師。她看著通話頁面，一雙渾濁的眼睛眸光極深。

剛開始來雲城，她只希望秦苒留在林家，不希望她死了以後，秦苒真的會是孤家寡人。只是這麼多年沒見，寧晴也靠不住了。

響了兩聲，電話就被接通。

「魏大師，」陳淑蘭手撐著床站起來，走到病房的窗邊，看著樓下，「雖然有些冒昧，但還是想問您能不能來雲城一趟？因為一些原因，我不能進京城，但我想親自看著苒苒拜您為師。」

自從秦苒上次回來，陳淑蘭就知道了她的決定，更知道若不是因為自己，秦苒早就去京城了，而不是跟自己一樣，只能被囿於寧海小鎮。

三年前，魏大師聽聞許家的事，為了秦苒不惜遠赴寧海鎮，在樓上住了半年。若不是京城有事，他可能還會住下去。十幾年了，陳淑蘭對魏大師的品性有足夠的了解。

——京城。

和陳淑蘭說完電話，魏大師一頓。

「魏大師？」身邊的人叫他。

魏大師清醒過來，從椅子上站起來，直接吩咐身邊的人：

「去幫我買一張去雲城的機票，最近的一班。」

他一直都知道陳淑蘭生了病，但今天，陳淑蘭的話讓他有一種不祥的預感。

他總覺得……陳淑蘭是在託孤。

魏大師捏緊了手上的手機，一邊往外走一邊吩咐身邊的人，「收拾幾件行李，儘快出發。」

——林家。

寧晴回來後，發現林家很多人都在，林麒、林老爺子還有林家的其他人。

一進家門，林家所有人都站起來，林老爺子也滿臉和煦。

「在京城還習慣嗎？語兒跟戴老師相處得如何？」

之前林婉要帶秦語去京城時，林家人對寧晴的態度就有所改變，現在秦語拜師成功，老師還是戴然，身分一躍而上，而寧晴也算是半個京城圈子的人了，在林家的身分也一樣。

林家之前對寧晴的農村出身和續弦的身分看不上眼，在林家等於是一個透明人。只是現在，連林老爺子都對寧晴笑臉相對。

在林家待了十二年，寧晴終於有一種揚眉吐氣的感覺。

「一切都很好。」寧晴笑了笑。

林老爺子點頭，頓了頓又開口，「至於妳大女兒那件事……因為心然的事，她可能跟我們林家有了嫌隙。」

這種事，之前林老爺子都不打算跟寧晴提起，因為覺得沒必要，此時卻不一樣了。

寧晴點點頭，她從林家最近的作風就能看出來，林家在秦苒跟秦語之間做了抉擇。

「只拜了戴老師，若是能拜在魏大師門下就好了。」寧晴坐在餐桌邊，吃到一半時忽然開口。

秦語說得對，京城臥虎藏龍，水很深，沈家不過是摸到了京城圈子的邊邊。就連她一直敬畏的孟家，在京城也排不上名號。但戴家不一樣，戴然是名門之後，祖上也是宮廷樂師，在京城小有名氣。

沈家人幫她介紹過京城的形勢。

京城分為三六九等，普通人在九，沈家、孟家勉強算六，京城真正的圈子卻在三。

若要將三等劃分成一個金字塔，戴家能說是金字塔的最底層，但魏家卻能說是金字塔的第二層，更別說魏大師的人脈直逼第一層的圈子。至於魏家之上還有什麼，沈老爺子沒說，但寧晴從沈老爺子的嘆息中明白，魏家在京城那個圈子，是只摸到了頂層的邊緣。

秦語僅僅是拜戴然為師，就能有天翻地覆的變化，連寧晴在林家的地位都變了，寧晴不敢想像如果秦語成功被魏大師收為徒弟……

*

——雲城市中心，某家飯店內。

秦苒坐在房間裡的沙發上。今天不上課，她帶了個背包過來，趴在窗邊的桌子上寫簡譜。

顧西遲擺弄著儀器，不時對比自己檢驗的結果。

「要是在我的實驗室就好了，」顧西遲盤腿坐在地板上，手上拿著剛列印出來的資料，「帶來的小儀器太慢了。」

秦苒低頭，不緊不慢地寫著自己的曲譜，都是剛寫了兩個音符又畫掉，反覆好多次才進入狀態。低垂著的眉宇又冷又燥，忽然想起了什麼，她偏過頭，「我該匯多少錢給程雋？」

她是指程雋幫寧薇動手術的那件事。

「按照行規……」顧西遲將手撐在地上，然後側頭看向秦苒，摸著下巴，「兩百萬。」

程雋那雙上帝之手不是開玩笑的。

「了解。」秦苒點點頭，繼續寫簡譜。

顧西遲放在一旁醫藥箱裡的通訊器響了一下，他也沒躲著秦苒，直接接起，「馬修長官。」

目光還是看著機器顯示的結果頁面。

馬修那邊說了一句話，顧西遲的眉頭一皺，有些不可置信：「那個江東葉是有毛病吧！」

他抬手把通訊器扔到一旁。

聽到江東葉，秦苒抬起眸：「怎麼了？」

「江東葉那混蛋封鎖了雲城的各大關口，還找了駭客聯盟搞我。五百萬，我這麼值錢嗎！」顧西遲端著一張精緻的臉，忍不住爆粗口。

秦苒還以為發生了什麼大事，聽到這一句，她又收回目光，繼續寫曲譜，聲音不緊不慢地說：「放心，再來五百個駭客聯盟也沒用。」

「說得好像妳跟Q一樣。」顧西遲掛上了他的口頭禪，又坐回地板上。

機器剛好列印出一張紙，顧西遲隨手抽出來，隨意一瞥，看到上面的檢測結果，捏著這張紙的手倏然一頓，臉上卻半分不顯，把這張紙隨手混在一堆紙裡。

而秦苒終於把言昔的曲譜細節完成了，又拍了張照片傳給他。

已經五點了，她把筆和一本書裝進背包，又伸手把廢紙扔進垃圾桶才走到顧西遲那邊，蹲下來問他：「還沒得到結果？」

「妳問問它。」顧西遲靠上身後的桌子，抬腿踢了儀器一腳，含糊地開口，「早晚有一天，我會換掉它。」

秦苒隨手在紙堆裡翻了翻。大部分的結果都很專業，她也沒看，拿著背包就去了醫院。寧薇跟陳淑蘭都在醫院，她有些不放心讓沐楠一個人。

顧西遲拿著鴨舌帽，把秦苒送到電梯口就回去自己的房間。他坐在地上，從一堆紙裡翻出了剛剛那張，然後躺在床上，喃喃開口：「到底是什麼……輻射這麼大？」

礦石？化學元素？微生物？

最後，顧西遲把這張紙蓋在自己臉上，半晌後，有些無力地嘆息一聲。

＊

到醫院後，秦苒先去看了寧薇。她沒進去病房，只在窗外看了一眼，沐楠正在幫她盛飯。

寧薇的精神狀態都還行，因為顧西遲的保證，秦苒沒有那麼擔憂寧薇。

看了幾分鐘，秦苒才離開去樓上看陳淑蘭，而寧晴晚上吃完飯也過來了一趟。

「妳怎麼現在才來？」寧晴也剛到，正在幫陳淑蘭倒湯，看到秦苒，她忍不住開口，「妳不知道妳外婆現在是什麼情況？」
秦苒隨手拖了一張椅子坐下，手撐在扶手上看陳淑蘭，煩躁但語氣不鹹不淡地說：「喔。」
這一聲「喔」讓寧晴不想再多說什麼。
陳淑蘭一直說秦苒懂事，不會給她添麻煩，讓寧晴幾乎想笑。從小到大，秦苒惹的麻煩還少？什麼早慧，明明就是她本身性格有缺陷！陳淑蘭都這樣了，她卻好像不關己事。
從小，秦苒就跟秦語不一樣，秦語重情，秦苒卻不是，當初她跟秦漢秋離婚，秦語大哭到不行，秦苒就冷冷地站在一旁，不說一句話，所以後來她跟秦漢秋都在爭奪秦語的撫養權。
還有最重要的一點，秦苒的目光狹隘，前前後後有多少機會她都沒有牢牢抓住。寧晴一開始還會提醒秦苒，還會勸說，還會為她著想，但對方全都不領情，她的一腔熱血也全然消失，一心都專注在秦語身上。
陳淑蘭說她偏心，但她也不看看，這都是她一個人的錯嗎？
寧晴抿了抿唇，心裡有了決策。
陳淑蘭睡著後，秦苒彎著手，撐著下巴看陳淑蘭，一雙漆黑的眼眸清又淺。
寧晴拿起包包，壓低聲音，「妳跟我出來一趟。」
秦苒覺得自己跟寧晴沒什麼話可說了，但為了不吵醒陳淑蘭，仍垂著眉眼跟寧晴出去。
兩人來到走廊上的電梯前。
「過兩天我就去京城，照顧妳妹妹，」寧晴看著秦苒，又拿出一張卡，「這裡有十萬，從妳高中到大專應該夠了，以後缺錢，我都會匯到這張卡裡，也算是盡到我的責任了。」

她這麼做，是為了撇開關係，也有點是因為陳淑蘭說的那張曲譜。

秦苒低頭，看著這張卡，仰頭笑了笑。

「妳笑什麼？」

秦苒往後靠，沒拿過那張卡，眼神涼薄，「不用了，寧女士，以後我不會找妳，也希望妳不要找我，就這樣吧。」

她對寧晴微微點了點頭，眸色平靜到可怕，不喜不悲的，轉身就往陳淑蘭的病房走。

寧晴沒想到秦苒會是這個反應，她一愣。

叮——電梯門開了，裡面是蒼老又威嚴的一張臉。

寧晴下意識地往後看，看到魏大師的那張臉，不由得覺得玄幻——魏大師在雲城？

魏大師卻沒注意到她，他一腳剛踏出電梯，就看到了轉身的秦苒。他立刻抬手，十分自然地叫了一聲：「苒苒。」

由於陳淑蘭的電話來得太過突兀，魏大師一路上都惴惴不安，一路匆匆趕到醫院，看到秦苒，他一直提著的心才放下來。

因為他的聲音，身邊的寧晴總算回過神來。她有些不敢置信地將目光轉向秦苒，又看看魏大師，幾乎失聲地開口：「魏大師？」

寧晴也不是沒有想過，秦語若是被魏大師收為徒弟會怎樣……

她認識魏大師，但魏大師並不知道她。有人認出了自己，魏大師也不意外，他只是禮貌性地朝寧晴點了點頭，疏離又淡漠。

往回走的秦苒也聽到了熟悉的聲音，轉回頭看，一眼就看到了魏大師，還有跟在魏大師身邊的中年男人。

「魏老師，你們怎麼來了？」

秦苒頓了一下才反應過來，她側過身，停下腳步，一時間不知道要用什麼表情對待魏大師。

魏大師笑了笑，很自然地繼續往前走，沒有一貫的威嚴跟疏離，語氣也是理所當然到不行：「山不來就我，我就來就山。」

他沒有提陳淑蘭那件事。

「不是明年高考完嗎？」秦苒知道他說的是收徒這件事，就站在原地等著，不緊不慢地說，「是我外婆讓您來的？」

魏大師不動聲色地笑了笑，「妳好不容易鬆動了，我當然要看緊妳。要是還沒等到明年，妳又改變主意，而我看中的徒弟跟別人走了，我要去跟誰哭？」

魏大師會這麼說也不稀奇。當年他就是撇下了一群人，在寧海鎮住了半年。

秦苒勉強接受了他的說法。

「秦小姐。」魏大師身邊的中年男人朝秦苒恭恭敬敬地彎腰。

當年在寧海鎮的那半年，就是這名中年男人跟著魏大師去的，他知道魏大師為了這個徒弟花費了多少心力，所以他對秦苒非常恭敬。

秦苒點點頭，也笑了笑，很有禮貌地跟他打招呼：「海叔。」

三個人一邊說著，一邊往陳淑蘭的病房走，語氣熟稔，像是認識多年。

從他們對話中不難理解，秦苒跟魏大師他們認識多年，而魏大師明顯就是為了秦苒而來。最重要的是，秦苒好像還一直在考慮。

寧晴站在原地，如同半截木頭一般杵著，呆若木雞，腦袋猶如雷轟電掣。

她在雲城看到魏大師了？他是怎麼跟秦苒認識的，還想收秦苒為徒？

寧晴看著三個人一邊說一邊走進陳淑蘭的病房。那個在沈家人口中威信很高的魏大師，對秦苒的態度稱得上遷就了。

她站在原地，連按電梯門的力氣都沒有。

寧晴知道，論資歷、論在京城的地位，別說沈家，連戴家都難以跟魏家比擬。不僅僅是魏家本身的人脈地位，光是魏大師在小提琴這個領域的造詣，就不是戴然能比的，更別說沈家跟林家的差距太大了。

現在，她卻看到魏大師不遠萬里來到雲城。就算是為了收秦苒為徒，這件事別說放在寧晴這裡，就算是拿到京城去，也會在一個圈子裡發出震盪。

寧晴無論怎麼想，都想不到魏大師竟然看中了秦苒，想要收秦苒為徒。秦苒若是答應——

但下一秒，寧晴就想起了剛剛她跟秦苒之間的對話，猶如當頭一棒，讓她整個人瞬間清醒，渾身血液涼了一半。

她看著陳淑蘭的病房門，幾乎能感覺到肚子裡的腸子結在一起的後悔，細細麻麻地吞噬著她的心。若是再早五分鐘……

寧晴伸手僵硬地按下電梯的下行鍵。

林家司機一直在樓下等著。她僵硬地回到了林家，坐到沙發上。已經初冬，她卻幫自己倒了一杯涼水，一口灌下去，也掩蓋不住她宛如被刀子一下一下割著的心。

此時，林老爺子他們還沒走，正從樓上走下來，討論要找時間一起去醫院看陳淑蘭的事。

這一切在以前是幾乎不可能發生。

見到寧晴臉色有些糟糕地坐在沙發上，林老爺子問得很和藹，「怎麼了，是不是妳媽的情況不好？」

林麒也看過來。

寧晴放下水杯，搖了搖頭，眸光卻怔怔的。

——醫院內。

秦苒挪了兩張椅子來，讓魏大師跟海叔坐下，自己則靠坐在陳淑蘭的病床上。

陳淑蘭靠著枕頭，紅光滿面的，看起來精神很好，「真是麻煩魏大師您跑一趟了。」

魏大師看著她的狀態，心底一沉，臉上卻不顯露地笑道，「跑一趟就能白收一個得意門生，再多跑好幾趟我都不介意。」

幾個人之間熟到不行，魏大師自然知道秦苒誰的話都能不聽，但陳淑蘭說的她一定不會不聽。

陳淑蘭一開口，拜師這件事可能就要提前了。

要是以往，魏大師自然會高興到恨不得繞著醫院跑兩圈，但想想陳淑蘭做這件事的深意，魏大師的喜意又被沖散。

秦苒不愛聽兩人的客套話，就靠坐在病床上滑著手機，微信上顧西遲的頭像沒動靜，他沒有把結果傳過來。

言昔的頭像也沒動，自從她把完整版的曲子傳給言昔之後，對方就安靜如雞。

幾乎每次都是這樣，她傳了個大致的框架，言昔就不停傳訊息騷擾她，催她趕緊寫完。等她傳了全曲，對方又會安靜一兩天。

「那就找個良辰吉日，」陳淑蘭跟魏大師已經談到了時間，魏大師頓了頓，眉眼猖狂，「我的徒弟就算不盛大舉辦，有幾個人也是要請的。」

因為陳淑蘭現在的情況，這裡又是雲城，不是他的主場，魏大師在路上的時候就已經策劃好了，先走個儀式過場，等明年秦苒去京城的時候，他再大辦一場。

魏大師晚上是住飯店，是雲城小提琴協會幫他安排的，還配了一輛寶馬給他。

秦苒看了一眼，因為他跟顧西遲是選同一家賓館。

把魏大師送到賓館之後，海叔又把秦苒送回了學校。

雖然雲城不是魏大師的主場，但他的名字到哪裡都很好用。等海叔把秦苒送回去之後，魏大師戴著眼鏡，翻日曆挑選日期，然後又計畫著請人的事，雲城的小提琴協會中有幾個人要請。

「對了，江回是不是也在雲城？」魏大師翻著電話簿，看了一眼海叔。

他的演奏會有幾個忠實觀眾，江家、徐家、程家幾乎都有，這些人中，他跟江回吃過幾次飯，算是忘年之交。

海叔回想了一下，點點頭，「江小爺聽說被發配到雲城來了。」

「那正好。」魏大師在一旁的名單中加了一個江回。

＊

陳淑蘭這邊也在計畫請人的事。

林家、寧家的一群親戚都是人鬼蛇龍，陳淑蘭不打算通知他們，剩下的就是秦苒的一些朋友和沐楠他們。潘明月、沐楠不用說，宋律庭暫時回不來，顧西遲不知道還在不在雲城……

陳淑蘭讓看護拿紙筆給她，大晚上的也不睡覺，就一個一個寫下名字。

看護低頭看了看，不由得驚訝，「陳阿姨，您的字真好看。」

一筆一畫，筆走游龍，猶如鐵畫銀鉤。

陳淑蘭隨意笑了笑，她放下筆，微微眯眼，想起了那個長得十分好看的小夥子。

她想了想，拿起手機，打了通電話給程雋。

上次ＣＮＳ離奇缺貨，陳淑蘭就留下了程雋的電話號碼。這段期間，程雋還來看過她幾次，雖然沒具體地問過，但陳淑蘭也猜到了上次秦苒的手受傷，後續一直都是程雋盯著她。

電話響了一聲就被接起。

——雲城別墅。

第二章　普通的朋友，普通的禮物

接到電話的程雋正面對著樓下的人體模型，接完陳淑蘭的電話，他抬手把手術刀扔到桌邊，垂著眼眸看著手機，往旁邊靠，不知道在想什麼。

陸照影坐在沙發上，手指放在桌子上彈了一下菸灰，朝程雋看了一眼，「雋爺，是誰的電話？」

「陳奶奶的，請我去吃拜師宴。」程雋關了手機，說得輕描淡寫。

「陳奶奶？」陸照影瞥了程雋一眼，特別疑惑。

他數遍整個京城也找不到能讓程雋叫一聲陳奶奶的人，畢竟雋爺不大，輩分卻不小。

程雋懶洋洋地靠著桌子站著，垂眸思考該送什麼東西，又散又漫，沒回應陸照影。

在幫江東葉處理資料的程木聞言，抬起頭，「應該是秦小姐的奶奶吧？」

程木上次陪程雋去了醫院，記得陳淑蘭這個人。

「喔，」陸照影點點頭，半晌後又想起什麼，忽然有了精神，「等等，所以是秦小苒的拜師宴？」

「嗯，」程雋此時倒是回應了。他慢吞吞地打開手機，傳了一封訊息，「程木，明天上午去機場接個東西。」

程木放下手中的事，點點頭，「好。」

陸照影反應特別大地站起來，撓撓頭說，「為什麼請你卻不請我？我怎麼能不去秦小苒的拜師宴！」

他把菸撚滅，拿起手機打電話給秦苒。

而江東葉什麼宴會沒參加過，他對秦苒的拜師宴沒什麼興趣，因此把手中的筆記型電腦隨手往桌子上一放，靠在沙發上摸出一根菸叼著，冷笑：「什麼垃圾駭客聯盟，半點用都沒有。」

他讓人查一下顧西遲的資訊，他在雲城，網路上的資料總不可能藏得住，誰知道駭客聯盟直接回了他一句沒有！

這時，秦苒已經回到了宿舍。

她回去的時候，林思然還在玩遊戲，看到秦苒，她微微側過頭，「苒苒，妳小阿姨沒事了吧？」

「沒事。」

秦苒打開衣櫃的門，拿了毛巾跟衣服去洗了澡。

聽到秦苒說沒事，林思然才稍微放心，然後跟遊戲裡的幾個男生說著什麼。林思然在跟喬聲開語音打競技場，還有班上的其他幾個男生。

秦苒拉開椅子坐下，一邊打開電腦，一邊用毛巾擦著頭髮。放在桌子上的手機亮了一下，她看了一眼，不是顧西遲傳過來的，是魏大師傳來的拜師宴消息。

他跟陳淑蘭看著日曆，選了十二月三號這一天，下個星期二，就只有兩三天的時間，還問秦苒有沒有什麼要請的朋友。

秦苒對這些黃曆沒什麼概念，她很隨意，盯著魏大師傳來的最後一句話看了一會兒……

秦苒偏頭看了一眼正在玩遊戲的林思然，瞇著眼思索了很久。

秦苒不太在意拜師宴什麼的，但陳淑蘭應該很想看到她帶朋友來。

林思然有三張神牌，打競技場一亮出三張牌，對面就開語音投降了，一局打得很快。

「苒苒，妳要不要一起啊？」打完一局，林思然就放下滑鼠，一手還搭在鍵盤上，偏頭看秦苒。

秦苒不緊不慢地擦著頭髮，腿很野地搭在桌子上，搖了搖頭又問，「星期二有時間嗎？」

「星期二？」聽到秦苒不打，林思然有些遺憾地繼續排隊。

「請妳跟喬聲吃飯，還有其他幾個人。」頭髮乾得差不多了，秦苒就扔掉了毛巾。

林思然撐著下巴笑道，「那肯定要有時間啊！」

秦苒點點頭，拿著手機輕輕點著。

顧西遲已經將結果傳過來了，其他一句話沒說，她看了一眼，沒看懂是什麼意思。

而昔又開始轟炸她了，但秦苒不理會。

喬聲都請了，那封樓誠他們呢？楊非好像也還在雲城？

秦苒靠上椅背，有些煩躁地把手機往桌子上一扔。

*

徐搖光的寢室裡，幾個男生坐在他的桌子旁玩遊戲。

因為整班就只有他一個人住單人房，房間很大，幾乎應有盡有，連桌子都是兩公尺長、一公尺寬的，班上的男生還曾約來他這裡搓過麻將。

徐搖光這個人雖然高冷了一點，但在這一點上很大方，有時候還會跟他們一起玩。

「苒姊不跟我們玩競技場。」得到林思然的回覆，喬聲抬起頭。

兩個男生長嘆一聲。何文更是鬱悶到不行，他只要想起秦苒曾經要幫他打遊戲，卻被他拒絕的事就鬱悶到不行。

徐搖光也收起電腦，低著眉眼，拿出幾本習題出來寫。

「苒姊星期二要請我吃飯，」喬聲看向徐搖光，靠上椅背，笑道，「徐少，你要去蹭飯嗎？」

請吃飯？徐搖光沒什麼興趣地搖搖頭，繼續寫物理習題。

才寫到一半，口袋裡的電話就響了，徐搖光拿起來看了一眼，走出去接起。

「是秦語吧？」何文等人看了一眼，低聲開口。

相處兩年多，也只有遇到秦語的事情時，徐搖光會稍微變一下臉，不過最近好像淡了很多。

喬聲隨意地點點頭，「徐少就只對那兩件事感興趣。」

何文也笑著說，「最近我還在網路上看到了秦語的新聞，她粉絲快三十萬了。我聽了一下，真的還可以。」

秦語的影片被人傳到網路上，因為這件事，她在網路上小小紅了一把，還漲了不少粉絲，最近一中裡議論她的人很多。

＊

——星期一。

中午，秦苒去了闊別已久的校醫室。

第二章　普通的朋友，普通的禮物

陸照影坐在椅子上，正在幫一位感冒的男生開藥。程雋則翻著一份卷宗，一隻手拿著菸，不時地在卷宗上畫著什麼。

秦苒拉開他對面的椅子坐下，懶洋洋地趴在桌上。

程雋抬眸看了她一眼，然後掐熄了菸，站起來往前走兩步打開窗戶，等煙霧散盡才關上窗戶走過來。他問了她幾句寧薇的病情，她都一一回答了。

寧薇的精神狀態恢復得特別好，好到昨天她都想退掉病房，離開醫院回家，好在沐楠極力阻止。

這些程雋心裡都有數，他坐回位子，重新拿起卷宗，沒看，只是靠著椅背問了句：「妳找了什麼老師？」

陸照影把藥遞給那個男生，聽到這句話也抬腿蹬了桌子，把椅子滑到中間。

「是啊，秦小苒，妳要跟那個老師學什麼？打遊戲？」

他摸摸下巴，表示有可能。

「就是一個老年人。」秦苒手撐著下巴，含糊地開口。

「你們明天不就能見到了，急什麼？」江東葉推門進來，拉下圍在脖子上的黑色圍巾淡淡開口。後面跟著郝隊跟程木。

「怎麼現在就回來了？」

陸照影也只是問一下，他本來還想說他能幫秦苒找到更好的老師，不過在雋爺面前就沒說了。

江東葉向他小叔借了人手，勢必要將雲城全都翻遍，找到顧西遲，各個關口都有他的人。

「小叔在上班，我不敢去打擾他。」江東葉拖了張椅子坐下，又把圍巾掛到椅背上，「下班後我去找他，他竟然去試衣服了，聽他的保鑣說有個飯局。」

程木在桌子上擺飯菜，陸照影拿起筷子，滿好奇地抬頭，「什麼飯局，江小叔這麼重視？」

「誰知道，我晚上再去找他。」江東葉有些斯文地吃著飯，不太在意地回答，「不找到顧西遲，我就不回京城。」

秦苒抬頭，面無表情地看了江東葉一眼。

江東葉沒有注意到她的目光，他拿著筷子，忽然又想起了什麼，「聽說刑偵隊有個很出名的人在雲城，我找他封鎖了出關資訊，就不信這樣顧西遲還能插翅飛走。」

另一邊，魏大師確定了要請的人。

原本他以為陳淑蘭這邊沒幾個人，沒想到陳淑蘭確定到最後足足有八個人。

「應該都是秦小姐的同學，」海叔翻了翻流程，「我再加幾道年輕人喜歡吃的菜。」

海叔以前跟魏大師去過寧海鎮，自然知道秦苒在這方面的天賦，也知道魏大師有多看重秦苒。

今天在雲城還只是小打小鬧，江小爺算是裡面地位最高的。海叔雖然不滿意，但暫時只能這樣，等到了京城，那才是真正的大動干戈，他都已經替魏大師想好了到時候要宴請的賓客。

魏大師要收親傳弟子，光是這個消息，就會震撼半個業界。

這次加上小提琴協會、魏大師這邊的人，正好能湊足兩桌。

魏大師的酒席訂在恩御飯店。

星期二，下午放學後，秦苒慢吞吞地在位子上等著，耳朵上掛著耳機，等班上的人都走光了，

她才取下耳機，隨手放到一旁。

林思然也正好收拾好了。

「苒苒，我們要走了嗎？」她偏頭看向秦苒。

秦苒撐著桌子站起來，當先走在前面，潘明月跟魏子杭在樓梯口等著三人下來。

魏子杭平常穿得一向隨意，大多是運動服、休閒褲，今天卻穿了一件黑色的風衣，裡面是白色的襯衫，竟然有些正式。潘明月也沒穿校服，針織半身裙，外面套了件大衣，手上還戴了毛茸茸的手套。

林思然跟喬聲原本都以為只是隨便吃一頓飯，直到兩輛計程車停在恩御飯店門前，兩人都一臉呆愣。

一頓飯辦得這麼隆重？！

「今天是她的拜師宴，她沒跟你們說？」魏子杭搖了搖手上準備的禮盒，笑得清雅出塵。

潘明月沒有拿禮盒，但是揹了一個小背包，鼓鼓的。

喬聲撓了撓頭，他準備發個紅包給秦苒。

林思然：「……我全身上下只有一顆草。」

這樣會不會不禮貌？林思然幽怨地看著秦苒。

而秦苒沒理會這幾個人，她打開手機看了一眼海叔傳給她的訊息，是在恩御飯店的頂樓。

頂樓跟天堂會所是差不多的格局，飯店大門口就有兩個服務生接引，問他們是不是陳女士的酒席賓客，然後十分客氣地把他們帶上頂樓。

頂樓的包廂很大。小提琴協會的會長和幾個骨幹人物已經到了，海叔正在招待他們，看到秦苒他們過來後連忙上前。

「都是秦小姐的同學吧，這邊坐，」海叔把他們引導到另一張桌子，「秦小姐還有其他同學嗎？」

「還有幾個朋友，」秦苒低頭看了一眼手機，陸照影說他們馬上就到，「馬上就到。」

海叔點點頭笑著說，「魏老去接妳奶奶了，也馬上回來。」

喬聲小心翼翼地拍拍魏子杭的肩膀：「苒姊拜了什麼老師？」

他總覺得氣氛不太對。

樓下，程木將車停好，陸照影從副駕駛座走下來時看到秦苒傳的訊息，滿意外地說：「頂樓，看來秦小苒的老師比她有錢。」

程雋從後座下來，拉攏了身上的大衣，沒出聲。

程木跟著點頭，「確實，比我想像中高大上。」

三個人往飯店裡面走。

門口兩個服務生詢問過後，畢恭畢敬地把三個人帶上了頂樓。

叩叩叩——敲了三聲，門被人從裡面打開。

開門的是海叔。看到門外站著的三個年輕男人，他有些呆愣。

這三個人中，程木頂著一張硬漢臉，大冬天的只穿了一件薄薄的外套，看得出來是練家子。

陸照影跟程雋就不說了，尤其是程雋，整個人雖然懶懶散散的，但身上低斂著的氣息卻很驚人。

「三位是秦小姐的朋友吧？快請進。」海叔心下有些驚訝，完全沒有想到秦小姐還有這等氣勢的朋友。

他是跟在魏大師身邊最久的人，也陪他參加過各種大大小小的場合。只是京城中大大小小這麼多家族，他不可能每一家的人都記得。尤其是程雋深居簡出，報上他的名字，整個京城的人都如雷貫耳，可真正能見到他的卻寥寥無幾。

他這個圈子是整個京城最難融入的。

倒是陸照影，海叔覺得對方眼熟，但也沒有深入去想，更沒有想到陸家、陸少這幾個字。

他對秦苒知根知底，陳淑蘭那一家人似乎都異常排斥京城，根本沒想到對方會有京城的朋友，還是陸家人。

「謝謝。」

想到這可能是秦苒老師之類的人物，程雋稍微站直，看著海叔，非常有禮貌地欠了欠身。

三個人跟著海叔往裡面走，沒走幾步就看到坐在沙發上的秦苒一行人。

「秦小苒，」陸照影加快了步伐，朝秦苒那邊走。目光一轉，看到低著頭的潘明月，他笑了笑，「妳同學也來了啊。」

整個包廂很大，有一百多坪，擺了兩張桌子，側面還有麥克風跟螢幕，再往裡面走還有一個撞球桌跟休息區。休息區擺著三排沙發，中間擺了一個茶几。

喬聲、魏子杭兩人坐在左邊的沙發上，秦苒、潘明月、林思然三人坐在中間的沙發上，還剩右邊那一排。程木一聲不吭地坐到喬聲身邊，程雋則十分隨意地坐到另一邊。

喬聲本來在跟魏子杭說話，看到陸照影跟程雋，他立刻噤住了聲。

喬聲還記得徐搖光對他的囑咐，上次家長會之後，他媽媽也跟他說過關於程雋的問題，沒多提，喬聲卻牢記在心。

這些人大多數都認識，林思然跟程木、程雋都有見過面，潘明月、喬聲就不用說了。幾個熟人碰在一起，就算氣場不合也不尷尬。

另一邊，幾個中年男人小聲問了海叔幾個問題之後，全都往秦苒這邊走來。

經過海叔的介紹，他們知道秦苒就是魏大師要收的徒弟。

魏大師是全國小提琴協會的首席，享譽全球，一直到現在也只會偶爾去京城的協會指點新人。

不管是以他現在的名氣，還是他在圈內的分量，他的徒弟無論從哪個方面來說，起點就是比他們這一行人高。若不是魏大師的徒弟正好在雲城，他們也知道自己絕對不會有這個機會，所以在魏大師來之前，他們先來跟秦苒打個招呼。

「秦小姐，您好，我是聞音，大師曾經教過我幾節課……」跟魏大師有關係的先行介紹自己。

秦苒本來靠著沙發，手撐著下巴，姿勢有些吊兒郎當。看到他們過來後也站起來，十分有禮貌地跟他們打招呼。

一人一句，大概五六分鐘的時間，這群人才離開。

「他們都是妳老師的學生？」陸照影詫異地看了不遠處的幾個人，差不多就是中年人，西裝革履的文者模樣，「對妳還滿有禮貌的。」

秦苒坐回來，又恢復成一貫的模樣，只「嗯」了一聲。

陸照影收回目光，他沒想到秦苒的老師看起來好像還可以，不像是他想像中的樣子。

「沒看到妳老師啊，他還沒來嗎？是教妳什麼的？」

別說陸照影了，喬聲、林思然跟程木等人都很關注這個問題。他們把目光從剛剛那行人身上收回來，都轉向秦苒那邊。

程雋從口袋裡摸出了打火機，沒拿菸出來，只在手裡把玩著。聞言，也抬眸看了一眼秦苒。

秦苒坐在這一排沙發的最外面，她扶著扶手，一手拿著茶杯，一口一口地喝著。

「啊，」聽到問題，她清了清嗓子，也沒隱瞞，就老老實實地開口，「小提琴。」

秦苒會拉小提琴這件事，喬聲跟林思然都聽說過，兩人都不意外，但程木跟陸照影這幾個人都不知道。

程雋靠著沙發，側過頭，精緻的眉眼挑起，「妳會拉小提琴？」

「嗯。」秦苒眯著眼，慢悠悠地回應。

「不是，妳怎麼沒說過妳會拉小提琴？」陸照影坐直身體，十分意外地看向秦苒。

程木手上還端著一杯水，因為晚上還要開車，他沒有拿酒，此時也難掩驚訝，因為秦苒看起來實在不太像是會拉小提琴的人。

一般這種人都十分內斂，但秦苒不是，她是個練字不到十分鐘都會覺得煩躁的人，不時會把筆扔到一旁。

秦苒看了陸照影一眼，抬手把杯子放到茶几上，挑眉：「我為什麼要告訴你我會拉小提琴？」

陸照影：「……」

就是這時候，敲門聲再次響起。

海叔就站在距離門邊不遠的地方，因為魏大師說江回馬上就要到了，他一直在門邊等著。聽到門被敲響，他就上前開了門，進來的是兩個中年男人。

一個面帶笑意，看起來滿有威嚴的，像是城府很深的政客；一個穿著隨意的休閒服，但渾身氣勢卻很強，很冷，不好接近。

跟剛剛那三個一樣，都不像是普通人。

魏大師請的客人，海叔的手裡都有名單，找不到氣勢、年齡跟這兩位相符的人。

「請問，秦苒小姐是在這裡吧？」封樓誠朝海叔笑了笑，態度從容有禮。

他身邊的錢隊倒是一眼就看到了坐在裡面的秦苒。

「兩位是秦小姐的客人吧，快請進。」海叔心裡驚訝著，臉上卻半分不顯，側身請封樓誠跟錢隊兩人進去。

秦苒那一邊的沙發還沒有坐滿，但這行人不一定會坐在一起，海叔就讓服務生搬兩張椅子過去，又讓人上了幾杯果汁。

只見雲城小提琴協會的幾個人又站起來，往秦苒那邊走。

「聞會長，你們剛剛不是已經去跟秦小姐打過招呼了嗎？」海叔想了想，還是問了一句。

秦苒不太有耐心，尤其是繁文縟節的這些。

聞音也抬頭看了一眼海叔，糾結了一下，「雲城第一家族的掌權人在這邊，我們不打招呼，好像不太好？」

封樓誠為人正派，想要在其他場合見到他不太容易。

海叔一愣，整個人都有了精神，「你說誰？」

「就是雲城封家家主，封樓誠，剛剛穿灰衣服進來的那個人。」聞音湊過來，壓低聲音。

幾個人跟海叔說了一聲，又去了秦苒那邊，跟封樓誠打招呼。

雲城雖小，但站在金字塔頂端的也不是什麼普通人。封家在雲城跟程家差不多地位，尤其是封樓誠晉升在即，昨天魏大師跟江回碰面時，還聊了幾句這位鐵面無私的封樓誠，言辭中不乏讚賞。

海叔原本以為秦苒這邊請的都是學生，哪能想到，她竟然連封樓誠都請來了，關鍵是封樓誠還真的來了。

另一邊，陳淑蘭準備出院來恩御。

魏大師跟陳淑蘭的主治醫生談了她出院的問題，主治醫生也沒有糾結，當場就說了可以出門，沒什麼要求。然而，魏大師看著主治醫生的神色，心裡也是沉甸甸的。

他對醫學不太了解，但是聽主治醫生說了陳淑蘭現在的大概狀態，也知道陳淑蘭的身體是真的幾乎到了極限，印證了他一開始來雲城的猜想。

「麻煩您了。」

他跟主治醫生道了謝，走到陳淑蘭病房前時頓了頓，才抬手敲門。

是沐楠來開的門，護士在洗手間幫陳淑蘭換了一身衣服，然後扶著她出來。

陳淑蘭今天的狀態看起來很不錯，臉上有了血色，看起來精神抖擻。

「外婆，大姨剛剛打了電話來，說她跟林爺爺今天要來看您，我說您今天有事。」

沐楠把電話遞給陳淑蘭。

陳淑蘭低頭看了一眼，沒接下，只淡淡開口說：「你幫我拿著，她要是再打來，你就說我今天出去玩了，沒有時間。」

沐楠不知道寧晴跟陳淑蘭他們之間的情況，不過他很聽陳淑蘭的話，就微微頷首，也沒問什麼，把陳淑蘭的手機塞到自己的口袋裡。

「沐盈還沒回來？」陳淑蘭想了想，問了一句。

沐楠點點頭，沒多說。

陳淑蘭沉默了一下，沒有再說什麼。

她今天心情好，沒跟寧晴還有沐盈計較，頓了頓，又偏頭問沐楠，「你媽還在忙嗎？」

沐楠垂眸，長長的眼睫覆蓋眼底的青黑色，「嗯。」

陳淑蘭還是笑著點點頭。

魏大師今天讓人開了一輛加長型轎車。陳淑蘭跟沐楠坐在後座，他則坐副駕駛座。

晚上，下班人潮多，車子開了將近四十分鐘才到恩御門口。

魏大師剛打開車門下車，手上的電話就響了。他接起電話，是江回。

講完電話後，他看著被沐楠扶下車的陳淑蘭，然後笑了笑，「時間剛好，江回也剛來。」

江回是他今天主要宴請的一位，因為江家在京城有一席之地。

秦苒還沒去京城，魏大師就已經在幫她鋪路了。

樓上，江回比魏大師先到一步。

他雖年近四十，但看起來也不過三十歲左右，一身沉斂的氣勢深沉，京城有不少老傢伙都玩不過他的手段。

以往海叔看到江回的時候，都會下意識地避開他的眼神。不過現在看到江回，他忽然覺得，跟秦苒的幾位年輕朋友好像沒有太大的差別？

「江小爺，請進。」海叔讓路，讓江回先走。

位置安排海叔心裡有數，把江回放到秦苒那一群年輕人中間不合適，放到小提琴協會那群人中也不合適。他本來是打算讓江回先坐在主桌，等魏大師過來，但現在海叔想到秦苒那一群人中有個封樓誠就猶豫了。

然而，海叔沒有猶豫多久，就看到江回不知道看到了什麼，徑直地往秦苒那邊走。

海叔知道魏大師請江回來就是為了幫秦苒鋪路，所以又讓服務生搬了張椅子過來，也跟過去。

江回看到坐在兩張椅子上的錢隊跟封樓誠，他頓了頓，準備往那邊走，但看到沙發上那一群年輕人時，他的目光從程雋臉上滑到秦苒臉上，最後看了看陸照影，又看了一眼程木，張了張嘴。像他這麼沉穩的人，此時也有些不可思議：「不是，程少，你們怎麼會在這裡？」

這兩個人對小提琴不感興趣，魏大師也不會請他們吧？而且……陸照影還好說，程雋是誰想請就能請到的嗎？

程木放下水杯，面無表情地看著江回，「江小爺，我們也想知道，你怎麼會在這裡？」

這不是秦小姐的拜師宴嗎？

兩方人馬相互對視，一臉呆愣。

海叔正指揮著服務生搬椅子過去，並走過來，準備向秦苒介紹一下江回，就聽到江回跟程木說話的聲音。

程這個姓在京城是大姓，可是，能從江回口中蹦出「程少」這兩個字卻不多見。

海叔幾乎不用想，腦子裡立刻蹦出了程雋的身分。

他看了一眼程雋，又看了一眼程雋身邊的陸照影，就算是見識不少、心性滿堅韌的他腦袋也有些發愣，震驚地看著陸照影這一行人。

因為他想起來了，這三人進門的時候，還十分恭敬有禮地跟自己打了個招呼……

陸照影跟程雋則對視了一眼。

程雋看了一眼秦苒，秦苒倒是比其他人鎮定，她靠在沙發上，微微低頭，拿著手機似乎在跟人聊天。

魏子杭從頭到尾就淡定地坐著，有人來了他就站起來打聲招呼，喬聲跟林思然則從頭到尾就傻傻地坐著。

林思然還好，她不知道程雋，不知道陸照影，封樓誠的臉也只在新聞跟報紙上出現過，她一個小市民自然也不會注意到這些。但喬聲不一樣，他不僅從徐搖光那裡得知了程雋、陸照影，封樓誠他也認識。他原本以為只是簡單地吃碗飯而已，但苒姊是怎麼請動這些人的？

「江小叔，您先坐。」陸照影反應過來，指著服務生剛搬過來的椅子開口，頓了頓，又問了自己最想知道的問題，「您是誰請來的？」

聽到陸照影問，程木目不轉睛地看著江回。

秦苒的拜師宴，程木等人一直認為只是普通的筵席，畢竟他跟陸照影不知道說了多少次秦苒跟她朋友都很窮的話了。但誰能想到，從走進這個樓層開始，處處就透著不對勁。

錢隊他能理解，但封樓誠的出現有些打亂程木的思路。

一個拜師宴，能把日理萬機、剛正不阿的封樓誠請過來？這就罷了，江回是怎麼回事？

江回坐在椅子上，伸手拿起桌上的一杯茶，他看了一眼坐在沙發上的一群人，清了清嗓子，剛要開口說他是魏大師請來的，沐楠就扶著陳淑蘭，跟魏大師一起從外面進來了。

海叔已經回過神，上前幫沐楠扶著陳淑蘭。

「魏大師。」看到魏大師，江回又放下茶杯，立刻站起來往前走了幾步，很有禮貌地跟魏大師打了聲招呼，然後又偏過頭，看向也已經站起來的程雋等人開口：「魏大師要收個親傳弟子，我今天過來是要看看未來皇家音樂廳的扛把子的。」

一句話說完，他發現陸照影跟程木都麻木了，只有程雋稍微頓一下，然後回過神。

他往前走了兩步，十分有禮貌地跟魏大師打了個招呼。

「陳奶奶。」程雋看著陳奶奶，十分有禮貌地跟她打了聲招呼後頓了頓，看了一眼魏大師，「魏大師。」

魏大師本來在跟江回說話，招了招手，想要秦苒過來跟江回打招呼。雖然他是認識陸照影跟程雋等人，但在他的收徒宴上看到程雋，他也愣了一下。

他內心震驚，但臉上半分不顯，「苒苒，這是江回，妳叫他江叔就好。」

秦苒非常有禮貌地叫了一聲江叔。江回則用餘光瞥了一眼程雋，不太敢回應。

人來得差不多了，魏大師就讓所有人先入座。

陳奶奶跟魏大師坐在中間，江回則坐在魏大師身邊，至於陳奶奶身邊的兩個位置，所有人都不敢坐，十分自然地留給了秦苒跟程雋。

陸照影僵硬地坐到位子上，此時終於回過神，轉頭看向程木，「所以，秦小苒要拜的老師其實就是魏大師？」

圈子裡的人都知道江回喜歡小提琴，也知道他跟魏大師很好，這樣一來，江回會在這裡也不難理解。但最讓人想不通的是……秦苒就是魏大師要收的徒弟？

程木有些麻木地點頭，他已經徹底失去了大腦。

昨天陸照影問秦苒，秦苒說了什麼……？程木面無表情地回想，她說是一個老人。

在他身旁，林思然跟喬聲等人也在小聲討論著。

「喬聲，魏大師這個名字我是不是聽過，好像滿耳熟的？」

這是林思然湊到喬聲耳邊，小聲說道的聲音。但程木聽到了，他伸手幫自己倒了一杯冰柳橙汁，喝了一口，並在心裡淡淡地想著，這樣才對嘛，林思然這樣才是他所知的秦苒的正常朋友。

「何止是耳熟，」喬聲偏過頭，他聽見自己的聲音在飄，「這是秦語去京城要拜的老師。」

這些都是喬聲從徐搖光嘴裡聽到的，不過後來又聽徐搖光說，秦語沒有被魏大師收為徒，而是

拜了另一位大師。

徐搖光喜歡小提琴，關於魏大師，他也跟喬聲提過幾句。那時候喬聲還感嘆了一句那位魏大師眼界真高，畢竟秦語的小提琴在一中所有人的眼裡極其高超。所以在看到秦苒要拜的小提琴老師是魏大師時，喬聲已經不知道要說什麼了。

他只是拿起手機，傳了一大長排的感嘆號給徐搖光，以示他的震驚。

徐搖光傳了一個問號過來。

喬聲又回覆：**你絕對猜不到苒姊要拜的老師究竟是誰！**

徐搖光沒有再傳問號，以示他的不感興趣。但喬聲卻憋不住，找左邊的魏子杭說話：「你當初說的是真的嗎？就是聽過比秦語拉得還要好聽的？」

之前一直聽魏子杭說秦語拉得不好聽，喬聲並沒有當真，一度以為魏子杭是想標新立異，想要引起秦語的注意，但在那之後魏子杭並沒有對秦語採取其他動作。

現在喬聲終於相信，魏子杭那時候說的可能是真的。

魏子杭只是看了喬聲一眼，有些居高臨下，露出看著傻子的表情。

說要吃飯是假的，魏大師不過就是想提前幫秦苒鋪路，飯桌上真正在吃飯的人沒有幾個。

「陳奶奶，我是封樓城。」

封樓城跟錢隊向陳淑蘭介紹自己，他們跟著秦苒的輩分叫奶奶，言辭舉止間十分尊重。

陳淑蘭看著兩個人笑，「我知道，你們就是之前苒苒跟我說過的警員。」

錢隊還十分認真地點點頭，「是的。」

知道兩人身分的陸照影、程木等人：「……」

國內刑偵界第一把交椅錢隊，說他是警員，好像也沒什麼毛病……？

江回第一次聽到這種介紹，不由得咳了一聲，差點嗆到。

上次許慎那件事江回就參與過，所以知道秦苒的存在，不過那時候他就是好奇，對秦苒沒那麼在意。現在他看著坐在桌邊的一群人，尤其是程雋、陸照影、封樓誠、錢隊那些不是想請就能請到的幾個人。

封樓誠晉升在即，之後去了京城也不是什麼芝麻小官，在手段方面，他跟江回勢均力敵。昨天江回也見過魏大師，知道這些人都不是魏大師請的。

江回低頭跟魏大師喝了一杯酒，有些意味深長地開口：「魏大師，你這個徒弟不是普通人啊。」

這個女生還只是高三，等以後到了京城，不得鬧翻天？

別說他了，連魏大師自己也十分意外，他跟海叔原本都以為秦苒的朋友就是她的同學，誰知道來頭一個比一個大。

魏大師的唯一親傳弟子，江回自然十分慎重，他送秦苒的是一把珍藏的小提琴。

江回不拉小提琴，但他有收藏小提琴的愛好，在拍賣會上看到難得的小提琴都會忍不住買下來。

「希望妳以後跟妳老師一樣。」江回笑了笑。

因為是魏大師的徒弟，江回很鄭重，前幾天就讓人把他收藏在京城的小提琴送回來。他看了一眼程雋跟陸照影，微微沉思，覺得分量可能還不夠。

而魏子杭只隨手遞了一份禮物給秦苒，讓她回家再拆。林思然看到江回的小提琴，則摸著口袋裡的一顆草，很是糾結。

陳淑蘭今天異常高興，醫生說她今天不能喝酒，也沒有半點掃興的意思。她捧著一杯茶，看著一桌子的人。

「沒想到苒苒這個脾氣，還能有這麼多朋友。」她十分和藹可親，一會兒跟程雋他們說說話，一會兒又跟林思然、喬聲他們說話。

看著魏子杭、潘明月紛紛送秦苒禮物，陳淑蘭靠上椅背，手撐著桌子。

秦苒把禮物都放在服務生特地拿來的椅子上，程雋就坐在她身邊，幫她把椅子拉開。

陳淑蘭掃了一眼桌邊的人，「苒苒，小顧呢？他在車上打電話來說出了一點意外，會晚一點到，怎麼還沒來？」

魏大師不知道陳淑蘭邀請了什麼人，聽聞還有人沒來，一愣，「小顧是誰？」

「是苒苒的一個朋友，」陳淑蘭眯著眼，往門口的地方看，聲音輕緩：「不知道怎麼還沒來？苒苒啊，妳問問看。」

秦苒拿著筷子，看了一眼程雋又看了一眼陸照影，然後壓低聲音，「外婆，您還有叫他來？」

這個他自然是指顧西遲。有程雋他們在，她就沒說出他的名字。

「是啊，小顧一個人在雲城。」陳淑蘭笑著，用手掩著嘴又輕咳一聲，繼續開口。

秦苒伸手扶了一下額。

「我出去打通電話。」她拿起手機，壓低聲音。

程雋沒動，他一手放在桌子上，側身看了她一眼，「去吧。」

因為有兩張桌子，包廂裡不時有人在走動。

陸照影見到秦苒走了，就端了一杯酒來和陳淑蘭及魏大師敬酒。敬完也沒離開，就坐在秦苒空出來的位子上，手拿著酒杯偏頭問程雋：「秦小苒還有什麼朋友啊？」

她朋友多得有些奇怪了。

程雋伸手夾了一口青菜，不緊不慢地回他一句，「不知道。」

陸照影也不在意他的敷衍，他現在最想要做的事情就是把秦苒找出來，好好跟她談談為什麼她突然會拉小提琴，老師還是魏大師！

「話說她這位沒來的朋友也姓顧，跟江東葉的死敵同姓。」陸照影翹著二郎腿，忽然開口。

當然，他只是隨口一說，沒有把這兩個人連結起來。

顧西遲的行蹤詭異，聽江東葉的描述，他的背景深厚，跟鑽石大商、國際刑警和貧民窟的軍火商交情都很深。通常都流竄於各個戰爭地區，所以上次在雲城看到顧西遲，陸照影才會覺得不可思議。

而魏魏大師知道秦苒還有一個朋友沒來，就把海叔叫過來。

海叔看起來有點呆愣。

魏大師笑了笑，伸手敲敲桌子：「你去飯店門口等著，苒苒還有位朋友沒來，姓顧。」

「小顧那孩子長得好看，年紀不大。」陳淑蘭描述了一下。

海叔點點頭，轉身往門外走。

聽到是秦苒的朋友，他不敢怠慢。先前他以為秦苒的朋友都是普通學生，但是到場的封樓誠先嚇了他一跳，程雋跟陸照影更直接對他扔了一個炸彈。

海叔按電梯的時候，還好好想了想京城有沒有顧這個姓。他想了半天，確定沒有顧這個大姓時終於鬆了一口氣，整個人也放鬆很多。

走廊上沒有什麼人，秦苒先打了視訊給顧西遲，沒有接通。

正常的聯繫方式連接不到顧西遲，他關閉了所有社交方式。秦苒收起手機，抬頭往四處看了看，在走廊盡頭看到了洗手間的標識，直接朝那邊走去，一邊走一邊拆分手機。

頂樓外面的洗手間沒有人。

到洗手間的時候，秦苒的手機剛好拆分完畢，變成了一台微型電腦。她一手托著電腦，一手按了幾個鍵，抬腿直接把洗手間的門關上。

走到最後一個隔間時，螢幕上就出現了顧西遲的一張臉。

他戴著鴨舌帽跟口罩，身上披著黑白格紋大衣，只露出一雙好看的眼睛。

『那混蛋竟然把我的照片放到廣場螢幕上了，重金懸賞！那混蛋怎麼還有我的照片啊！』

雖然是幾年前的照片，但對顧西遲的行動還是有很大的影響。

不過秦苒從來不打聽他的事，也從來沒有查過他的事，兩人都心照不宣。

「你到底做了什麼缺德事？」秦苒把馬桶蓋蓋上，直接坐下來，挑眉，「他都查幾年了？」

『我做的缺德事多得很，當年在國外，那批……』顧西遲說到一半又改口，『妳一個小屁孩管那麼多幹嘛？』

他跟秦苒是在網路上認識的，下單後被秦苒接下了。他當時死活不相信秦苒是個未成年，直到去了寧海鎮才死心。

「好吧，你隨意。」秦苒還是那句話。

『我到了，恩御是吧？』顧西遲拉了拉口罩，『在飯店門口站著的那個老人是你們的人嗎？』

他往前走兩步，抬起手跟海叔打了個招呼。

「是顧先生吧？」海叔看著顧西遲糟糕的打扮，頓了頓，依舊保持著笑意，「請跟我上來。」

顧西遲還沒走，秦苒的聲音就慢悠悠地從耳機裡傳過來，『我勸你別來。』

「為什麼？」顧西遲一頓。

『我這裡人很多，外婆幾乎把雲城認識的人都請來了。程雋認識嗎？陸照影聽起來耳熟嗎？錢隊你聽過嗎？江回你應該知道吧？』秦苒不緊不慢，一字一字地提醒著。

程雋、陸照影不用說，而江東葉是被陸照影一通電話叫來的。錢隊是刑偵大隊的，正在被江東葉騷擾。江回是江東葉的小叔，江東葉在雲城的所有人馬都是江回借給他的。

要是顧西遲真的上來，秦苒怕顧西遲會哭。

顧西遲：「……」

他壓低聲音，「妳怎麼會跟他們認識？」

顧西遲說完便掛斷了電話，從口袋裡摸出一個塑膠袋扔給海叔：

「抱歉，我暫時有事，就不上去了，麻煩您把這個交給她。」

說完也不等海叔回答，他壓了壓帽子，彷彿身後有一百隻猛獸在追他一樣，逃也似的離開了。

海叔一臉傻愣地看著顧西遲的背影，然後僵硬地低頭看著手裡的白色塑膠袋，很傻眼。都來不及驚訝秦苒怎麼會跟那些人混在一起了！

——頂樓洗手間。

掛斷跟顧西遲的聯繫後，秦苒沒立刻離開，而是小心地操控著電腦，轉換到內碼表。一堆「0」跟「1」在跳動著，小鍵盤有點影響秦苒的速度，不過沒有特別大。

江東葉投放的圖片很容易找，大約三分鐘後，秦苒直接刪掉了投放於雲城各大廣場的圖片，還刪掉了江東葉手中的原始檔案。她面無表情地收起手機，開門往外面走。

與此同時，雲城某個後臺。

江東葉坐在沙發上，把腿放在桌子上講電話。

「錢隊還是不在？那他什麼時候會回來？」

那邊又說了一句，江東葉沒再說什麼，掛斷了電話：「這麼倒楣，都同一時間有應酬？」

身旁是江回借給他的技術人員，正坐在電腦前。頁面上就是顧西遲的照片，他正在透過各種管道投放。

忽然間——電腦藍屏了一下，幾秒後又亮起來。

電腦頁面乾乾淨淨、沒有變化，但顧西遲的那張照片不見了。

同時，電腦頁面慢慢變黑，就在技術人員懷疑電腦是不是黑屏的時候，螢幕中央亮起了兩個十分潦草的白字：囂張。

「怎麼了？」

江東葉盯著這兩個字，嘴裡叼著菸，愣住了，最後磨牙。

這麼囂張，除了顧西遲，他早晚也要把顧西遲身後的那個人抓起來！

技術人員張了張嘴，「我不知道，江少，你看看你還有沒有顧西遲的照片吧。」

秦苒回到包廂時，海叔已經回來了。

「那位顧先生有事，先離開了。」他跟魏大師還有陳淑蘭說了一聲。

陳淑蘭往門外的方向看了看，有些遺憾：「這孩子，總是來去匆匆，天天飛來飛去……」

「外婆，您吃。」秦苒拉開椅子坐下來，往她的碗裡夾了一口青菜。

海叔想了想，又把顧西遲給秦苒的東西遞給秦苒，「秦小姐，這是顧先生離開前，託我代為轉交給妳的禮物。」

他把手上的塑膠袋遞給秦苒。

塑膠袋上的「華美超市」四個紅字非常清晰，是很大的白色塑膠袋，只是東西只放在一個角落，不及一個雞蛋大小。

桌旁都是有見識的人，看著這個白色塑膠袋，終於鬆了一口氣。

這麼接地氣，這才像是秦苒的朋友啊。

一邊坐著的林思然熱淚盈眶，趁熱拿出了口袋裡裝著草的瓶子。

「苒苒，這個送給妳。」林思然走到秦苒身邊，壓低了聲音說。

依舊是如大拇指粗的玻璃瓶。裡面有一顆青翠欲滴的草，跟之前不一樣的是，草的邊緣有微微的紅色。

秦苒拿起來看了看，然後側過頭，「謝謝。」

飯桌上的人都看到了林思然的動作，不過這些小女生送的東西他們不太感興趣，只有陳淑蘭笑了笑，指著玻璃瓶誇那顆草好看。

「秦小姐的朋友怎麼會在這個場合又送她一個仿冒品？」程木坐在角落，跟陸照影小聲嘀咕。

陸照影看到潘明月一直低著頭，很少跟人說話，他往後靠，不太在意地笑著開口：「女生，都這樣。」

只有程雋，他把手放在扶手上，瞇著眼睛看了秦苒的瓶子一眼，又側過眼眸，不動聲色地往林思然身上掃去，手指若有所思地敲著桌子。

拜師宴的流程很多，魏大師雖然打算去京城再辦一場，但在雲城他也絲毫不馬虎，該有的流程一個都不缺。

海叔關上了包廂的門。秦苒那位顧姓的朋友沒來，陳淑蘭也沒說還有什麼朋友要來，海叔就數了一下人數，除了那位顧先生，其他人都來了。

他就站在魏大師身邊，隨時關注兩張桌子的狀態，兢兢業業的，控制住自己的目光不亂瞟。
包廂裡的飯局也才剛開始沒多久，氣氛熱鬧，等所有流程走完之後，也是八點多了。
陳淑蘭已經能看出疲態，她也不想影響年輕人的氣氛，就讓魏大師的司機先把她送回醫院。
因為還有高三學生，魏大師到九點多時也準備散場，安排司機先送這群年輕人回學校。
秦苒、程雋和喬聲這一群年輕人先下樓，魏大師跟江回落後一步。
等人走了，魏大師才坐回椅子上。
江回終於摸出了一根菸，看了一眼封樓誠，若有所思地笑道：「沒有想到，封先生你跟錢隊與秦小姐這麼熟。」
錢隊一向話少，只跟江回點點頭，滿冷的，沒多說。
封樓誠有禮貌地跟江回打招呼，「以前在寧海鎮辦過案子。」
「封先生快升遷了吧？」江回的目光轉向封樓誠，目露深思。
從地方升遷，搬到京城的人不是沒有，但升得像封樓誠這麼快又這麼高的，很少。
封樓誠四兩撥千斤，「上面的事情，我也不清楚。」
江回笑了笑，沒話說，只是轉向錢隊，「我有個侄子，有件事想找你幫忙……」

樓下停著三輛車子。
喬聲家有車來接他，秦苒跟潘明月則在等魏大師的車子回來，程雋就跟陸照影他們一起等。
終於等到了這時候，陸照影就圍著秦苒問：

「秦小苒，妳到底是什麼時候認識魏大師的？他還收妳為徒？妳小提琴拉得好嗎……」

直到一輛廂型車停在幾人面前。

穿著黑色外套的少年從後座下來，拉下口罩笑了笑：「今天隊裡有訓練，不過還好趕上了最後一刻。」

第三章　四大家族齊聚

陸照影在秦苒耳邊念了半天，對方只掏掏耳朵，給了他一個「喔」字。

他心中滋味難明。

記得前幾天，他說想幫秦苒找一個更好的老師，現在想起來，好在當初他沒打腫臉充胖子。以他的面子，去京城小提琴協會也只能幫秦苒找個一流的老師，像魏大師這種等級的……

陸照影想了想，恐怕他們家老爺出面都不一定能請到。

若要找一個能請動魏大師的人，陸照影覺得，應該只有連姜大師都能請到的程雋了。

那輛廂型車停下來時，他沒太在意，但是看到從車上下來的少年後，陸照影說到一半的話倏然止住。他瞪大一雙眼睛，似乎不敢相信自己看到的這一幕。

應該是來得匆忙，少年連身上的ＯＳＴ隊服都來不及換，他取下口罩，瞇著眼睛，笑得散漫。

身為骨灰級粉絲的一員，陸照影怎麼會不認得楊非。

過兩天有個跟Ｈ國戰隊的比賽，地點在魔都。而ＯＳＴ戰隊似乎有想把總部從京城搬到雲城的趨勢，這次的訓練賽都沒回京城。

喬聲家的車已經開來了，看到楊非，他又把打開的後車門關上。

喬聲跟陸照影不一樣，他碰巧遇過秦苒跟楊非，又從徐搖光那裡知道不少秦苒以往的事情，比陸照影淡定很多。

「陽神。」他抬起手，跟楊非打了個招呼。

楊非也記得喬聲，朝他微微笑了笑。

「不是說不用來嗎了？」秦苒本來低頭看著腳尖，聽到聲音，抬起眼來笑著。

秦苒本來就不打算找很多人來，程雋是陳淑蘭叫來的，連陸照影跟程木都來了。後來人一多，她乾脆也找了楊非。

她只說是隨便請吃頓飯，而楊非今天還有訓練賽，就跟秦苒說了會晚一點到。直到晚上，他看到喬聲發的動態才知道今天是秦苒的拜師宴，所以匆匆趕來，好在趕上了。

他遞了一個黑色的袋子給秦苒。

秦苒伸手接過來，十分風輕雲淡地跟他說了一句：「不到十點，回去繼續訓練吧。」

楊非看了周圍的人一眼，想了想，又問，「那妳要來看我們的比賽嗎？H國的三場，我幫妳留票。」

「看情況。」秦苒搖頭，「在魔都，我不一定有時間。」

楊非不再說什麼，他來匆匆，走的時候也十分匆忙。

秦苒看著他的車開走後往後走，把楊非給她的黑色袋子隨手放到程雋的車上，因為江回他們給的東西都不好帶回宿舍。把東西扔到程雋的車上後走出來，她才發現陸照影吱吱喳喳的聲音沒了。

周圍很安靜。

她偏頭過，朝陸照影抬抬下巴，挑眉。

陸照影跟程木對視了一眼，然後有些艱難地把視線轉向秦苒，「秦小苒，剛剛……那是陽神？」

「是。」秦苒點點頭，手插進口袋裡，十分大方地承認。

「妳跟他很熟？」陸照影面無表情地看著秦苒。

秦苒摸摸下巴，「還可以？」

陸照影深吸了一口氣，他很想抓著秦苒的領子使勁搖晃，「妳怎麼會跟他這麼熟？」

魏大師那件事，陸照影勉強就是湊個熱鬧，但楊非這種對陸照影來說算得上偶像等級的人物，跟其他人肯定不一樣。

魏大師叫的車子已經來了。秦苒拉開車門，讓潘明月跟林思然先上去，然後手拉著車門，側身盯著陸照影看了一會兒，笑了笑，「打遊戲認識的，他急著回去訓練，下次有機會再介紹你們認識。」

她上了車，跟其他人打過招呼就吩咐司機開車。

等車走了，陸照影才回過神來。

「打遊戲？她的手速都比不上我，能跟陽神在競技場碰到？」陸照影瘋狂揉著頭髮，用一種幽怨又羨慕的語氣說：「那她是不是跟陽神的神牌一起排過？」

楊非最圈粉的一次戰役就是女媧神牌的那一戰，他的不敗神話跟幾張神牌幾乎都連在一起。

喬聲準備重新坐回自己的車子上，聽到陸照影的這句話，他頓了頓，有些同情地看向陸照影。

這傢伙，要是知道那三張神牌就是苒姊創造的，她的手速還是ＯＳＴ戰隊從未出現的第一人，肯定會瘋掉吧。

啊，要是知道他跟林思然人手三張神牌，會傻掉吧？

其他人都離開了，程木跟陸照影兩個人還在思考人生。

程雋靠著後車門，看到秦苒那輛車開遠了才摸出一根菸咬上，微微瞇起眼。半晌，他屈指敲了敲車門，示意程木跟陸照影兩個人回過神。

程木坐上駕駛座。這一晚過得驚心動魄，他按住方向盤的時候，還有些雲裡霧裡。

他轉了一下鑰匙，目光一抬，就從後照鏡看到了秦苒的一堆禮物。

秦苒似乎什麼都沒帶，把禮物都堆在一起。看到掛在小提琴上的那個玻璃瓶時，程木才找回了自己的聲音：「啊，秦小姐那個同學這次買的仿品不同。」

上次是一模一樣的，這次葉子的顏色就不一樣了，估計是沒有培育好。

陸照影拿著手機，瘋狂地傳訊息給秦苒。聽到程木的聲音，他也往後看了看，想起那是程木上次跟他說過的草。不過這種事他不在意，目光又轉到了手機上。

秦苒並沒有回答他任何問題，十分簡單粗暴地把楊非的帳號傳給他。

另一邊，喬聲也回到了家。

「媽，您知道我在苒姊的拜師宴上遇到誰了嗎！」

喬母正拿著手機，坐在客廳的沙發上玩遊戲，聽到聲音後頭也沒回地說：「換鞋。」

喬聲又折回去換鞋。

「魏大師！」喬聲趴到喬母身邊，又壓低聲音，「還有徐少跟我提醒過的，校醫室的那兩個人，還有一位姓江的，我聽到他們叫他江小爺，還有封家人……」

聽到第一個名字的時候，喬母的手頓了頓，雖然驚訝，但還是在她的接受範圍之內，但後面接連出現的名字她就忍不住了。

手一滑，人物卡牌剛召喚出來就被人弄死了。

「江小爺？」喬母也不在意，看到失敗就退出了競技場，把手機扔到桌上：「那就是江家人了，其他兩個是程家、陸家人沒錯了。」

喬聲撓撓腦袋，「陸家、程家？媽，我怎麼沒聽過？」

喬母瞥了他一眼，「你當然沒聽過，上去洗澡吧。」

等喬聲拖著步伐走上樓，喬母才若有所思地看著他的背影，「躺著也能認識這群人……」

她想了想，把手機退出遊戲介面，打了通電話，沒響幾下就被接通。

「徐老師……」

徐校長過去帶京大博士班時教過喬母，後來也幫過喬母一次，因此當初徐校長一來雲城時，喬母就認出他了，也認出了徐搖光。她囑咐過喬聲，所以喬聲對徐搖光的態度跟其他人不一樣，當初甚至在秦語跟秦苒的那件事中選擇了妥協。

喬母恭恭敬敬地叫了一聲，然後把今晚發生的事情說了一遍，「雲城沒發生什麼事吧？」

她下意識地握緊了手機，因為喬聲今晚說的每一個人物，放在雲城都是定時炸彈。

＊

徐校長還在京城。

他戴著老花鏡，一雙銳利的眼睛藏在鏡片後，手端著茶，聽著幾個人跟他彙報，接到喬母電話時他抬起手，讓幾個人先暫停。

他本來漫不經心地聽著，之後不知道聽到了哪一句就頓了頓，從椅子上站起來。

「等等，妳說什麼？」

『就是程家、江家、陸家的人都在，他們會不會……』喬母的聲音帶著擔憂。

「不是，」徐校長把桌子上的文件闔上，沉聲問：「上一句。」

上一句？喬母回想了一下，然後想起了自己上一句說了什麼，『您是說魏大師收徒……』

「是秦苒嗎？」徐校長追問。

喬母「嗯」了一聲。

徐校長掛斷了電話，站在窗邊，一雙渾濁的眼眸低著，沉思了很久。

「徐老？」幾個彙報的人小心翼翼地叫了一聲。

許校長回過神來，握緊手機往外走，「現在幾點了，還有去雲城的機票嗎？幫我買最近的一班。」

其中一人連忙用手機看了一下。

雲城只是普通的二線城市，現在又不是什麼節慶假日，從京城飛去那邊的飛機一天只有幾班。

此時已經接近十點了，沒有到那邊的機票。

「徐老，只有明天早上八點的那一班。」那個人恭恭敬敬地回答。

徐校長有些等不及了，但還是忍住，「好。」

他低頭看了一眼手機，眼微微瞇著，說不清是嫉妒還是什麼：「魏琳都成為她老師了，也不找我？」

＊

——次日，上午最後一節課，數學課。

高洋正在講解周末寫的那張考卷。

這張考卷很難，他講了三節課，現在已經講到了最後一個重點大題。那是極其複雜的導數題，全校幾乎全軍覆沒，高洋已經拿著粉筆推算了一整節課，此時到了尾聲。

秦苒上課不太聽課，除了物理老師，其他老師都不管她，甚至希望她整節課都趴著睡覺或練字。

這節數學課她也一直趴在桌子上練字，一筆一畫，已初見鋒銳的棱角。

快要下課的時候，她忽然放下筆，靠著椅背懶散地抬起頭，看了一眼黑板。一手放在桌子上，漫不經心地敲著。

她突然抬頭，嚇了高洋一跳。高洋講課的聲音也突然頓住，然後不時回頭看了黑板好幾眼，有點懷疑自己是不是哪一步算錯了。

他將信將疑地寫到最後一步，又寫上了結果，秦苒都沒說什麼。高洋清清嗓子，再次開始講解。

直到下課鐘聲響起，他才鬆了一口氣，說了一句下課，然後又偏頭看了黑板好幾眼。

秦苒今天沒等所有人離開，一下課就往校醫室走，她昨晚放在程雋車上的禮物都還沒拿。

而高洋今天比學生晚離開，他拿著粉筆對照自己寫的過程算了一遍，沒找到錯誤才微微放心。

隨手把粉筆扔到桌子上後，高洋把考卷夾在腋窩，轉身走出教室。但一走出去就看到了徐校長，他很是驚訝。

「徐校長？」

「嗯。」徐校長抬手扶了扶老花鏡，朝他背後看了看，沒在秦苒的位子上看到她，「秦苒同學不在嗎？」

班上還有其他沒走的學生，聞言就笑道：「徐校長，苒姊肯定是去校醫室了！」

徐校長聽到這句話，心情更加複雜。他點點頭，說了聲謝謝，然後往校醫室的方向走。

這個時間點，校醫室裡沒什麼人，門是半掩的，徐校長抬手敲了敲門。

來開門的是程木，他手上還拿著空茶杯。因為秦苒剛過來，他連茶都還沒泡。

本來以為敲門的是學生，卻沒想到是徐校長，程木愣愣地看著對方：「徐老？」

程木聽陸照影他們說過徐校長在學校的事，不過一直沒有在校醫室看過他，而且最近在雲城見到的人太多了，看到徐校長，程木愣了一下也麻痺了：「您找誰？」

雋爺還是陸少？陸家跟徐家的關係一般，程家倒是跟徐家有些往來。

門是開的，徐校長在這裡還能看到秦苒正在把手機放到桌子上。

徐校長收回目光，朝程木微微頷首，「我找秦苒。」

秦小姐？程木愣了一下，雖然意外，但也反應過來了。

「秦小姐，徐校長在外面找妳。」他折回去找秦苒。

秦苒剛拿起楊非給她的黑色袋子，聽到這句話，手頓了頓，然後放下袋子往外走。

秦苒出去後，程木有些恍神地目送秦苒走出校醫室的門。

「陸少，」程木想了想，看著正拿著單子分類新物品的陸照影，壓低了聲音，「徐校長跟秦小姐很熟嗎？他找她幹嘛？」

陸照影把一瓶白色的藥瓶擺上玻璃櫃，聽到這句話，他微歪過頭，「難道也是想收她為徒？」

他想起徐校長之前說找到了一個繼承人的事，手上分類的動作也慢下來。

「……你是認真的嗎？」程木重新拿起水壺倒了一杯水。

魏大師有的是手藝，可是徐校長就不單是手藝的問題了。他的一個選擇，徐家格局、京城格局都會因此改動。

京城有那麼多人盯著，他要是真的打算找秦苒，京城怕是會鬧翻天。

陸照影把藥歸類分好，然後把手中的藥單放在桌子上，朝裡面的程雋看了一眼，思考這件事情的可能性。

——院子裡。

秦苒看著一直盯著自己的徐校長，不由得咳了一聲。外面風大，她把外套的帽子扣在頭上，「徐校長，您找我？」

「嗯，」徐校長點點頭，沒收回目光，「我聽說妳昨晚有個拜師宴？」

「是有一個。」秦苒愣了一下，伸手拉了拉帽沿。

這件事，她並沒有跟徐校長說。

程雋、陸照影是陳淑蘭通知的，秦苒沒說什麼，但徐校長不一樣，他的出現就不僅僅是賓客這回事了。

徐校長沉默了一下，扶著鼻梁上架著的老花鏡：「老師是魏琳吧？妳當時跟我說妳不想要去京城，所以拒絕了我的要求，現在改變主意了？」

秦苒垂著眼眸，沒說話。

徐校長也沒等她回答，又幽幽地開口：「妳是對我有意見嗎？」

「啊，」秦苒抬起頭笑了笑，「不是，徐校長，您怎麼會這麼想？您再讓我好好想想吧。」

她沒跟徐校長說魏大師的那件事是陳淑蘭一手操辦的。不過她願意想，就證明這件事還有可以商量的餘地。

徐校長繼續幽幽地看著她，「那妳好好想清楚。」

秦苒沒說話，半晌才開口，「我會考慮。」

徐校長來找秦苒，本來就是為了繼承人這件事。磨了這麼多年，她一直都是一口拒絕，此時終於鬆口了，他的精神稍微振奮了一下，「那妳考慮一下。」

但也只有一小下，一想到她答應了魏大師，他心口又疼了。

徐校長說了幾句，然後揹著手往外面走。

今天是有了進展，但比起魏琳，他這點進展根本不值得一提。

徐校長走到校醫室大門外，想了想，拿出手機打電話，並往車子的方向走。

——校醫室。

秦苒回來時，程雋正在把她的其他禮物拿到沙發上。

「秦小苒，徐校長找妳幹嘛？」陸照影去廚房拿了幾雙筷子出來。

秦苒蹲在沙發旁，將禮物一個一個往外拿，頭也沒抬地回了一句，「關心我的成績。」

「喔。」勉強能接受，陸照影點點頭。

秦苒打開楊非給她的袋子，頓了頓，又面無表情地闔上。

「陽神送的是什麼，我看看！」

陸照影的手都要伸過來了，秦苒一記眼神掃過來，他又縮回了手。

潘明月的東西都裝在背包裡，秦苒打開來看了一下，是一碟影片——從她九歲開始到十九歲的生日影片。潘明月跟她媽媽一樣，從小就喜歡攝影，她出去玩的時候總會拍一堆古代建築回來。

這些生日影片，一開始是潘明月媽媽錄的，從她十六歲之後就是潘明月接手了。

秦苒一向不太喜歡錄這些，錄好之後就放在潘明月家。

但十八歲時的消失了。

秦苒打開十八歲時的影片盒子，裡面是一堆照片，從她七歲到十九歲的都有。

陸照影本來想伸手拿照片來看，但程雋就坐在沙發旁，什麼也沒做，只稍稍瞇眼，淡淡地瞥了陸照影一眼，陸照影就又收回了手，不敢再碰一下，然後摸了摸耳釘，「秦小苒，妳跟潘明月這麼熟啊？」

看著最上面的一張合照，短髮、眯眼又很不耐煩的冷酷女生，一眼看去就知道是秦苒。

她身邊跟她一樣大的女生也眯著眼睛笑，陽光燦爛，帶著少年的朝氣。

陸照影一愣，不太像是潘明月。

程雋慢吞吞地收回目光，不再看這些，而是拿著秦苒掛在小提琴上的玻璃瓶看了一會兒，又放回去。

秦苒把潘明月的東西裝好，又隨手扯過顧西遲拿的塑膠袋。

「這是秦小姐朋友送的禮物吧？」這個華美超市的袋子太過吸睛，程木一眼就看出來了。

他把茶還有碗、菜擺好，往這邊看了一眼，這也是他昨晚看到最正常的禮物。

秦苒漫不經心地往下倒，裡面滾出比一塊硬幣還大的粉鑽，沒有經過切割跟打磨。一路沿著沙發滾到桌子邊，在校醫室的窗戶下折射出光芒。

程木：「……」

他愣了愣，然後僵硬地蹲下來，伸手把桌子旁的粉鑽撿起來，抬頭，「秦小姐，這、這是……」

程木看過粉鑽，但他沒近距離看過。這塊粉鑽華麗好看得有些過分，都不太敢說是水晶。

陸照影將目光從潘明月給秦苒的背包上移開，「什麼？」

他沒看清楚粉鑽。

秦苒面無表情地把它接過來，隨手扔進了塑膠袋，比程木還過分地開口，「沒什麼，一塊玻璃。」

「喔。」程木回過神來，點點頭。

裝在塑膠袋裡的玻璃，勉強能接受。

陸照影沒看清楚，就「喔」了一聲點點頭，然後湊到秦苒身邊，「秦小苒，我們什麼時候去魔都看陽神他們比賽？」

「不一定會去。」秦苒把所有禮物裝好，眉眼斂著，滿酷地回他。

她想起了顧西遲傳給她的那張報告。想了想，她又拿出手機，翻出那張圖片遞給程雋，「你知道這是什麼嗎？」

程雋靠在沙發上，校醫室裡開了空調，他沒穿外套，黑色襯衫被壓得有點皺。他伸手接過手機，看了一眼。他本來坐姿懶散，看到上面的檢測內容後，一雙眼睛瞇了瞇，又坐直身子，沉著眉眼，指尖點著手機螢幕：「這檢查報告是誰給妳的？」

「一個朋友。」秦苒抿抿唇，「我外婆的檢查報告。」

「輻射……」程雋站起來喃喃開口，然後推開玻璃門，往他的辦公桌走。

*

這一邊，魏大師在飯店裡接到了全國各地小提琴協會的電話，都是向他打聽秦苒消息的。

秦苒這件事，魏大師沒有大肆渲染，想等到明年去京城再向媒體公布。

「您說，秦小姐怎麼會跟程家、陸家的人認識？」海叔今天終於回過神來，這件事有些超乎他的預料之外。

魏大師搖搖頭，笑道：「我本想幫她鋪路，卻沒想到差點是她幫我鋪了路。」

說到這裡的時候，他還有些感嘆，畢竟昨晚回來後，江回還特地感謝他找到了錢隊。

海叔倒了一杯水，遞給坐在沙發上的魏大師：「這程家、陸家、江家都在，還缺徐家跟歐陽兩家，五個家族就能湊齊了。歐陽家還好說，徐家人一向孤傲，都不太好接觸……」

說到這裡，海叔搖頭笑了笑，覺得自己在想什麼。

這時候，門外響起了敲門聲。

「誰會在這個時候敲門？」海叔一愣。

魏大師來雲城的消息也就有雲城的這幾個人知道，前兩天基本上都已經上門拜訪過了，今天也只有外省協會的人打電話來，那雲城還有誰？

海叔放下手中的茶壺，走過去開門。

門外站著一個老人，戴著老花鏡，穿著黑色中山裝，整個人乾淨俐落、一絲不苟。

似乎沒想到敲門的會是他，海叔愣了一下才回過神來，「徐……徐老？」

徐家人深居簡出，不太會出現在公眾前，但徐搖光跟魏大師有些交情，海叔見過徐校長本人。只是徐校長不太會跟其它世家來往，魏大師雖然跟徐搖光有來往，但跟徐家人還是隔得有點遠。

畢竟京城那幾個家族，不是說想攀就能攀得上的。

「請問，魏琳魏大師是住這個房間吧？」徐校長往房號看了一眼。

「是的，」海叔連忙打開門，「您快請進。」

等徐校長進去，海叔關上了門，「老爺，是徐老來了。」

剛放下手機，拿起水喝的魏大師放下杯子，有些驚訝地站起來，「徐老，您請坐。」

他心裡也很疑惑，他們魏家跟徐家好像沒這麼熟，徐老來找他幹嘛？

海叔幫徐校長倒了一杯茶。

「是這樣的，我是為了我的一個學生秦苒來的。」徐校長一手拿著茶，開門見山地道，「聽說您昨天收她為徒了。」

「原來徐老是為了這件事。」魏大師心裡驚訝，但臉上絲毫不顯。

又是為了秦小姐？海叔愣了一下，徐校長也是秦小姐朋友之類的人物？不過程雋、陸照影這幾個人都出現了，此時多加一個徐老，好像也不算什麼。

海叔麻木又僵硬地想著。

「不僅僅是這樣，」徐校長搖搖頭，喝了一口茶，似乎沉默了一下，然後幽幽地開口，「我是想問問您，是怎麼讓秦苒答應跟您學小提琴的？」

魏大師一愣，沒想到徐校長會這麼問他。

「您也知道，我的繼承人一直沒有著落，最近這三年我會在雲城，都是為了找繼承人，可她一直都沒答應。」把話說開了，徐校長也沒保留，他是真的很想知道魏大師是怎麼讓秦苒答應他的。

魏大師一邊聽一邊「嗯」了一聲。

「說到這裡，您應該猜到了，就是您昨天才收的弟子秦苒。」徐校長把杯子放在桌子上，抬起

眼眸。

「喔。」魏大師點點頭。

他下意識抬手，又喝了一口水，喝到一半時反應過來。

「咳咳——」

他劇烈地咳著，海叔連忙拍拍他的後背。徐校長則冷酷無情地看著魏大師的臉，半點也不同情。

大約三分鐘，魏大師終於緩過來，抬起頭把杯子「啪」地一聲放在桌子上。

「徐老，您剛剛說什麼？我好像聽錯了。」

徐校長面無表情地重複了一遍。

「她的脾氣我知道，」徐校長幽幽地看著魏大師，「我想知道你是怎麼說服她的？」

「啊，」魏大師還有點沒反應過來，整個人不太清醒，「她肯定不行，得找她外婆才有用。」

「外婆？」

徐校長點點頭，又十分有風度地站起來，「魏大師，今天冒昧打擾了，明天在恩御擺桌，希望您能賞臉。」

徐老走後，兩人還沒反應過來。

「剛剛徐老是說，他選的繼承人是苒苒？」魏大師看了一眼海叔。

徐家在京城的影響力不可說，跟魏大師完全是兩個方向，其他人尊敬他為大師是給他面子，可徐家是手裡真正有實權的。

海叔艱難地點點頭，「好……好像是吧……」

*

——醫院。

寧晴、林老爺子、林麒，林家這些重要的人幾乎都來了。

「媽，老爺子來看您了。」寧晴進來，幫陳淑蘭墊好身後的枕頭。

陳淑蘭沒什麼精神，就看了他們一眼，咳了兩聲，然後淡淡地說了聲：「謝謝。」

她的態度，林家除了林麒跟林老爺子，讓其他人都皺了皺眉頭。

在他們眼裡，寧晴這一家人僅僅就是沾了秦語的光。陳淑蘭充其量不過是一個農村婦人，沾了林家的光才能住在醫院的ＶＩＰ病房，此時還擺出這種態度，不過這幾個人都沒說話。

寧晴放緩了聲音，「京城有一場拜師宴您沒去，我們正在討論在雲城再辦一場，讓兩家親戚都來熱鬧一下，就這兩天。」

聽到這一句，陳淑蘭終於睜開眼睛，看了寧晴一眼，最後又閉上了眼睛。

「不去。」聲音病懨懨又有點冷。

寧晴抿了抿唇，林老爺子臉上則一直笑著，「親家應該是累了，妳也不要太強求。」

他語氣緩慢，聽不出其他情緒。一行人走出了病房後，寧晴還在裡面沒有出來。

「爺爺，這個陳淑蘭也太不識抬舉了。」一個年輕男人皺了皺眉。

林老爺子將手揹在身後，淡淡開口，「鄉野婦人，無須多計較。」

電梯門打開，從裡面走出一位戴著老花鏡的老者。

林麒在秦語開學時見過徐校長，自然認識他，他愣了一下，連忙開口：「徐校長。」

徐校長急著去找陳淑蘭，聽到有人叫他，腳步頓了頓後推了一下眼鏡。但他對林麒沒有多大的印象，就朝他點點頭，沒多說什麼。

等他走後，林家一行人走進電梯。

電梯門關上，林老爺子才看向林麒，「剛剛那個人是……」

「徐校長，」林麒低聲開口，「三年前空降一中校長，聽說是京城人士，每個月都有掛著京城特殊車牌的不知名人士來找他。」

林老爺子精神一振，沉吟了一會兒，「在前任校長無功無過的情況下空降……」

這些事，一中的學生、老師都知道，不算什麼祕密，就是沒人知道徐校長究竟是誰。畢竟，京城有太多新聞在網路上別說是搜尋了，連提個名字都會直接被擋掉。

「明天的筵席安排好了，苒苒那邊……」林麒沒再提徐校長，頓了頓，說起了秦苒。

林老爺子看他一眼，沉吟了一下，「她那邊就不用通知了。」

一開始他是希望林麒拉攏秦苒，但因為陰錯陽差，孟心然的事讓他們不得不選擇秦語。現在看來多虧之前那件事，不然在秦語這件事得到結果之前還在兩人之間糾結的話肯定兩邊都不討好。

林麒嘆息了一聲，沒再糾結這件事。

——校醫室。

程雋的辦公桌上多了一些燒杯、燒瓶這些奇奇怪怪的東西，手邊還放著一個試管。

秦苒趴在一旁練字，她沒去上下午的課。最近老高對她十分寬容。當然，除了物理老師以外，其他老師都對她十分縱容。

她雖然有些不耐煩，但還是抿著唇，一個字一個字慢吞吞地寫著，江東葉則如同死屍一般躺在椅子上。

而陸照影靠在沙發上，對進來的程木挑起眉，問他江東葉是怎麼了。

「好像是手機裡的顧西遲照片被人家刪掉了。」程木有些同情地看了江東葉一眼。

通緝顧西遲的照片只有那麼一張，還因為自己的一時作死，被人家刪了。

現在是大資料時代，基本上很少有人會列印照片。如果早知道顧西遲的背後有個駭客高手，他肯定不會這麼作死，會把顧西遲的照片列印幾千張。

「我小叔今天又變忙了。」江東葉拿抱枕蓋在自己的頭上，將腿放在桌子上，徹底服了自己的運氣，「他說幫我聯繫了錢隊，但我去錢隊的工作地點找了好幾次，都沒找到……」

江東葉不說還好，說到這個，程木跟陸照影看江東葉的目光就更詭異了。

兩人都不敢跟江東葉說昨晚他們不僅見到了江回，還見到了錢隊……

「我再去錢隊那裡找人看看。」江東葉看了一下手機上的時間，又站起來，目光一掃，就看到了還趴在桌子上的秦苒，一頓，「她……不用上課？」

此時快三點了，按照高中學生的作息，第一節課都快下課了吧？

程木淡淡地開口，「她老師都不管她的。」

江東葉一愣，想想她除了物理，其他科的總分是六百四十六分，咳了一聲就拿起外套出去。

秦苒又練了一頁後，口袋裡的電話就震了一下。

她漫不經心地拿起來一看，是秦漢秋的訊息，抬手把筆扔到桌子上。

秦苒靠上椅背，直接撥通了他的電話，聲音微微壓低：「爸？」

秦漢秋那邊顯然很高興，聲音很大，『苒苒，我今天來雲城了，晚上放學妳出來，我帶妳去吃一頓好的。』

秦苒伸手翻了翻字帖，挑眉，「怎麼忽然來這裡了？」

『林家請我們來的，我跟妳舅奶奶他們一起來的。』秦漢秋頓了頓，說得有些小心翼翼：『還有妳弟弟，妳要是不喜歡，晚上就不帶他……』

秦苒闔上字帖，按了一下太陽穴，想了想，「你們現在在哪裡？」

『剛下車，在客運站。』秦漢秋拉大音量回她，『林家的車馬上會來接我們去飯店。』

他一下車就迫不及待地傳訊息給秦苒了。

秦苒看了程雋一眼，對方在用顯微鏡看什麼東西。她站起來，往旁邊走了兩步，低聲道：「哪個飯店？」

秦漢秋說了一個飯店的名字。正巧，正是魏大師跟顧西遲兩人住的飯店。

秦苒還有事情要當面問顧西遲，就說：「行，你們等著，我去找你們。」

半個小時後，雲城唯一一家國際化的五星級飯店，雲鼎飯店。

這是雲光財團旗下的飯店，無論什麼時候，保密性絕對是一流的。

秦苒到的時候，秦漢秋跟寧家一堆雜七雜八的親戚都在大廳裡。秦漢秋穿著滿新的風衣外套，臉有些黝黑，此時正急躁地跟一個短髮女人說著什麼，點頭哈腰的，一張黝黑的臉有點紅，身邊還跟著一個十歲上下的小蘿蔔頭。

而短髮女人身邊站著兩個穿著黑衣，不知道是助理還是保鏢的男人。寧家的其他親戚都隔得很遠，彷彿不認識秦漢秋一樣。

「怎麼回事？」秦苒擰著眉走近。

短髮女人看了秦苒一眼，在她身上的校服上停留了一下，眉眼淩厲的，沒跟她說什麼，只淡淡地看向秦漢秋，「我們等警員來再說吧。」

秦苒往旁邊看了一眼，就看到黑衣保鏢跟短髮女人身後的年輕女人。

天氣很冷，她只穿著一身禮服，外面套了一件外套。一頭波浪捲，整個人有點嫵媚。臉上戴著黑色的墨鏡，看不太清楚她的臉，但不遠處有人在拍照，應該是明星。

張嫂是負責寧家這行人的住宿，她此時正在打電話給林麒，也沒理會秦苒。今天這件事鬧大了，受影響最大的是林家。她的臉色不太好看，眉宇間也是厭煩居多。

「剛剛小陵撞到了那位李小姐，李小姐的項鍊不見了，妳表舅媽他們都說是小陵拿的，小陵雖然不聽話，但這件事真的不是他……」秦漢秋抿了抿唇，「苒苒，妳別過來，警員待會兒就來了。」

秦漢秋下意識地不想牽連到秦苒。

聽到這裡，秦苒差不多懂了，她看了一眼秦陵，淡聲道：「看看監視器不就知道了？」

聽到她這句類似鄉巴佬的話，打電話給林麒的張嫂看了秦苒一眼，擰著眉撇嘴。

短髮女人眉眼淩厲地看了一眼秦苒，忽然笑了，「妳當雲鼎飯店是妳家的？監視器想看就能看？」

聽到這句話，秦苒挑了挑眉。

雲光財團低調，集團旗下涉獵眾多，但均不會冠上雲光財團的名字，雲鼎飯店就是其中一個。

圈子裡，懂的人都知道雲光財團的規定，不管你是誰，只要進了雲光財團旗下的任何會所，所有人都是安全的，所有資訊都是保密，這就是雲光集團會成為五大巨頭的原因之一，所以要拿到雲鼎飯店的監視器畫面太難了，只能等警方立案。

這些事都是不成文的規定，所以在聽到秦苒說要查監視器的時候，短髮女人才會出言諷刺。

張嫂已經打通了林麒的電話，簡明扼要地跟林麒說了這裡的情況。那個戴墨鏡的女人顯然不是好惹的，叫寧晴來肯定沒什麼用。

掛斷了電話，張嫂才有些不耐地看向秦漢秋等人，「別以為這裡跟其他地方一樣，監視器畫面是你們想看就能看的？警員也快來了，大家就先等等吧。」

說完，她去跟那個短髮女人交涉。

秦漢秋低了低頭，他不知道為什麼這裡的監視器畫面不能看，但張嫂還有那個短髮女人的目光跟口氣都讓人很不舒服。

「苒苒，這件事妳別管了，小陵肯定沒有拿。」秦漢秋低下頭，小聲開口，「他不是那樣的孩子。」

「嗯。」秦苒拿著手機傳訊息，隨口應了一聲，沒有說什麼。

「我先上樓找個朋友。」秦苒把手機塞進口袋裡，準備上樓去找顧西遲。

秦漢秋巴不得她早點走，連忙點頭。

秦苒轉身朝樓上走，秦陵小心地抬頭看她，秦苒偏過頭，他又立刻轉回頭。

「你在樓下等著，」秦苒走了兩步又折回來，伸手指了指秦陵，「底下人多，我帶他上去吧。」

那個短髮女人是看著秦漢秋，見到秦苒帶著秦陵走，也沒阻止。反正都在飯店，只有一個大門，溜不掉的。

——顧西遲的房間。

他在門外掛了個「休息中勿擾」的牌子，秦苒直接無視了。

「砰砰砰」三聲，又急又燥的聲音。

顧西遲從一堆紙中爬起來開門，毫不意外地看到秦苒，又看到她身邊的小矮子，挑眉：「這是誰？」

「我爸的兒子。」秦苒直接進去，蹲在一堆文件中伸手翻出兩張，依舊是一堆醫學類問題。

顧西遲點點頭，沒多問，秦苒不是沒分寸的人，既然是她帶來的人，都值得信任。

「研究出什麼來了沒？」秦苒讓秦陵坐到沙發上，隨手拿起顧西遲的電腦看。

顧西遲住的是套房，有個客廳，裝潢精緻，旁邊有落地窗，整體風格很歐式。

顧西遲在抽屜裡翻了翻，在角落翻出了一塊拇指大的石頭，隨手遞給秦陵，「小弟弟，給你玩。」

秦陵接過來，放在落地窗透過的光線下把玩，低著眉眼，一聲不吭，很是孤僻。

「一點點。」顧西遲開了瓶水，靠在電腦桌旁跟秦苒說，「有幾個點不知道，妳應該知道妳外婆是受到輻射的吧？關鍵是被什麼輻射的，我找不到。」顧西遲的手點著電腦上的一排數字，「我想了想，想跟妳道歉，這件事跟妳家隔壁修電腦的真的沒關係。」他誤會他了。

秦苒靠在椅背上，懶得理他。她滑了一下手機，程雋剛剛傳了張報告給她。

「你看看這個。」她把報告拿給顧西遲看。

顧西遲一手關掉電子檔，一手接過秦苒手中的手機。本來有些漫不經心地看著，看到上面顯示的文件時，他整個人忽然清醒。

「鈾、鉧……」顧西遲手中握著手機一緊，「這是誰給妳的？」

「程雋。」

顧西遲點點頭，往前走了兩步，翻了翻地上亂成一堆的機器，「是他的話應該就沒問題，我差不多知道了。」

他把陳淑蘭的報告拿出來，再次分析了一遍，最後抬頭看向秦苒：

「這邊沒有實驗室，我行動不方便，需要回一趟魔都。」

顧西遲就是這樣風風火火的個性。

秦苒站起來，「什麼時候走？」

「現在，七點有一班飛機。」顧西遲看了一下手機，想了想又皺眉：「那混蛋現在還在找我，手裡也有我的照片……」

「他手裡已經沒有你的照片了，」秦苒淡淡開口，「你可以放心離開。」

正說著，秦苒口袋裡的手機又響了，是秦漢秋的電話，要叫秦陵下去。

秦苒以為是警方到了，就把秦陵送給秦漢秋，「你們等一下，我還有點事，辦完就下來。」

她去幫顧西遲隱藏資訊。剛轉身去顧西遲的房間，錢隊的電話就打來了。

「正好，你過來一趟，幫我送個人出省。」秦苒一邊接電話一邊關上大門，看顧西遲收拾行李。

想從她手裡抓到人？不可能。

——樓下，大廳。

警方立案還需要一段時間，林麒跟寧晴兩個人倒是先到了。

「先把其他人安排去房間，休息室也行，」林麒按了一下太陽穴，偏頭吩咐著寧晴，「全都在樓下站著，像什麼樣子？」

他沒有看秦漢秋那群親戚，而是站在原地跟短髮女人交涉。

林家要宴請賓客這件事，圈子裡的人幾乎都知道了，要是真的讓警員來，那林家的臉面今天算是丟盡了。

「我是李秋，是李雙寧小姐的經紀人。」短髮女人看到林麒，終於開口介紹了一下自己，「李雙寧小姐手中的項鍊是贊助商贊助的夢幻之心，因為涉及金額過大，我們不得不扣留這些人。」

夢幻之心，是新款的鑽石項鍊，由李雙寧代言。

林麒的臉色沉了沉，「這件事，我一定會給李小姐一個交代。」

「希望儘快。」短髮女人淡淡開口，「這條項鍊，雙寧明天要戴著去拍言昔最新的ＭＶ，你們找不出來，我就只能報警了。」

林麒的臉色更沉了，因為言昔的大名近幾年太廣，上到八十歲老人，下到幼稚園的小孩都知道。出道後不參加任何綜藝，不炒任何熱度，只安心做自己的音樂，卻依舊紅到讓人無法形容。

李雙寧跟她的經紀人就在大廳等著，林麒折回去找寧晴的那群親戚。

雲鼎飯店低調奢華，這群親戚基本上沒來過這種地方，一個個侷促到不行。

「你到底在幹什麼？」寧晴黑著臉走到秦漢秋這邊，若不是賓客是秦語自己擬的名單，寧晴根本就不想見到這個前夫。

秦漢秋急得一張黝黑的臉都紅了，「我說了，不會是小陵！」

「不是他，是誰？」表舅媽一如既往的刻薄，不屑地開口：「秦陵就跟你那個大女兒一樣，天天都蹺課，就是個小土匪。小小年紀在學校就敢跟別人打架，聽我們家鐘鐘說，這次他是被老師勒令回家反省的不是嗎？」

寧晴的一張臉繃著，秦陵卻抬起頭，看了表舅媽一眼，「有本事，妳當著她的面說這句話？」

表舅媽被他一噎，頓時臉紅脖子粗。當著秦苒的面說這個？她哪敢當那個瘋子的面說這個。

寧家那群親戚吵吵嚷嚷的，舉止沒有分寸。林麒從來沒有跟這種人打過交道，有些頭痛地按著腦袋，轉身去休息室外面等秦語跟林老爺子。

事關秦漢秋的兒子，他不太好出面。

今天這場酒席是按照秦語的意願安排的。秦語在京城的事宜已經穩定下來，她今天要回一中辦理手續，所以林家才安排了寧家的親戚今天來雲城。

林老爺子現在對秦語極其看重，親自去機場接了秦語。林麒沒等多久，秦語就過來了，林老爺子在外面的車上沒有進來。

兩人在半路上就聽到了這件事。無論真相如何，這件事對秦語的喜宴影響都非常大。

「小姐，我早就跟您說了，這些七拐八繞的親戚不要請，烏煙瘴氣的，妳看現在鬧成什麼樣樣子了。」張嫂站在門外，也懶得看寧家的這群親戚。

秦語抿了抿唇，她被丟了面子，這場喜宴還沒開始就鬧到這種地步，怎麼看都是在跟她作對。跟她一起回來的人還有戴然的學員，這種情況下，那幾個學員不曉得會怎麼笑她！弄不好就成了笑話。

秦語的胸口起伏著，怒氣澎湃。這群親戚，果然沒一個省心的！

「媽，秦陵怎麼說？」秦語直接轉向走出來的寧晴。

寧晴搖搖頭，「他說不是他拿的。」

張嫂看了秦語一眼，忽然開口，「我剛剛還看到秦小姐了。」

「她？她現在不是在上課？」秦語瞇起眼。

林麒也一愣，他記得他沒有跟秦苒說這件事。而且以秦苒的性格，他就算說了她也絕對不會來。

張嫂搖了搖頭，頓了一下後開口，聲音略顯嘲諷：「在這個時間見到她也不奇怪。」

在林家，張嫂也不是沒有聽過秦苒翹課、打架、成績不好的事。

秦語點點頭，不再說秦苒，她現在沒有必要跟秦苒計較。寧晴的面色凝重，在聽到秦苒蹺課出來的時候，她的心情很複雜。

就在這時候，休息室的門被人打開。

「你們看，這是不是那位明星丟的鑽石！」表舅媽拿著一塊拇指大的鑽石出來，給寧晴還有秦語看，「我從秦陵那小土匪手中摳出來的，他差點咬到我的手！」

她沒什麼見識，但這塊石頭確實好看。

秦語跟寧晴在豪門待了這麼多年，還是能認出鑽石的，一眼就能認出來。

秦語沉著臉色，直接推開門進去找秦陵，寧晴跟林麒也跟了進去。

「你為什麼要在這種時候偷別人的東西，你是覺得我的日子太好過了嗎？」秦語拿著鑽石，想往秦陵那雙酷似秦苒的眼睛裡砸。

秦陵什麼也沒說，他紅著一雙眼睛，如同野獸一般要去拿秦語手中的東西。

秦漢秋沒想到秦陵手中真的有鑽石，他愣了一下，然後低頭看秦陵，「小陵！你這是從哪裡來的？」

秦語懶得說什麼，把手中的鑽石拿給張嫂，「送去給李雙寧，待會兒我親自去道歉。」

「這是大哥哥送給我的！」秦陵不知道從哪裡來的力氣，掙脫秦漢秋並推開張嫂，直接搶回了她手上的鑽石，紅著一雙眼睛。

表舅媽嗤笑一聲，「什麼大哥哥？我怎麼不知道你還有個大哥哥？」

「大哥哥是姊姊的朋友！」

秦陵把鑽石裝進口袋，緊緊地捏著，十分警惕地看著周圍的人，像是頭獵豹。
秦語一愣，忽然抿唇，「你說的姊姊，是秦苒？」
秦陵冷冷地看著她，沒回答。
秦語點點頭，然後轉身看向寧晴，十分嘲諷，「媽，您聽到了，特地蹺課來唆使小孩做這種事，破壞我的喜宴，她可不是普通的恨我。」
寧晴張了張嘴，秦語卻不再看她，而是直接看向身側的張嫂，似嘲似諷地開口：「報警吧。」
寧晴臉色一變：「語兒！」
林麒也開口，「找到就行了，我們私了，苒苒她不會這麼做的……」
秦語沒想到這幾個人會站在秦苒那邊，冷笑一聲，「她不會？那李雙寧的這顆鑽石是怎麼回事？難不成，還會是她自己或者她那狐朋狗友的？」
誰也沒有想到這件事會鬧成這樣。寧晴想說什麼，看了秦語一眼，但心裡不知道在想什麼，最終還是沒有說話。
林麒頓了頓。這件事不太像是秦苒的作風，她那種性格，就算是報仇也不會用這種陰險的手段，而是如同上次許慎那樣，明著來。
「什麼情況？」
林老爺子在樓下陪著跟秦語一起回來的兩個學員，等了一陣子都沒等到，怕是出了什麼問題就上來了。
林麒言簡意賅地跟林老爺子說了秦陵手中那顆鑽石的情況，林老爺子皺起眉。

「語兒……」

林麒沒管林老爺子的思索，出聲想要說兩句，卻被林老爺子打斷。

「這件事你別牽扯進去。」林老爺子早就看透了秦家姊妹的戰爭，事情是不是秦語挑起來的並不重要，「應該跟秦苒沒關係，可總之是這些人就是了，等警員來也能還她清白。但你不能出面，你一出面站在秦苒那邊，會讓語兒怎麼想？」

「所以，您也覺得不是她？」林麒抿唇。

林老爺子淡淡開口，「是不是不重要。」

這種情況下，林老爺子沒讓林麒開口說話，林老爺子則簡略地說了一句：

「我去找那位李小姐。」

這裡都是寧家的親戚，林老爺子還是沒有多待。

「張嫂，妳跟爺爺去把李雙寧小姐請過來。」秦語點頭，側身看向張嫂，然後又看向秦漢秋。有林麒在，她沒有叫秦漢秋為爸，直接冷著臉開口：「您自己叫她下來吧。」

這個她，指的當然是秦苒。

秦漢秋擰起眉，深吸一口氣，「苒苒是在那位小姐的鑽石弄丟後才來的，怎麼會跟她有關係？」

「這您問她，我怎麼知道她是不是提早唆使了秦陵？」秦語閉上眼，諷刺地說完，沒再理會秦漢秋等人。

她倒是不知道，秦漢秋什麼時候這麼維護秦苒了。

寧晴拿著手機，想了想還是走近秦漢秋，「你還是讓她先下來吧，我打電話她也不接。」

不僅是不接，自從上次之後不知道為什麼，她打電話給秦苒都是電話中。不像是拉了黑名單，但就是打不通。

「不然警員來，她還是要下來的。」寧晴低聲開口。

這時候，顧西遲的東西剛收拾好。

「車牌號碼是1111，那是錢隊的專用車，在後門。」

秦苒關上門，跟顧西遲一起去了員工通道。

顧西遲戴上黑色的圍巾，聲音含糊不清的，「員工通道沒開吧？」

上次他的照片被江東葉放到廣場上時，他有想過要走員工通道，但門是關的。顧西遲也不是沒辦法開鎖，只是走廊上的監視器這麼多，怕到時候鎖還沒打開，雲鼎飯店的保全就來了。

話音剛落，秦苒輕輕一推，員工通道的門就被打開了。

「今天竟然是開的？」顧西遲拉著圍巾，詫異地抬眸。

雲鼎飯店的員工通道跟公共通道不一樣，後門很小，電梯幾乎沒什麼人。

秦苒看著他上了電梯，沒跟他一起下去，轉身關上了員工通道，拿著顧西遲的房卡回飯店。

沒想到上電梯的時候，正好看到電梯上的海叔。

「海叔？你這是要去哪裡？」秦苒頓了頓。

海叔現在不知道要用什麼表情面對秦苒，只壓低聲音，十分恭敬地開口，「我下去開車，老爺有個飯局。」

以魏大師的身分，現在能請他去飯局的人不多。

秦苒點點頭，沒多問，一下電梯就接到了一個雲城陌生號碼的電話。

喔，是她表舅媽。

＊

雲鼎飯店外面停了警車，三分鐘後，秦苒出現在一樓休息室。

表舅媽本來還在嘲諷秦陵，看到秦苒進來，瞬間安靜如雞。

秦漢秋沒打電話，他沒想到秦苒還真的來了，「苒苒，妳怎麼下來了……」

「什麼情況？」

秦苒看到秦陵緊抓著口袋裡的東西，低著腦袋，眼睛血紅，旁邊還有兩個人在做筆錄，便低下眉問秦陵。

「還不就是妳那個弟弟偷了人家的鑽石……」表舅媽小聲開口。

其他親戚也小聲開口，「都敗壞了我們寧家的……」

秦苒伸手，「匡噹」一聲，休息室的大門被狠狠關上。

耳邊是震耳欲聾的巨響。

她轉過頭，朝表舅媽那些人看過去，舔了舔唇，「你們都是秦陵？」

這些親戚沒想到在這種飯店，有警員在場，秦苒還敢這樣，瞬間被嚇傻了，鴉雀無聲。

秦苒這才看向秦陵，「你說。」

秦陵抬頭，聲音很平靜，「他們說大哥哥給我的東西是偷的。」

聽到這裡，秦語已經聽不下去了，「秦苒，秦陵手裡的東西跟妳有關係嗎？」

「我朋友的，妳可以當作是我給他的。」秦苒笑了一下。

秦語點點頭，不再看秦苒，直接看向林麒，諷刺地開口：「爸，您聽到了？」

這鑽石怎麼看都不是秦苒或者她朋友會有的，表舅媽那群人聽到秦苒的這句話，立刻開口：

「跟我們沒關係……」

這一群人恨不得離秦苒這三人一百公尺遠。

剛剛秦語說的話他們聽到了，這條鑽石項鍊將近一千萬，會被關三年的。

這時，林老爺子跟張嫂已經把李雙寧的經紀人李秋請來了。

「你們把鑽石拿回來就好了，」李秋知道林家，對林老爺子也客氣了一點，她推開休息室的門進來，「我們雙寧就不出面了，她是公眾人物，露面不太好，贊助商知道這件事也不開心。」

頓了頓，她又朝林老爺子看過去，淡淡開口：「我就是沒有想到，林家還有這樣的親戚。」

林老爺子滿臉尷尬之色。

李秋直接忽視了秦苒跟秦漢秋，直接看向秦語、林麒那邊，「我們雙寧的項鍊呢？」

「還不拿出來？」秦語冷諷地看向秦陵，「不嫌丟人？」

秦漢秋張了張嘴，秦苒則雙手環胸，看向林麒，十分平靜地開口，「這是你們的態度？」

林老爺子怕林麒說什麼，搶先道：「苒苒，這件事我們看事實說話。」所謂的事實，在他們眼裡就是秦陵拿的。

林老爺子沒有辦法，這種時候，他一個猶豫就會讓秦語跟林家產生嫌隙，一個秦苒，一個現在的秦語，要他抉擇其實很簡單。

林麒抿抿唇，心下更沉，上一次他是私自跟秦苒撇清了關係，但還沒到白熱化的地步。現在發生這種事情，已經不是跟秦苒之間的問題了，兩家似乎不鬧到老死不相往來就不甘休。

秦苒卻笑了，朝秦陵抬抬下巴，有些吊兒郎當的隨意：「你給她。」

秦陵想了想，慢吞吞地拿出石頭。

表舅媽直接一把抓過來，然後遞給李秋，「您看。」

秦語已經不想看了，她直接看向身側的警員，「該怎麼處理，你們就怎麼處理吧。」

李秋接過鑽石，卻一愣，「不對，這不是我們雙寧的項鍊！」

李雙寧的夢幻之心是一家的新品，是經過精細打磨，將鑽石鑲嵌在精美的鉑金項鍊上的，但這明顯是一塊沒有經過精細打磨的原石。

秦語臉上的嘲諷之色一頓，「……那李雙寧的項鍊呢？」

秦苒卻毫不意外。

就是這時候，門外的大廳經理滿頭大汗地進來。

「王經理。」李秋跟林老爺子都認識雲鼎飯店的經理，臉色一變，立刻客氣地開口。

雲鼎飯店是雲光財團的，誰也不知道這個經理跟哪個高層有沒有關係。就算沒關係，這兩人也不敢隨意對待。王經理隨意地點點頭，沒出聲，只快速往前走，因為有點胖，他氣喘吁吁地小聲抱怨：

「秦小姐，您怎麼又下來了？難怪我去樓上的房間找了半天都沒找到您。」頓了頓，又開口：「這是您要的監視器畫面。」他伸手，把一個平板遞過去。

第四章　掉馬危機

秦語跟兩個做筆錄的警員一直在跟飯店管理人員交涉監視器畫面的事，畢竟雲鼎飯店的監視器畫面不好拿。而在發現秦陵手中的鑽石後，現場大部分的人都覺得有沒有監視器畫面都無所謂了。

誰知道，李秋一來，秦陵手中的鑽石不是李雙寧的就算了，王經理還特地拿了監視器畫面來給秦苒？現在別說是秦語跟李秋，就連林老爺子心中都是一跳，猛地抬頭看向秦苒。

秦苒淡淡地接過平板電腦，王經理則喘著氣，站在秦苒身邊。

「您要的大廳監視器畫面在這裡，這邊是走廊……」他用粗手指點著平板的螢幕。

雲鼎飯店的監視器畫面很清晰，秦苒找到了自己要的畫面，放大。

她沒有掩飾，林麒跟秦漢秋都看到了，秦漢秋重重地鬆了一口氣。

秦苒直接把平板扔給李秋，「自己好好看看！」

李秋精明幹練的臉上第一次出現錯愕，低頭看了看平板。

監視器畫面放慢了八倍，秦陵低頭不小心撞到了李雙寧，但從始至終，就算是放慢了八倍，秦陵垂在兩旁的手都沒有碰到李雙寧。在這之後的畫面，秦陵連李雙寧的三公尺內都沒接近，李雙寧被保鏢跟李秋護得緊緊的。

秦陵想在這種情況下拿到李雙寧身上的夢幻之心，簡直是天方夜譚。

李秋的臉色一變，李雙寧的項鍊不見時，表舅媽一行人就直接說是秦陵，她也沒在周圍找到項鍊，所以就認定是秦陵拿的。現在事情鬧這麼大，項鍊卻跟這個孩子無關。

這些都是其次，雲鼎飯店的王經理親自拿監視器畫面出來，是讓李秋最惶恐的事。

她看著秦陵和秦漢秋的穿著舉止，認定這兩人沒什麼背景，所以連自己的名字都懶得提，現在……

「這位小姐，這一切都是誤會。」

李秋拿得起放得下，她把手中的平板和鑽石還給秦苒，跟秦苒和秦陵這些人說了抱歉。

畢竟是經紀人，她極會看眼色又放得下身段，還遞了張名片給秦漢秋。她表示會為這件事作出補償，才匆匆回去繼續找項鍊。

李秋滿臉盛氣地過來，走的時候，氣勢矮了半截。

秦語不死心地拿監視器畫面來看，包括秦苒後來到了飯店，也都跟林雙寧沒什麼糾葛。

表舅媽那些人面面相覷，這時候，竟都不敢開口了。

「都是一家人，」一直沒開口的林老爺子站出來，咳了一聲，「誤會解開了就好，這是小陵吧？長得跟你姊姊真像，大家收拾一下，我為你們安排好了房間……」

隨著林老爺子的話，表舅媽等人侷促不安的表情也放鬆下來。

「都沒人道歉嗎？」

在漸漸放鬆的氣氛中，一道清冷的聲音響起，親戚之間的寒喧也隨之沉默。

等到沒有人說話，秦苒才側身環顧了整個休息室一圈，最後把目光放在林麒和寧家那群親戚身上：

「你們就算不相信他，監視器畫面也可以等吧？就這麼迫不及待地逼迫一個孩子？林叔叔，我以為在場的人中，您至少會說一句話。」

林麒沉默了一下，「苒苒……」

林老爺子連忙看了秦漢秋一眼，「真是抱歉，為了表明歉意，我們會為你在雲城安排一份工作……」

若沒有秦苒，老爺子絕對不會有這份安排。他看得出來，秦苒跟秦漢秋的感情比跟寧晴好太多了，這份投資是值得的。

商人重利，無論什麼時候都能體現出來。

寧家其他親戚看向秦漢秋的目光漸漸變得嫉妒。

「不用了，」一直沉默不語的秦漢秋終於抬起頭，看了秦語一眼，又轉向林老爺子：「林氏我高攀不起！我在這裡祝秦小姐，前程似錦！」秦漢秋將目光放在秦語身上，最後轉向秦苒跟秦陵，「苒苒、小陵，我們走吧。」

秦苒本來還有話要說，看到秦漢秋這樣，她難得一愣，然後一句也沒說地跟在他後面出去了。

「表姊夫，等等我！」一個中年男人連忙跑出來。

這種時候，中年男人這個小人物就沒多少人關注了。

「爸！」

「秦漢秋！」

秦漢秋的一句話一出，秦語、寧晴和寧家的幾個親戚都有些震驚地看向對方。

秦語更是抿起唇，她有些無法想像從小一直呵護她的秦漢秋，今天會站到她的對立面。她是不在乎秦漢秋對她的愛護，但對方真的不關心她了，她心裡卻非常不舒服。尤其是今天這場鬧劇，讓她的喜宴頓時變得如同一場笑話。

林老爺子知道王經理背後代表著什麼，看到秦苒跟秦漢秋的態度，心裡一慌。

「秦先生、苒苒，這件事……」

砰——

秦陵回頭，面無表情地看了林家人一眼，然後關上了休息室的門。

「張嫂，先把客人安排好。」林老爺子沉默了一下之後說。

張嫂把寧家的親戚帶到客房。

——樓下休息室。

寧晴看著秦漢秋跟秦苒離開的方向，看了一眼秦語，搖頭說：「秦漢秋就是那個性格，死也不往上爬，當初我跟他說了好多次，他竟然就滿足於一個工廠的工人，這麼多年了，依舊沒長進。」

陳淑蘭滿喜歡秦漢秋的，但寧晴最不喜歡兩人的一點就是半點沒上進心，隨遇而安，什麼情況下幾乎都能生存，最後寧晴實在忍不了就離婚了。

現在的秦苒，跟秦漢秋幾乎像是同一個模子刻出來的。

想起上次在醫院看到的魏大師，寧晴的心口又有點痛。她看了一眼秦語，那一句疑問最終還是沒有說出口。

聽著寧晴的話，秦語點點頭，心中的鬱氣疏散了一點。

秦語調整好情緒，看向林老爺子：「爺爺，我去招待我師傅的學員。」

林老爺子點點頭，沒跟她一起出去。

等兩人出去之後，林老爺子才長嘆一聲，看了一眼林麒：「秦苒為什麼會認識王經理？」

秦語、寧晴兩人在林家這麼多年，其實都沒真正跨入林家的圈子，從上次寧晴不知道雲光財團的存在就能看出來。寧晴以為自己隱藏得很好，從來不表現出來以顯得自己淺薄，但林老爺子是火眼金睛，哪看不出來。

「我也不知道，」林麒搖頭，「我查過，秦漢秋是孤兒，寧家往上數都是農民，一點其他痕跡也沒有。」

林麒娶續弦也不是隨意娶的，林家家大業大，他查了寧晴的所有資料，保證背景乾淨，威脅不了林錦軒才娶回家。

有一點奇怪的是，背景太乾淨了，林麒還曾親自去寧海鎮看過陳淑蘭的住所才放心。

「那就奇怪了……」林老爺子上次還信誓旦旦，這一次卻有些後悔了。

「雲光財團，就算是沈家也遠遠不及……」

旁邊的管家適時地開口：「老爺子，秦漢秋一直都是工廠工人，若真的是雲光財團的人，他還需要在工廠上班？而且……剛剛張嫂說得對，今天是週三，這個時間，一中還在上課吧？秦小姐敢蹺課，但當年少爺全校第一，也從來沒有缺過一節課，這是態度問題，走不遠的。」管家搖搖頭。

但監視器畫面要怎麼解釋？林老爺子想不通，現在也只能跟著管家的想法走。

秦語是一有機會就會緊緊抓住往上爬的人，只要給她一個機會，她就會一直往上爬。林老爺子也知道，戴然就是秦語的一個跳板。但秦苒就太邪門了，她看起來似乎什麼都不在乎。

林老爺子點點頭，算是認同了管家的話。

現在秦漢秋、秦苒這兩人算是公開跟林家決裂了，林老爺子只能堅信管家的話，拚命地想想秦苒那糟糕的履歷，才能讓自己的心情好受一點。但心底還是揪著，有幾分不太明顯的不確定。

外面，剛才跟出來的男人周大建有些尷尬地看了秦苒一眼，「這是苒苒吧？妳叫我……叫我表舅舅就好。」

七拐八拐的，隔了這麼多層關係，周大建勉強找了個稱呼。

寧家的親戚秦苒都不熟，正慢吞吞地跟人講電話，然後抬頭看了周大建一眼，點點頭，十分有禮貌地開口：「表舅舅。」

周大建黝黑的臉笑了笑，「啊，對了，小陵手裡的真的是鑽石嗎？」他指了指秦陵手上的石頭。

秦苒還沒說話，秦漢秋就開口了，「玻璃吧，鑽石哪有這麼醜的。」

因為沒有被切割，石頭表面極其不規則。

「喔喔，難怪。」周大建點點頭，鬆了一口氣，「我就說怎麼會有這麼大的鑽石。」

他看過親戚的鑽石戒指，也只有一點點大，聽說那樣就一萬多了，這麼大的鑽石，要多少萬啊？

「大建，你沒必要跟我一起出來，我這個人沒上進心，」秦漢秋嘆氣，「你這……」

「無所謂，那個女傭人一臉高高在上的樣子，我不喜歡。」周大建連忙擺手，「而且說實話，你二女兒就擺個架子吧，我吃頓飯也沒好處，你那機會才是真的可惜……」

張嫂的「你們這群沒見識又占便宜的窮親戚」的態度，已經刻在了額頭上。

周大建跟秦漢秋是工友，又有親戚關係，脾氣就在那一刻爆發了。

「那算什麼機會，幾年前人家請我拍電影，我都沒去！苒苒，爸帶妳去吃飯，」秦漢秋將心中的低落掃掉，看向秦苒，「妳想吃什麼？吃完爸爸明天早上回寧海鎮。」

秦苒看了三人一眼，「不用急著走，我幫你們找個飯店，就在我們學校旁邊。」

她直接攔了輛計程車，將他們帶到衡川一中的校門外。

四個人下了車，但秦苒手裡沒現金，而銀行距離一中不遠，秦苒想了想，先去了銀行。

在路上，她傳了封訊息給陸照影，詢問程雋的銀行卡號。

半晌，陸照影才回了一串數字，並附言：『**手術費三千塊**。』

秦苒熟門熟路地到了銀行。

銀行經理一眼就認出她，立刻畢恭畢敬地迎上來，「秦小姐，您有什麼業務要辦嗎？」

他把幾個人帶到ＶＩＰ接待室，還泡了茶。

銀行經理十分小心翼翼地服務，客氣到了極點，「秦小姐，這是新運來的茶……」

秦苒按了一下太陽穴。真囉嗦。

「轉帳，領錢。」

她直接拿出卡跟身分證，抬手往桌子上一拍，經理立刻閉嘴，連忙親自幫她辦理業務。

秦漢秋跟周大建兩人都誠惶誠恐地愣看著秦苒，捧著的茶杯都怕是古董，一口也不敢喝。

*

——校醫室。

陸照影咧了咧嘴，看向程雋，「雋爺，三千塊，你是不是對秦小苒太狠了？三百就差不多了！」

一旁，程木面無表情地看著兩人，他也想程雋對他這麼狠。

叮咚——

程雋的手機收到一封訊息，陸照影湊過來看，「秦小苒這麼窮，三千塊能轉……轉……」

程雋的手機上了鎖，最新訊息顯示在鎖定畫面上，是銀行傳來的訊息。

而陸照影的一個「轉」字在嘴裡繞了半天，最終還是沒有說出來。

程雋靠著實驗桌，手上拿著一張單子細看。見到陸照影這樣，他抬手將單子扔到桌子上，隨手撈起手機，不緊不慢地看了一下。

「陸少，你看到了什麼啊？」程木被陸照影一口氣噎了個半天，有些忍不住了。

陸照影搖了搖頭，將手撐在桌子上，喝了一口礦泉水，「啊，雋爺，我剛剛是不是多看了幾個零？」

首字是三，但後面的零不太對。

程雋的眼眸微微瞇起，看著手機上顯示的數字，沒開口。

「三百萬……」陸照影把礦泉水瓶往桌子上一放，目光轉向程雋，「比我前幾年的零用錢還多！」

陸照影家不缺錢，但陸媽媽對他零用錢的限制非常嚴。陸照影小學、國中到高中的那段時間，只能想辦法蹭程雋的錢。陸照影一度覺得程老爺子的管理方法有問題，不然為什麼從小學的時候開始，程雋的錢就好像用不完一樣。

「三百萬？不對吧？」程木撓了撓頭，弱弱地開口：「這應該不是秦小姐轉的吧？不然她怎麼會在我們校醫室打工。」

不僅在校醫室打工，還在奶茶店打工……

陸照影沒再說話。

程雋把手機按掉，隨手扔到桌子上，重新拿起那張單子來看。

「不對。」陸照影坐直身體，剛剛是六個零，他確定，而且肯定沒有看錯。

秦苒剛剛才跟他要了程雋的銀行帳戶，陸照影也有理由相信程雋給秦苒的，是他的私人帳戶。

想到這裡，陸照影看了一眼程雋。

確實奇怪，他是看到秦苒就毫不懷疑地讓對方進了校醫室，那雋爺呢？

程木看到陸照影的反應，小心翼翼地問了一句：「陸少，那錢……」

陸照影摸出一根菸叼著，懶懶地瞥他一眼，「你說呢？」

另一邊，銀行經理畢恭畢敬地把秦苒跟秦漢秋一行人從ＶＩＰ接待處送到外頭。

「苒苒，剛剛那……」秦漢秋咳了一聲。他們走了不遠，他還是忍不住看身後的銀行經理。對方還畢恭畢敬地站在銀行大門口，西裝革履的，一看就是成功人士。見到秦漢秋回頭，還非常有禮貌地微笑了一下，嚇得秦漢秋一顫。

秦苒看了一下手機上的時間，側過頭，「銀行的人。」

「喔喔。」

秦漢秋點點頭，沒再說話。

秦苒幫他們訂了學校周邊的飯店，讓他們放下行李。四人找了個地方吃飯，秦苒想帶他們逛逛一中，秦漢秋跟周大建都不同意。

「苒苒，弄了一下午，耽誤到妳的時間了吧？」秦漢秋立刻擺手，「妳下午都沒去上課，老師不會罵妳嗎？」

「不會，他們不管我。」秦苒靠上椅背，拿起礦泉水瓶喝了一口。

秦漢秋下意識認為老師們放棄她了，周大建立刻有眼色地岔開話題。

這兩人都不想不打擾秦苒學習，只有秦陵抓著秦苒的衣角，非要跟她一起走，秦苒就跟秦漢秋說好，會在晚上睡覺前把秦陵送回來。

「老秦，下午我們去的是銀行的ＶＩＰ接待處吧……」等兩人走後，周大建才看向秦漢秋，「你們家苒苒哪來這麼多錢？」

他不知道要多少錢才能進ＶＩＰ接待處，但……肯定比他想像得多，畢竟銀行的人那麼熱情。

秦漢秋伸手開了瓶啤酒，沒說話。

「你怎麼都不笑？你有這個閨女，以後會享福啊！」

周大建看到秦漢秋板著臉，有點想打他。都是一起搬磚的，他怎麼突然變成有錢人了？難怪剛剛在雲鼎飯店，秦苒還去了樓上。

「沒臉享福，」秦漢秋灌了一口啤酒，苦澀地笑道，「苒苒從小到大，我基本上都沒管過她。」管最多的就是她跟秦語吵架，秦語哭，他跟寧晴最常對秦苒說的就是——妳是姊姊，不能讓讓妹妹嗎？

那時候寧晴功利心強，秦漢秋每天打好幾份工，回來都累到不行，根本沒心力管兩姊妹的事。秦語每天晚上還會跟他說好話……以至於長這麼大，他幾乎都偏袒秦語，跟秦苒也不親。

秦漢秋想到之前在一中，秦苒絲毫不避諱她同學……那時候秦漢秋才有些明瞭，有些話並不是嘴上說說的。

「老周，你說我那時候是在想什麼呢？明明都是人，苒苒為什麼一定要讓語兒呢？」秦漢秋又灌了一口酒，眼睛有點紅，「就因為她比語兒大一歲？」

周大建把桌子上的餐巾紙遞給他，了然地點點頭，「老人的話沒聽過？會吵的孩子有糖吃，這句話你不懂？」

這邊，帶著一個孩子，秦苒也沒去上晚自習，就帶秦陵去了校醫室。

陸照影看到秦苒進來，就一直幽幽地盯著她看。

程木則習慣性地拿起茶壺，看到秦苒身邊的秦陵後問，「秦小姐，這是？」

「秦陵，我弟。」秦苒拍拍秦陵的頭，扔了一本書到桌子上，「去看書。」

秦陵一言不發地坐到桌子旁，拿起那本書來看。他低著眉眼，看起來有些孤僻陰鬱。

「弟弟啊。」陸照影收回目光，轉向秦陵，他摸著耳釘，十分自來熟地開口：「弟弟好，你可以叫我陸大……」

秦陵抬起頭，一個「哥」字還沒說出口，陸照影的聲音就卡在半空中。

秦陵又低下頭，翻了一頁。

程木把泡給秦苒的茶放在桌子上，餘光看到秦陵手中翻著的是秦苒經常看的原文書。

「……」臭弟弟，你看得懂嗎？

「不是，秦小苒，你這弟弟跟我有緣啊！」陸照影從當機中回過神來。

他瞬間忘記了秦苒那三百萬的事情，繞著秦陵轉了好幾圈，「我看他很眼熟！」

程雋坐在沙發上，正在看電腦上的解剖影片。他手裡拿著一個杯子，聞言就抬起眸，「你之前也說她很眼熟。」

秦苒晚上懶得去上晚自習，也不想練字，就大剌剌地坐上沙發，程雋十分好脾氣地讓了半邊天下給她。

程雋清了清嗓子，看向秦苒不緊不慢地說：「他說妳像他媽。陸阿姨很晚生他，今年都五十三了。」

陸照影不敢置信地看向程雋，這樣算是兄弟？這麼陰？

秦苒面無表情地看了陸照影一眼，低頭繼續按手機，傳了一句話給言昔。

『李雙寧認識？』

＊

——魔都。

言昔一雙眼睛熬得通紅，身邊一堆廢紙，都是他寫的詞。

手機一響，是特別的鈴聲，他連忙扔下筆，在雜亂的桌子上找到手機，一眼就看到了訊息。

「李雙寧是誰？」他靠上椅子，敲著桌子問經紀人。

經紀人一看言昔的架勢就知道傳訊息的是大神，有些哭笑不得地開口：「言昔，你今天來魔都就是為了明天的MV，你忘了嗎？李雙寧是你MV裡的一個配角。」

「喔，」言昔看了一眼訊息，十分風輕雲淡地開口，「換掉她。」

言昔出道這麼多年，基本上都兢兢業業地搞自己的音樂，很少管演藝圈的事，現在還是第一次有這種要求。

「好。」經紀人點點頭，以現在言昔的地位，換掉一個三線明星也沒什麼。

他猜想，這個三線明星是得罪大神了。

另一邊，好不容易在飯店裡找到夢幻之心的李雙寧一行人來到魔都。

手裡剛拿到言昔團隊的劇本，還沒捂熱，就被言昔團隊的人告知不用繼續參與了。

「為什麼？」李秋一愣，看向言昔團隊的人，「我們不是簽了合約嗎？」

言昔是演藝圈少有的清流，不上綜藝、不拍電視劇、不炒緋聞、不炒人設，會這麼紅，完全是靠他的音樂！熱搜全都是粉絲頂上去的。一般能跟他扯上關係的人很容易引起路人好感，畢竟他的每一張專輯都很暢銷。

李雙寧一路過關斬將才走到這一步，完全沒想到會在這時候被言昔團隊的人開除！

來人愧疚地說：「我們會給妳雙倍違約金。」

這種時候再高的違約金都沒用，李雙寧要拍言昔MV的新聞稿都發出去了，這時候換人，以言昔在圈子裡的好名聲，網友們只會罵李雙寧！

李秋急躁到不行。

「你們還是好好想想，最近有沒有得罪什麼人。」來人臨走的時候，只淡淡地說了一句。

得罪了什麼人？李雙寧的腦子混亂，只能想到下午夢幻之心的事。

「那小孩的姊姊，好像認識雲光財團的人……」

李雙寧沒去休息室，但李秋知道。兩人完全沒想到會因為一個孩子，毀了李雙寧在演藝圈的所有人設。如果有時光機器，就算夢幻之心真的丟了，李秋也絕不會那麼武斷！現在不僅在不知道的情況下得罪了一個大人物，還把言昔的合作案丟了，李秋感覺到心在滴血。

她當機立斷：「回雲城！」

*

秦苒跟言昔聊了幾句，就關掉了聊天頁面。

顧西遲也回到了魔都，他哪裡也沒去，直接用實驗室的儀器重新檢測了一下，連飯也沒吃。

他已經在雲城做過一遍，而程雋把他的結果完善了。不過他這麼認真也不僅僅是因為秦苒外婆，因為他本身就是個醫學狂人。

他把拿到的報告直接傳給秦苒，附帶幾句話：

『給程雋看！』

『快點！我很急！』

看起來是滿急的。

秦苒點開他傳來的文件看了一眼，是顧西遲實驗室儀器的記錄，雜七雜八的。她抿了抿唇，偏頭看了程雋一眼。

程雋正抱著毛毯看影片，有些昏昏欲睡，但餘光見到她看向自己，就隨手把手中的毯子遞過去，「冷？」

秦苒非常熟練地道了謝，把毯子拿到身上時才抬起頭，「啊，不是，我是要給你看個東西，等等，我傳給你。」

程木坐在秦陵身邊，面無表情地看著這一幕，然後戳著手機傳了一句話給程金：

『我想自戳雙眼。』

程雋看了一眼手機，秦苒傳了文件來，他點下接收，淡淡開口：「什麼東西？」

「醫學。」秦苒抱著毯子看他。

「嗯，」程雋點點頭，然後隨手轉發給陸照影，「列印給我。」

陸照影日常看診的桌子上有印表機，他非常沒脾氣地把文件全都列印出來。一邊列印，一邊側著身子試圖跟秦陵聊天。文件一共有十張，列印得很快。

陸照影看列印好了，就拿去給程雋看，「秦小苒，妳有什麼醫學資料要給雋爺看？」

他一邊走一邊隨手翻，一低頭，就看到了扉頁上很明顯的「顧」字。

而魔都的顧西遲，拿著泡麵坐在實驗室的電腦面前，等待秦苒的結果。剛吃下一口麵，他忽然想起來不對，僵硬地側頭看了一眼面前的電腦。

顧西遲的電腦是實驗室專用的，文件頁面都有私人專屬的浮水印，無法複製也很難去掉。

這些都是他的標配。這次因為太急，他報告一出來，就直接傳給了秦苒。

顧西遲僵硬地拿起手機，有些不死心地打開微信，點開秦苒的頭像，又僵硬地點開文件——刺目的浮水印映入眼簾。

顧西遲面無表情地把泡麵放下，退出文件，傳了一個黑白色蘑菇傘發黴的表情給秦苒，然後又發了撲通一聲跪在地上的貼圖。

——校醫室。

秦苒的手放在沙發上，回答陸照影剛剛的問題，「就我朋友傳來外婆的一些檢測報告。」

陸照影點點頭，終於把目光從文件上移開，「我知道，妳一個姓顧的朋友？」

「嗯……」秦苒扯扯身上的毯子，說到一半忽然抬頭。

「是顧西遲。」陸照影把列印出來的紙放在程雋的電腦旁，然後面無表情地轉向秦苒。

秦苒：「……」

她的手機震了震，低下頭，顧西遲的兩個貼圖正好傳過來。

程木正在看著秦陵翻頁，還想問問他究竟到底會不會，就聽到陸照影的一聲「顧西遲」，整個人差點從椅子上摔下來。一般的偵探所根本找不到顧西遲的半點消息，程木也只在江東葉那邊聽過一點，知道顧西遲身後有馬修還有貧民窟的那些人。

程雋也回過神來，伸手拿起列印出來的文件，目光從電腦螢幕移到秦苒身上，「妳怎麼認識顧西遲的？」

眉頭微微擰著，他知道的比程木那些人多，顧西遲跟國際上那些遊走在法律邊緣的人打交道，亦正亦邪的，秦苒怎麼會跟他有關係？而且……

程雋低頭看著細密的報告，顧西遲的浮水印大大的，幾乎絲毫沒有遮掩。

顧西遲這個人一向古怪，一般人求到他頭上他都不會理會，最常去貧民窟跟還在發生戰爭的地方幫人治病。現在他就這麼隨意地傳實驗室的資料出來，要不是特別信任的人，根本做不到這一點。

很自然的，程雋也想到了顧西遲之前在寧海鎮的消息，而這次他忽然出現在雲城也是為了陳淑蘭。這兩人是什麼關係？讓顧西遲這麼盡心盡力？

程雋掃了文件一眼，沒有繼續說什麼，而是撐著沙發站起來，拿著他的臨時實驗臺、幾個試管，又擺弄了一下顯微鏡。

半個小時後，一張報告印出來。
程雋拿起手機，隨手拍了張照，傳給秦苒，「把這個給顧西遲就好了。」
秦苒慢吞吞地低頭，把程雋那張圖轉發給顧西遲。
顧西遲又反應飛快地傳了「厲害」的貼圖來，秦苒一個字都不想回他，一個標點符號都不想回。
「現在十點不到，」程雋低頭，看了一下手機上的時間，然後側頭看秦苒，「出去聊聊？」
秦陵在一旁，立刻就轉過頭來看秦苒，手中的原文書被闔上了。
秦苒收起手機，朝秦陵勾了勾手指，「小陵，我先送你回去。」
秦陵就拿著原文書站起來，垂著腦袋跟在秦苒後面。
程雋折回去拿車鑰匙，又把自己跟秦苒的外套拿過來，扔給秦苒一件，「走吧。」
剛剛程雋跟秦苒之間的氣氛有點奇怪，等三個人出了門，程木才敢跟陸照影說話。他有些幽幽地開口：「陸少，你還記不記得上次秦小姐拜師宴那個沒來的顧姓朋友，是不是就是顧西遲？」
這時候，一想起來自己忽略的東西，就猶如洪水。
為什麼顧姓朋友答應了陳奶奶說馬上到，秦苒出去一趟，顧姓朋友就沒來了？還有，秦苒手裡那個粉色、她自稱是玻璃，但程木卻不敢確定的東西，分明就是沒有經過切割的粉鑽吧！顧西遲跟鑽石商人那麼熟，手裡沒有切割的鑽石都可以用來打彈珠了吧！
那下午，秦小姐匯給程雋的三百萬⋯⋯
在這之前程木覺得玄幻，這時候又變得理所當然。

想想，跟顧西遲認識的都是什麼人，鑽石商人、國際刑警、貧民窟老大，能跟顧西遲有關係的會是什麼簡單人物？

陸照影摸了摸自己的耳釘。問他記不記得？他都快瘋了，還問他記不記得，他當然記得！他還跟秦苒開玩笑說妳朋友跟顧西遲同一個姓。

那時候秦苒是什麼反應？只看了他一眼！

「原來我們離江少要抓的顧西遲這麼近？」

程木看著手機，竟然有些不敢告訴江東葉這個消息……知道後，他會哭吧？

另一邊，秦苒打了電話給秦漢秋，知道他還在燒烤攤後，就把秦陵送去他那裡。

秦漢秋還拉著周大建在喝酒，嘮叨了兩個小時。秦苒過去的時候，他臉是紅的，眼睛也是紅的。

「苒苒，我過一會兒跟老周去接他就好了……」秦漢秋站起來，隨手抽了張面紙擦鼻涕，招手讓秦陵過來，「這……這是……」話沒說完，就看到站在秦苒身後的程雋。

程雋穿著黑色的大衣，身材頎長，在路燈不明顯的映照下，一張微垂的臉顯得精緻絕倫，他非常有禮貌地跟秦漢秋打了個招呼，「叔叔您好。」

還介紹了一下自己。

「喔喔，」秦漢秋突然興奮起來，看著程雋說，「小程啊，吃飯了沒？跟叔叔一起吃燒烤……」

「爸，您該回去了。」秦苒看了一下手機的時間，「十點了，秦陵該睡覺了。」

秦漢秋有怕秦苒，又點點頭，依依不捨地說，「是啊，該睡覺了。」

飯店就在斜對面，三個人轉身就回了飯店。程雋依舊十分有禮貌地把三個人送到了飯店門口，還非常遺憾地看著秦漢秋的背影，一頓燒烤沒有吃成。

三個人的背影消失後，程雋才側過身，在周圍看了看，看到不遠處的休閒酒吧。

五分鐘後，兩個人坐在休閒酒吧的一處角落。這個時間，休閒酒吧裡的人不少。

程雋靠在椅背上，有些習慣地拿了一根菸出來，卻沒抽，只是看向秦苒，「顧西遲之前出現在寧海鎮也是因為妳？」

「嗯，我讓他來看我外婆。」都這個時候了，秦苒也不否認，她拿起放在一旁的杯子。

程雋不太喜歡摻合程家的事。

程老爺子讓江東葉查顧西遲，但這幾年來半點消息都找不到，因為顧西遲背後突然又多了個駭客高手，隨時能改動他的任何乘票、住宿資訊，而江東葉查不到就找程雋。

其中只有幾次蹤跡都是程雋給顧西遲的，過程中，程雋跟那位高手交鋒過幾次。乾脆俐落、不拖泥帶水，還非常冷酷，那行事風格現在回想起來太熟悉了！

顧西遲上一次出現是三個月前在寧海鎮，他來的資訊也事先被人掩蓋掉了，江東葉就求到了程雋那裡，程雋才隨手給了個地址。

他滿好奇在顧西遲身後的究竟是誰，各種航班、飯店資訊，甚至消費記錄都能抹掉，因此程雋做完任務，就跟著江東葉去寧海鎮看熱鬧。

不出他所料，江東葉什麼都沒找到。

後來他到了雲城，一部分原因是要調七一二懸案的檔案，當然，會一直留在校醫室沒走，程雋不否認他有私心。

再後來，錢隊身邊的技術人員對秦苒畢恭畢敬的，讓程雋懷疑七一二的事件跟她有關係。而上次秦苒給他看過一張輻射的報告，他就覺得那張報告跟顧西遲有關係，江東葉手中的照片又消失得太剛好了，他電腦上那張「囂張」的圖片風格也很熟悉！

有一點，程木跟上了程雋的思路——會跟顧西遲有關係的，都不會太簡單。

程雋微微瞇起眼，看著秦苒輕笑了一聲，眸裡細細滿滿的，雜糅的都是笑意，又低又緩地說，「就是妳一直囂張地混在五大巨頭旗下，各種肆無忌憚地來回修改顧西遲的資訊？李大壯？」

他可以確定！

第五章　介紹一位大神

秦苒喝了一口水，聽到這一句，平生以囂張兩字貫穿一生、不知道什麼是震驚的她有些傻住。

她原本以為程雋是來跟她聊聊顧西遲的事，或者她外婆的事……誰知道他什麼都沒問，直接就拆穿了她幫顧西遲掩護的事情！人行BUG？

秦苒面無表情地看了一眼休閒酒吧的大門，低著頭微微思索……她現在走還來得及嗎？

然而對方用事實告訴她，沒用。

「是吧？」程雋往後靠，他長得好看，笑起來的時候總有種懶懶散散的意味。

明明是疑問句，語氣卻異常篤定。

秦苒抬手把杯子放到桌子上，有些佩服地看著他，「不是，這你也知道？我從沒在你面前說過我是駭客吧？」

她也沒露過半點馬腳，連顧西遲都不知道這件事。秦苒一直覺得除了自己，只有天知地知了，連外婆都不知道她經常遊走在法律邊緣，幹這些事。

「猜的，能自由進入五大巨頭的內部，還這麼囂張、不怕被發現的，我數了一下人數。駭客聯盟不超過三個，這三個雖然是駭客，但都是遵紀守法的好公民，」服務生送了兩碟點心上來，程雋順手放到秦苒那邊，「上次在錢隊那裡，我就知道妳是駭客了。」

秦苒知道他說的是她幫技術人員找到程木位置的事，她只看著他，目光一眨也不眨，「很正常吧？我跟我外公學過電腦，幫技術人員處理這件事不奇怪。」

正常人都不會想到她是駭客吧？您的思維正常嗎？

「錢隊在刑偵大隊真的很出名。」程雋先是笑了一聲，雙手交疊著放在桌子上，往前傾身，一雙眼眸又黑又深：「他身邊那個技術人員跟駭客聯盟有關係，他的那臺手機微型電腦，我也認識。」

想了想，又笑道：「放心，我不會說出去。」

他笑的時候，聲音放得很低，總有種說不清的縱容。

錢隊很出名，不然郝隊這個京城第一刑偵隊長也不會千里迢迢來雲城。他身邊的技術人員對秦苒那麼殷勤，程雋在那時就差不多知道秦苒不但是個駭客，還是比那個技術人員還厲害的駭客了。但具體來說，要比那個技術人員厲害到什麼地步，程雋還猜不出來。

當然，在今天發現顧西遲的事情之前，程雋也沒想到秦苒認識顧西遲。可這件事一旦戳破了，之後的事程雋用腳趾頭都能猜出來。

「顧西遲應該不知道吧？」程雋悠悠地道，「他要是知道是妳，估計早就叫妳把京城那邊的資料全都毀了。」

「如果你是說李大壯的事，那可能真的是我，顧西遲他確實不知道。」秦苒點點頭，不再掙扎。

雖然早就預料到，但真的聽到秦苒承認，程雋的手還是忍不住抖了一下。

腦子裡似乎有煙火在燃放，明明滅滅的，劃破了黑暗的天空。有種說不清楚，但確實是隱祕的欣喜，他不是個情緒會外漏的人，旁人看他總是懶懶散散的模樣，不過此時看著秦苒，眸底隱隱密密地鋪滿了一層光。

「為什麼江東葉一直要抓他？」被拆穿了，秦苒也不隱瞞，「上次在國外差一點就被抓到了。」

「有人給他的任務。」程雋不太想提江東葉他們的事，但還是好脾氣地解釋，「想請他看病。」這世界上，想要抓顧西遲的人多得很，這點並不出乎秦苒的意料之外，看病這個理由可以接受，不是要抓他去蹲大牢就好。

口袋裡的手機鈴聲響起，秦苒拿起來一看，是顧西遲。被程雋拆穿了，她也就懶得躲，直接按下接通。

魔都那邊的顧西遲看完了程雋的報告，才敢拿出手機打電話給秦苒。

「妳那邊……情況怎麼樣？」顧西遲重新泡了一碗泡麵，坐在電腦面前，一手拿著叉子，一手拿著手機，問得小心翼翼。

除了暴露她認識自己的事，顧西遲覺得其他都算不上什麼大麻煩，頂多江東葉那行人以後會去煩秦苒。

秦苒卻笑了，她喝了一口水，慢條斯理地告訴顧西遲，『不怎麼樣，江東葉逼問我，我就把你魔都的地址給他了。』

「我靠，寶貝妳真的這麼狠嗎？」顧西遲才打算吃一口麵，差點把自己嗆到，「被他找到，我就完了！」

他站起來，拿起剛列印出來的報告跟泡麵，開門往樓下走，然後又打開客廳的窗簾往外面望了

望。近乎十點半，外面燈火通明，很安靜。

沒人。

顧西遲鬆了一口氣，幽幽地把泡麵放在客廳的桌子上，看著外面的窗戶吃麵，「嚇死我了。」

——雲城這邊的休閒酒吧。

程雋看著跟顧西遲通話的秦苒，兩人顯然很熟。

顧西遲這個人遊走在國際間，經常跟國際刑警和貧民窟那些不要命的人在一起，居無定所，狡兔三窟，沒有人知道他真正的住所在哪裡，程雋覺得國際刑警馬修都不一定知道顧西遲的地址。但聽兩人的對話，秦苒明顯是知道的，而且知道的還是大本營的地址。

程雋覺得自己不該想那麼多，但還是忍不住想，這兩人究竟是什麼關係？顧西遲為什麼會告訴她大本營的地址？還有秦苒，竟然不惜在五大巨頭的地盤游走，也要幫顧西遲隱藏訊息……

程雋感到煩躁，也說不清楚為什麼煩，他往後靠，拿起放在一旁的菸咬在嘴裡，牙齒還磨了一下，就是沒有點起。

＊

次日一早，沐楠打開房門就看到剛回家的沐盈，他淡淡地抬頭看她一眼，臉上沒有絲毫表情。

沐盈把秦語送給她的包包小心翼翼地放好，然後抱怨地看向沐楠，「你跟媽昨晚怎麼都沒來二表姊的喜宴？大姨問我，我都不知道要怎麼回答。」

沐盈語氣裡的埋怨、不滿盡顯。

沐楠沒說話，刷完牙、洗完臉出來，就拿起書包往外走。

「今天大姨要單獨請我們一家吃飯，晚上，在恩御。」沐盈習慣了沐楠的冷漠，也不意外，她把包包放到自己的房間，在裡頭拿出一件毛呢外套出來。

沐楠已經打開了門，聞言，偏過頭，聲音有些克制的冷：「不去。」

他垂著眼眸，細碎的頭髮搭在眉骨，剛好遮住了有些青黑色的眼睛。

沐盈自認為自己在京城，跟寧晴、秦語兩人的關係很好了，聽到這句話後皺眉，「你不去也行，媽總會去吧？她人呢，這麼早就去打工了？」

秦語這件事明顯是喜事，這兩個人倒好，竟然一個個都不去！

換了件衣服，沐盈又小心翼翼地穿上那件毛呢大衣，去廚房看了看，發現廚房裡沒有什麼菜。

「媽呢？」沐盈把鍋蓋蓋上，皺眉，「沐楠，我知道你跟大表姊比較好，但也不能因為她就不管二表姊了，你知道你們有多傷大姨的心嗎？」

「沐盈，妳出去這麼久，有打電話給媽過嗎？」沐楠終於停下來站在樓梯口，頭也沒回地開口。

沐盈一愣。

他轉了身，很平靜地看向沐盈，「妳問媽為什麼昨晚沒去？行，妳跟我來。」

沐楠直接轉身，往樓下走。沐盈也穿著外套，有些慌張，跟著沐楠一路搭上了六二五號公車，在醫院前停下來。沐楠沒有帶她去陳淑蘭的樓層，而是停在了八樓。

沐盈心下一驚。

沐楠沒有開門也沒有進去，只是淡淡地看向完全愣住的沐盈，「媽就在裡面，妳自己去問她。」說完，沐楠就離開了醫院，又坐公車去了學校。

因為沐盈的事，他有點晚到學校。

第一節課正好是班導師的課，對方並沒有為難他。下課時，班導師拿著一張物理考卷，把沐楠叫到門外。

「這是這個星期物理競賽班的題目，」班導師笑咪咪的，「你拿回去看看。」

沐楠的手指動了動，「老師，我已經退出競賽班了……」

「你表姊前天特地來找我，幫你重新報了名。」班導師把考卷塞在沐楠手裡，聲音依舊很和藹，「原來你是秦苒的表弟啊，難怪是一家人，她跟我說了，你完全能跟上。這學期只剩一個月了，你上不上課都沒事，去忙自己的事情吧。」

「對了，還有你跳級的事，你表姊說她到時候會看看你的成績，教導主任那邊她也說過了，這件事我都交給她管了。當然，你要是不服氣，就去找你表姊。」

班導師揹著手，心情十分好地往前面走。

「啊，還有一件事，你物理這麼好，你表姊的物理應該不差吧？」班導師忽然想起了最近學校一直很關注的問題，有些好奇地停下來看向沐楠。

沐楠不知道秦苒毫不吭聲地做了這麼多。

聽到班導師的問題，他不由得伸手遮了遮眼睛，輕聲開口，「如果沒猜錯，她的物理才是所有科目中最好的。」

班導師的眼睛一亮。學校老師現在分成兩派，一派是秦苒的物理也超好，一派是秦苒的物理不錯，但沒數學那麼好。而這兩個人是表姊弟，沐楠的物理這麼好，秦苒肯定不會差到哪裡去。

高考前，他們高一、高二的老師就要開盤賭局，他得來盤大的。

*

上午，秦苒依舊沒去上課。秦漢秋昨晚喝多了，睡得昏天暗地，秦陵就自己爬起來，憑著記憶來到了校醫室。陸照影在震驚之餘，打一通電話把在教室的秦苒叫來了。

「這孩子是誰？」

江東葉去找了錢隊好幾次，錢隊很高冷地不理會他，他就繼續找程爸爸救他。一過來，就看到一個人坐在椅子上看書的秦陵。

程雋、陸照影都不是特別有愛心的人，江東葉好奇地看了一眼，就看到沒多大的孩子正在翻一本很晦澀的原文書。程雋就坐在那個小不點身邊，腿上放著電腦。

「秦……秦小姐的弟弟。」程木頓了一下，然後看看坐在裡面的程雋，低聲回答。

江東葉覺得今天程木看他的眼神有點奇怪，不過他沒多想，好奇地看了秦陵一眼，想要問問他幾歲了，能不能看懂時，秦苒就推門進來了。

江東葉發現原本好好站著的程木，看到秦苒忽然往後一跳！

「秦、秦、秦小姐。」程木站直。

……？這是什麼意思？又是什麼情況？

「程木你那麼害怕是怎麼回事？」

江東葉摸了摸腦袋，側頭想要問陸照影，卻見到坐在椅子上的陸照影沉默了一下，然後放下筆，圍著秦苒轉了好幾圈。

江東葉站直了身。不是，他只有一天沒來，現在這是什麼情況？

江東葉想不通，就無視這兩個人，朝著秦苒笑著開口，「這是妳弟弟？他長得跟妳有點像，尤其是眼睛。」

秦苒「喔」了一聲，也看了秦陵一眼，「也就……還行吧。」

「這顏值，以後可以來我們公司當藝人，」江東葉又看看秦苒，「妳也可以，美女學霸人設，我保證妳比言昔、秦修塵都還紅！」

程木面無表情地看著江東葉。你知道你在跟誰說話嗎？不怕秦苒召集貧民窟那些人，炸了你的大本營？

程雋把電腦闔上，然後站起來，風輕雲淡地開口，「秦叔叔約我吃飯，」他低頭看了一下時間，然後將目光轉向秦苒，「你們要一起嗎？」

想了想，程雋把手機給秦苒看了一眼。

秦苒就低頭看了一眼，上面是跟秦漢秋的聊天介面。

程雋昨晚加了秦漢秋的微信，禮貌十足地打了招呼，然後是秦漢秋的訊息：『小夥子，吃飯了嗎？叔叔請你吃火鍋！』

程雋薄唇微勾，語調緩緩的，似乎很無奈：「叔叔盛情難卻。」

昨晚聽到程雋特地打電話給秦漢秋的陸照影、程木兩人：「……」

完全不敢說話。

三個人一起走出門後，程木才鬆了一口氣。

江東葉好奇地看了一眼三個人的背影，坐下來開始吐槽找不到錢隊，也找不到顧西遲的事。

「程木，程木你怎麼不理我？」

程木完全不想理會他，他正在想剛剛秦苒的那副淡定模樣，有點想戳瞎自己的雙眼。

他在思考人生，為什麼自己會覺得程雋看上的秦小姐是個普通人呢？

「陸照影，你們是什麼情況？」

江東葉是來找程爸爸，順便找這兩人安慰自己，沒想到程雋沒搭理他就算了，畢竟雋爺平日也鮮少搭理自己。但程木怎麼回事？昨天上午他們還統一戰線，今天就變了。

程木也終於回過神來，他看著江東葉撓著頭糾結的樣子，竟然有點同情。

「其實……」

程木咳了一聲，想要提醒江東葉顧西遲這件事，找其他人可能都沒什麼用了，不管是找錢隊還是想要打聽顧西遲的消息，趕緊抱上秦苒的大腿才是重中之重。

「其實沒什麼，我就是覺得秦陵看起來有點眼熟，」陸照影打斷了江東葉的話，摸摸耳釘，坐回到自己的椅子上，還十分嚴肅地問江東葉，「你難道不覺得嗎？」

「你這麼一說，好像是有點？」江東葉點點頭。

不過糾結這些沒意義，江東葉現在對這些完全不感興趣。

他來校醫室就是來找程雋的，現在程雋不在，他也沒有多留。

「我得再去刑偵大隊，待在他們隊裡不走了。」江東葉起身拍拍自己的衣袖，嘆息一聲，「看來，在雲城我小叔的面子也不好用啊。」

他走出校醫室，程木才跟陸照影兩人對視了一眼。

實際上，昨天晚上之前他們兩人也在懷疑，照理說江回的面子，錢隊怎樣也要稍微給一下吧？不說江家，作為檢察廳廳長，江回在雲城也算是大人物，但江東葉看起來依舊很慘，錢隊也完全沒有要給他面子的意思。

可昨天晚上之後，兩人才幡然醒悟，不是因為江回的面子不好用，而是顧西遲是秦苒那邊的人！只要秦苒一句話，別說一個江廳長，十個江廳長也沒用！

「陸少，」程木同情地收回了目光，「你剛剛怎麼不讓我說顧西遲的事？」

「說什麼？」陸照影淡淡地翻了一本病歷，頭也沒抬，輕哼一聲，「讓他去秦小苒的拜師宴，他不去能怪誰？他當時要是去了，別說錢隊，秦小苒說不定連顧西遲的消息都有可能透漏一點。」

程木：「……」

不說這個還好，一說起來，江東葉好像更慘了……

真的，好慘的男人。

＊

——火鍋店。

「來，叔叔陪你再喝一杯！」

秦漢秋喝得滿面通紅，腳邊擺了一堆啤酒瓶。他跟程雋一見如故，兩人喝到現在。

這年輕小夥子懂禮貌，叔叔前、叔叔後的，說話又好聽。他豪情萬丈地又開了一瓶啤酒，砰地一聲往桌子上放。周大建跟秦陵坐在一旁跟秦苒聊天，說話的主要是周大建，問她學業和生活上的事，有時候還會提及秦陵跟秦漢秋。

「妳爸爸有妳的照片，在工地裡被人家碰一下，還差點跟人家打起來。」周大建從辣鍋裡撈了幾塊肉，吃了一口才出聲：「不過妳真人比照片好看，我差點沒認出來。」

秦苒看了一旁喝酒喝得很熱鬧的兩人一眼，往旁邊靠了靠，額前的頭髮微微滑下，有些懶散地點點頭。秦漢秋昨晚才喝了酒，今天不知道清醒了沒，非要拉著一見如故的程雋再喝。秦苒吃得差不多了，就坐在一旁看著兩人喝酒。秦漢秋的狀態有些不對勁，秦苒覺得程雋也看出來了。

她一手撐著下巴，一手拿著手機翻了翻訊息，顧西遲還在研究那份報告，遲遲沒有傳訊息來。不過按照他昨晚興奮到那個地步的樣子，秦苒覺得這次是有結果了。

剛想關掉微信，打開遊戲，錢隊的訊息就傳來了。秦苒也正好想找那個技術人員問問駭客聯盟的事，就讓他下班來校醫室找她。之後她戴上耳機，重新點出遊戲，側身坐著玩。

冬天的火鍋店裡開了空調，她早就脫了外套，只穿著黑色的連帽衣，或許是嫌秦漢秋的聲音太吵，她也把帽子扣上了，只看到冷白的下巴，試圖自己騙自己。

最後還是周大建忍不住了，「老秦，你夠了！」

他跟秦陵把秦漢秋架回去，秦漢秋還嚷嚷著要結帳，結果三個人去櫃檯的時候，收銀員十分和顏悅色地跟他們說：「帳單已經記在程先生名下了。」

秦漢秋似懂非懂地點頭。

包廂內，秦苒已經收起了手機，程雋依舊坐在椅子上，一動不動。

她站起來，用手機敲敲桌子，「走了。」

像是聽到聲音，程雋抬起頭看了秦苒一眼，沒動。他臉色白皙，眉眼清冽，坐著不動的模樣像是煙波起伏而成的畫卷，但眼神有些不對勁。

秦苒頓了頓，又折回來坐在他對面，「喝多了？」

程雋看她一眼，十分平靜地回答，「我沒有。」

「那我們回去？」秦苒停頓片刻，壓低聲音。

一股酒氣夾雜著不知名的清冽氣息襲來。有些人喝酒後不會臉紅，看起來跟正常人一樣，可他就是喝多了。

程雋依舊看著她，一分鐘後才慢半拍地點點頭，手撐著桌子站起來。秦苒看他連放在桌子上的車鑰匙都沒拿，又轉回來拿了車鑰匙。

程雋今天是開車過來的，就停在樓下，依舊是那輛大眾。

秦苒想了想，先開了後車門，讓他坐上後座。她將手放在車門上，把自己的外套扔進去，一手漫不經心地插著口袋，抬起下巴看著程雋，「上車。」

程雋沒動，他看著副駕駛座，依舊沒動。

「你要坐這裡？」秦苒指了指副駕駛座。

程雋終於點頭。

好吧，大爺。

秦苒「砰」地了一聲關上後車門，然後繞過去，俯身打開副駕駛座的門，微微偏頭看程雋，一張臉恣意畢顯，「程公子，滿意了？」尾音輕佻，猶如鉤子。

程公子終於坐上了心儀的副駕駛座。

秦苒沒駕照，但她猜程雋的車牌號碼在雲城也沒什麼人敢攔。

擰鑰匙的時候，秦苒朝旁邊看了一眼，然後放下鑰匙，側身過來，「大爺，抬抬您尊貴的手臂，您的安全帶……」

她抬起頭，額前的一縷髮絲再度滑下，想要跟他說句話時，程雋的頭也低下來。

低到什麼程度？

秦苒的脖子上都能感覺到他帶著酒氣的呼吸，她腦子有幾秒鐘的空白，氣息噴灑在臉上，略一抬頭，就看到程雋那張幾乎近在咫尺的臉。

周圍的空氣都有些稀薄。

程雋伸手，指尖貼過來，將她滑到眉骨的黑髮撥開，「秦苒？」

指尖是滾燙的，一雙眼睛依舊黑沉，此時更亮得可怕，微微低頭，聲音又低又啞，近乎低喃。

秦苒回過神來，立刻扣好安全帶，然後坐直身，轉動鑰匙，偏頭說，「你，坐好。」

二十分鐘後，到達校醫室。

秦苒看了一眼靠在副駕駛座上閉著眼睛，似乎睡著了的程雋，長長的睫毛垂下，一張臉依舊白皙如玉。依舊是一副翩翩濁世佳公子的模樣，看不出半點醉酒的樣子。

秦苒的手搭著方向盤，看著他的那副模樣，有些暴躁。她下了車，直接抬腿踢開校醫室的門，程木跟陸照影都在。

陸照影抬起頭笑，「誰惹到妳了，跟我說。」又往後看了看，「雋爺呢？」

秦苒側身看他一眼，伸手把連帽衣的帽子扣上，「車上，喝多了在睡覺，我回去上課。」說完就往教學大樓的方向走，冷酷無情。

校醫室的兩個人互相看了一眼，半晌，程木才幽幽地開口：「我記得……我們雋爺不是……」特別會喝的千杯不醉？

陸照影沉默了一下，「……」

道貌岸然！

斯文敗類！

衣冠禽獸！

——醫院，寧薇病房。

「妳怎麼都不跟我說？」寧晴看著寧薇的腿，眼睛泛紅，「媽知道嗎？」

「不知道，妳別說。」寧薇搖了搖頭，「姊，我沒事，只是做了個小手術，沒多少錢。」

寧晴心裡很難受，又找看護問了幾句。本來她還擔心寧薇的錢不夠，問了看護，聽她說住院費跟手術費都繳清了，還有剩餘的才放下心。心裡也一沉，難怪之前一直沒看到寧薇去看陳淑蘭。

陪了寧薇一個小時，寧晴準備回林家拿些營養品過來，給錢寧薇肯定不要，不如拿些吃的東西。

她一離開，寧薇就從枕頭底下拿出一張泛黃的紙，有點皺。

她看著這張紙，半晌，打了個電話給沐楠。

門外，沐盈送了寧晴出去之後又進來，「媽，您真的不用我照顧嗎？」

寧薇不動聲色地把紙塞到枕頭下，「不用。」

＊

——林麒公司。

「李雙寧找妳打聽秦漢秋他們的事情？」林麒聽驚訝地看向祕書。

坐在一旁，正在跟林麒商量京城事情的林老爺子也看過來。

祕書恭敬地回答，「是，聽說是誤會了一個小孩，要和他道歉。」

林麒讓祕書下去，而後又看向林老爺子，低聲開口，「爸，我怎麼覺得不對勁？」

李雙寧的經紀人李秋一看就是個強勢的人，這件事她恨不得就此算了，怎麼會想去道歉？

林老爺子喝了一口茶，皺皺眉，「去問問語兒，把秦漢秋的電話號碼給她吧。」

秦漢秋的資訊他倒是很清楚，不是在工地搬磚，就是在木工廠工作，沒什麼好深究的。

而李雙寧這邊，她一早就從魔都趕回雲城，可惜李秋怎麼找都找不到秦苒。雲鼎飯店……王經理也不是說她想找就能找到的。最後她們只能退而求其次，從秦漢秋身上下手。

今天是言昔MV開拍的日子，網友要是發現李雙寧被刷下來了，李秋簡直不敢想像網路上到時候的反應！

她直接撥通了秦漢秋的電話。

——下午下課。

秦苒睡了一下午，沒人敢惹這個老大，高洋下午上課時驀然感到輕鬆。

最後一節課的鐘聲響起，秦苒才從桌子上爬起來，把身上的校服扯下。

「苒苒，要一起去食堂嗎？」林思然撐著下巴問她。

喬聲拿著籃球站在後門，揚眉看向這邊。

秦苒吸了吸鼻子，微微低著眉，慢吞吞地回應，「啊，不去。」

晚上錢隊還要來校醫室找她。

她今天把外套放在程雋車上了，秦苒懶得回寢室，就拿校服披在外面，朝校醫室的方向走。

推門進去，就聽到江東葉的聲音。

江東葉拖了一張椅子坐在程雋的沙發旁，聽到聲音，他抬起頭跟秦苒打個招呼，笑了一下：「來了啊。」

秦苒看了他一眼，漫不經心地跟他打了個招呼，然後側過身關門。

江東葉頓了頓，又繼續跟程木吐槽，「我就坐在大門口，以為我這次一定能蹲到錢隊，但是你知道嗎？看門的人竟然跟我說，他們有後門。」

他當場就想去世。

程木面無表情地聽著，這時，校醫室門外有人敲門。

「陸照影，你這麼忙嗎？下課了還有病人？」江東葉看了門外一眼。

已經入冬了，每天來校醫室找陸照影看病的人還不少，下課後拿著單子，在晚自習時吊點滴的學生也有，就在隔壁間。程木習以為常地開門。

秦苒就坐在椅子上，手撐著桌子，看著門外的方向。

門外，錢隊剛好掐熄一支菸，身後還跟著那個技術人員。都跟程木、郝隊共事了一段時間，也算是熟人了，錢隊就朝程木點點頭，算是打招呼，又問：「秦小姐在吧？」

程木愣了一下才反應過來，側身讓路，「在，剛來。」

錢隊往裡面走，順便把菸蒂扔進垃圾桶，一眼就看到了坐在桌子旁的秦苒。

江東葉正在請程雋再幫忙調查一次顧西遲，一偏頭，十分漫不經心地看到了往屋內走的錢隊，隨口說了一句「錢隊怎麼會在這裡？」，然後繼續跟程雋說話。

程雋終於抬眸看了他一眼。當然，就一眼，滿難以形容的一眼。

錢隊坐到秦苒身邊，很有禮貌地回了江東葉一句，「我來找秦小姐的。」

「喔。」江東葉點頭點到一半，忽然反應過來，猛地轉過頭看錢隊的方向。錢隊正坐在秦苒這邊，跟秦苒說話。

程木幫三個人都泡了一杯茶，頓了頓，拿著茶壺朝江東葉這邊走了幾步。

江東葉猛地從椅子上站起來，「我靠！錢錢錢……錢隊？」

他在刑偵大隊等了一天，還穿了軍裝大衣，跟保全一起在大門口，直到下班也沒等到的錢隊？

程木點了點頭，朝江東葉點點頭，幫他肯定：「對，錢隊。」

江東葉聽到自己的靈魂在問：「他是來找苒苒的？找她幹嘛？你們跟他很熟？」

「我不熟，秦小姐很熟，兩人認識很久了。」程木想了想，給了他一個暴擊。

江東葉的腦子裡瞬間炸開了無數火花，震得他頭暈眼花，完全不知所云。

他滿慘的，但程木完全不想再刺激他，只怪陸照影這個兄弟兩肋插刀，程木甚至想拍照，最後還想跟程金彙報一下。

秦苒不知道他這邊的情況，她跟錢隊說了兩句，就看了一眼技術人員。

想起程雋說他是駭客聯盟的人，她站起來，屈指敲了敲桌子，「你出來，我有些事要問你。」

技術人員點點頭，站起來，先往外面走。

秦苒在校醫室看了一圈，沒看到自己的外套，猜她的外套還在車中，想了想，還是拿起放在椅子上的校服，跟在技術人員後面往外走。還沒走兩步，有件外套就披在她身上。

秦苒下意識地偏過頭。

程雋應該是在跟誰打電話，隨手把外套給她後往屋裡走，一邊還懶洋洋地跟電話另一頭的人說話。

程木面無表情地看著這一幕。他們雋爺可真、他、媽、的、會。

程雋忽然想起什麼，他看了一眼程木：「那天……她拿到的是什麼樣的粉鑽？」

程木雖然天天熬夜，記性不太好，但對那塊他很懷疑是不是玻璃的東西印象十分深刻，只是形容得不太好，語言匱乏：「就一塊原石，沒經過切割的……」

程雋懶得再問他，直接拿起桌子上的一支筆，在一張單子背面稍微畫了幾筆，然後抬手扔給程木：「這樣的？」

我靠，雋爺還學過畫畫？程木還在回想時，低頭看了程雋畫的圖。除了顏色不對，其他幾乎一模一樣。

他頓時覺得雋爺在耍他，面無表情地抬頭：「雋爺，您不是也看到了？」

這個反應，就是一樣了，程雋輕嗤一聲，精緻的眉眼挑起。他把筆隨手往桌子上一扔，淡淡地看了程木一眼，「你去車上把她的外套拿回來。」

秦苒已經走出門外，並關上了門。

「你以前是駭客聯盟的人？」

門外的院子裡，秦苒伸手拉攏大衣，看了技術人員一眼。

技術人員聽到是有些詫異，然後一想，又覺得秦苒知道確實不太意外，直接承認了，「駭客聯盟這個職業很自由，不過我已經退出兩年了。」

「你們駭客聯盟的人都互相見過？」秦苒靠上牆，聲音懶懶散散的。

「沒啊，這些人大多數在全國各地，除非私下約見面，不然很少能見到。」技術人員摸了摸腦袋，「我也只見過老大而已？」

「只有你們會長？」秦苒挑眉。

「還有另外一個人，但他一直背對著我。」技術人員回想了一下，「第一次見到我們會長時，我有些激動，細節記不太清楚了，不過應該只有會長跟他朋友兩個人。」

秦苒點點頭，「你們會長有什麼朋友？」

技術人員的手機跟秦苒一樣，都是翻開來會變成微型電腦的手機，因為秦苒在三年前給了技術人員一台。那種手機確實很獨特，如果駭客聯盟的人見過，應該記得很清楚。

「這個我就不清楚了，他經常流竄在國際間，他的朋友都是跟他同一個等級的人物。」技術人員頓了頓，又幽幽地看了秦苒一眼，「就像是……秦小姐，妳覺得我能知道妳有什麼朋友嗎？」根本不是同一個等級的啊。

秦苒突然無法反駁，她看著技術人員幽怨的臉，清了清嗓子：「……回去吧。」

兩人一前一後地往回走，秦苒推門進去。

屋內，江東葉坐在蹲了好幾天都沒蹲到的錢隊隔壁問各種問題。問他是怎麼認識秦苒的，又問他能不能幫個忙，然而錢隊看起來很高冷，話也不多。

『**錢隊油鹽不進啊……**』江東葉傳了封訊息給陸照影。

陸照影瞥了他一眼，沒回。

看到秦苒又進來了，江東葉的一雙眼睛就直盯著她，死死地盯著她。

他是真的沒想到，秦苒這個高中生會認識連江回都不太熟的錢隊！正常高中生會認識刑偵大隊的隊長嗎？還特地來學校裡找她？

秦苒被人盯習慣了，也不意外。校醫室不冷，她就脫下外套，隨手掛在椅背上。

此時沒什麼人，陸照影就打開桌上的電腦登入遊戲，一邊問秦苒，「週六要去魔都看陽神比賽嗎？」

「應該會去。」秦苒瞇起眼，捧起桌子上的茶暖手。

不僅是楊非，陳淑蘭也去不了顧西遲那裡，秦苒要親自去一趟。

程木也把秦苒的外套拿來了，秦苒接過來後放到腿上。

「秦小姐，這個，」錢隊把電腦遞過去，「妳看看。」

秦苒看了一眼，跟之前一樣處理了幾個資料類的問題，技術人員就在她身邊看著學習。

「她在幹嘛？」江東葉看著兩人嚴肅的模樣，不由得偏頭，壓低聲音問程木。

「應該是幫錢隊的技術人員處理一些東西。」程木淡定地回答。

江東葉坐在椅子上，稍稍一頓，「她不是學生嗎？」

程木繼續淡定地回答，「跟她外公學過。」

不久後，資料處理好了，錢隊拿起電腦就要走。

江東葉拿起外套，跟坐在椅子上的秦苒說了一句，「謝了！」然後連忙追著錢隊出去。

好不容易碰到人，江東葉緊跟著對方，還提了幾句江回。

「你說江廳長？」錢隊摸出車鑰匙，轉過頭，今天對江東葉的態度好了一些，「在秦小姐的拜師宴上見過，有聊過幾句。」

聽到這一句，江東葉猛地抬起頭，腦子裡火花四濺，直到錢隊的車離開，他都沒回過神來。

半晌後，江東葉摸出一根菸叼上，又摸出手機打電話給在寧海鎮的郝隊。

他記得當初郝隊跟錢隊合作過，還悄悄地發了動態。

接到江東葉的電話時郝隊很疑惑。他停下手邊的事，走到外面後直接開口：

『這種事，你找秦小姐不就行了？當初我在找毒狼，錢隊就是看在秦小姐的面子上幫我的。』

郝隊說完，江東葉那頭久久沒說話。

『江少？江少？』郝隊又往外面走了走，差點以為訊號斷了。

「啊。」江東葉終於回過神來。

他又跟郝隊說了幾句話，僵硬地掛斷了電話。

江東葉之前聽到錢隊來找秦苒，又聽錢隊說起拜師宴之後，有點意識到有哪裡不對勁，所以直接打給了郝隊，聽完郝隊說的……秦苒似乎才是整件事情的核心人物……

他的腦袋一片空白，電閃雷鳴，嗡嗡作響地站在原地，呆若木雞。

程木出來，咳了一聲，「江少，你沒事吧？」

江東葉：「……」

江東葉快哭了，他聽陸照影描述的秦苒有多可憐啊，打好幾份工，而錢隊是什麼人？國內刑偵隊的大人物，他怎麼都沒想過這兩人會有關係。若知道在秦苒的宴會上就能找到錢隊，他當時怎樣都不會拒絕陸照影的真誠相邀！

江東葉摸摸自己的胸口，感覺腸子都被絞在一起，一口血氣卡在胸口，後悔得要死！本來江東葉是打算跟著錢隊回家，纏到他答應為止，此時卻跟著程木一起回到了校醫室。

程木看到秦苒杯子裡的茶喝完了，拿起還很熱的水壺去幫秦苒倒水，動作行雲流水。

「你放手！」江東葉當場截胡，他一把奪過程木手中的水壺，去幫秦苒倒水。

「秦小姐，冷不冷？燙不燙？溫度合不合適？還需要加水嗎？」

程木還維持著拿茶壺的動作，站在原地：「……」

陸照影的手指放在鍵盤上，按了幾個技能鍵，看著江東葉獻殷勤的模樣就嗤笑一聲。

陸照影最近在遊戲上改了名——帶秦小苒上至尊。當然，他跟秦苒只打過一次遊戲，秦苒還是用程雋的帳號，至今陸照影仍不知道秦苒的帳號叫什麼。

秦苒今晚沒帶字帖也沒帶原文書，連背包也沒帶，吃完飯，陸照影就要拉秦苒一起打遊戲。教室裡沒空調，秦苒想了想，就十分大方地答應了陸照影，還是用程雋之前的那個帳號。

陸照影用的是桌上型電腦，秦苒就抱著她經常用的筆記型電腦，坐在他對面登入程雋的帳號，又打開卡牌頁面，天地人牌都是滿的。

神牌——0。

秦苒瞇起眼，陸照影催了她一句，讓她趕緊接受組隊，秦苒不緊不慢地點了接受。

秦苒慢吞吞地操控著人物，雖然手速不快，但走位極騷，每個扔到陸照影身上的技能都特別準。

江東葉也會玩遊戲，不過他雖然經常看直播，但一直在菜鳥邊緣徘徊，就拉了張椅子坐在秦苒身邊，專門叫好。

「上面還有郵件沒開。」江東葉的手指了一下遊戲的右上角。

上面郵件的地方標了一個紅點。秦苒收回目光，「嗯」了一聲，也沒點開。

這個紅點，上次秦苒用程雋帳號的時候就看到了。

「說起來，雋爺當初還差點去打比賽了。」江東葉靠在一旁溫吞地開口，「不過，他在遊戲裡特別猛的隊友忽然消失了，要不然……今天哪有楊非的事。」

這些事，也只有最初第一代的玩家記得了。

當時一區有最猛的兩個華人，緊接著楊非帶著三張神牌殺出亞洲，拿到了國內的第一個冠軍。楊非封神，OST戰隊封神。

秦苒九點半就回寢室了。

陸照影數了數今晚的戰績，主要都是太上老君這張主火攻的卡牌，竟然一場都沒輸，他的輸出還特別高。他伸手摸了摸耳釘，覺得自己的技術變強了，不由得看向程雋：「雋爺，你要不要重新撿回你的帳號，下次我們三排啊？」

程雋正側著身，伸手不緊不慢地關掉解剖影片，聽到這句話，他不由得眯起眼，竟然認真地在思考這個可能。

陸照影伸手關掉遊戲頁面，好友的選項亮起一個紅點。

『薔薇幾度請求加你為好友。』

薔薇幾度？陸照影想了想，然後問程木，「這是你女神？」

程木湊過來看了一眼，點頭，目光一亮：「是她。」

歐陽薇所有的帳號都是這個名字，程木記得很清楚。

陸照影隨意點了同意。他同意之後，就收到歐陽薇的組隊邀請了。陸照影本來想回去睡覺，滑鼠已經移到了「拒絕」上，但眼睛一瞥，看到歐陽薇「宗師九星」的等級！

他一顫，「我靠！」

陸照影連忙點了同意！

江東葉這個菜鳥對歐陽薇的興趣不大，就去跟程木討論秦苒的問題，但程木在看陸照影跟歐陽薇雙排，跟江東葉聊天也心不在焉的。

＊

次日一早，言昔官方就發出了新專輯的影片花絮，還標記了主演跟配角，言昔的無數男粉女粉們就發現不對勁，立刻挖出了李雙寧。李雙寧出道後，形象一直維護得很好，但只要混演藝圈的，炒作過總會留下一星半點的黑料，更別說是雲鼎飯店的事了，一時間的網路上節奏帶得很凶猛。

言昔一年出不了幾首歌，最近宣布有新歌，以他的熱度當然占據了各大熱門話題，關於他的新聞都是網友討論的對象。

林麒早上去公司，手機瀏覽器就自動推出了一條新聞「李雙寧為何被天才歌神拉入黑名單，真相居然是這樣」。

平常林麒關注的都是財經之類的新聞，這種娛樂新聞他都不看，但最近李雙寧這個名字出現得有點頻繁，尤其是昨天李秋特地打來的電話。

林麒作為商人，嗅覺本就靈敏，他點開了這條新聞，陷入沉思。這一切都太巧了，言昔專輯的配角早不換晚不換，偏偏在飯店那件事之後突然換了，還有昨天的那通電話……

林麒正想著，外面的助理就敲門，「林總，外面有位李小姐找您。」

「讓她進來。」林麒坐回辦公椅上。

很快，李秋跟李雙寧兩人就進來了。

李秋一貫強勢的臉上表情不太好，眼底有明顯的青黑色，嘴上也起了燎泡。李雙寧的臉上則化了滿厚的妝，但再厚的妝也掩蓋不住她的疲倦，整個人比往日失色不少。

「林總，我們想問問您，秦小姐的電話是多少？我們有件事想要跟她談談。」李秋朝林麒有禮地開口，聽得出焦躁。

她昨晚也打了通電話給秦漢秋，但對方沒有告訴她任何一點秦苒的消息，這才找來林家。

林麒心中的疑慮更重，手裡捏了一根菸。等兩人拿到號碼後，林麒靠上椅背，半晌都沒有出聲。

——樓下。

李雙寧上車後重新戴上墨鏡，一張臉極其削冷。

「剛剛怎麼沒提醒林麒？」

李雙寧看了一眼李秋，她說的是秦苒的事。

李秋正在打電話給秦苒，聞言抿了抿唇，「昨天那件事我們雖然衝動，可林家那邊未必沒有錯，既然這樣，大家都別好過。」

「和秦小姐道完歉，我們就夾起尾巴暫時消失半年吧，等這陣風頭過了再說。」

李雙寧滑著微博，言昔現在那支MV的配角熱度上升到第三，心裡像被一把刀慢慢刮著。

演藝圈就是這樣，一不小心就會得罪人。李雙寧出道兩年已經夠小心翼翼了，好不容易走到了今天，就因為秦苒的一句話，全都化為烏有！

李雙寧已經關了評論，可還是忍不住看那個原本屬於她的MV配角。原本她將以這個角色穩固自己二線的熱度，但誰料得到又跌回了一開始。她閉上眼，又忍不住去想昨天那個女生究竟是誰？

＊

——下午放學，醫院。

秦苒先去看了寧薇。程雋跟她一起去看了寧薇的傷勢，幾個負責記錄寧薇病情的醫生都從樓上下來，跟程雋討論後續的問題。

程雋接下一個醫生手中的記錄，又看了寧薇一眼，想了想，往走廊的方向走。

滿屋子的醫生跟護士都跟他去走廊了，房間裡瞬間安靜。

沐楠的電腦就擺在一旁，上面還顯示著英文翻譯，旁邊有一堆英文詞典。看到秦苒來，他暫時放下了手邊的翻譯。

「苒苒。」寧薇讓沐楠把她的床升起來，從枕頭底下摸出了之前那張泛黃的紙，遞給秦苒。

秦苒沒坐下，只是靠著床邊的櫃子半坐著，沒接下來，只挑眉：「我不要。」

寧薇沒說話，強硬地把這張紙塞給秦苒。

「妳拿好，小阿姨這次的醫藥費不便宜吧？也不知道夠不夠。」

她將目光轉向窗外，聲音有點低。

秦苒將手抵在唇邊，想了想後開口：「沒多少，三千塊。」

三千塊，現在做個微創小手術加上接種檢查費、住院費都不只了。

寧薇笑了笑，拍拍秦苒的手，輕聲開口：「妳不拿，我也不安心。」

聽到這句話，秦苒用手按了一下眉心，然後把這張紙隨意折了折，塞進口袋。

今天是星期五，又是兩個星期一次的輪休，下午學校提早兩節課放學。沐盈也坐車來了醫院，因為寧薇的傷，寧晴說的請客就此不了了之。

她剛走下到八樓的電梯，就看到寧薇的病房門口圍著一堆醫生，還有被一群醫生圍起來的程雋，對方只穿著一件黑色的風衣，襯得眉眼豐神疏雋，連平常很少見到的幾個主任都圍著他。

而秦苒從病房內走出來，把沐盈嚇了一跳，連忙躲到另一條路上。自從上次那件事後，她就很害怕秦苒。寧晴他們不住在寧海鎮，不知道秦苒的大名，可沐盈很清楚。來雲城後，秦苒的性格好像變了很多，但沐盈不敢忘記秦苒在寧海鎮的壯舉，總覺得埋在秦苒體內深處的另一面隨時都會出來。

沐盈看到秦苒跟程雋兩人走進了電梯，才敢從轉角處走出來。她抿了抿唇，心中十分後悔上次的一時意氣，心煩意亂地往寧薇的病房走。

沐盈正好看到一個護士走出來，就攔住那個護士問程雋是誰，為什麼醫院的幾個醫生都圍著他，態度、舉止間都透著恭敬。

護士是負責照顧寧薇的，認出她是寧薇的女兒，對沐盈笑了笑，「那是程先生，也算是醫生，我們院長的朋友。」其他的就沒再多說了。

院長的朋友？

沐盈低下頭，她自然記得程雋，可也記得對方開的是一輛大眾，什麼時候變成院長的朋友了？

電梯直達陳淑蘭的樓層。秦苒這行人準備晚上去魔都，七點的飛機，所以打算看完寧薇跟陳淑蘭就直接去機場。

陸照影跟程木在樓上的電梯口等著。這兩人認識陳淑蘭，但對寧薇不熟，就沒下去看。

而陸照影昨晚打遊戲打到很晚，哈欠一個接著一個。看到電梯上兩人下來，他連忙去找秦苒。

「秦小苒，晚上繼續打競技場啊，我介紹一個高星大神給妳。」

最近ＯＳＴ戰隊在魔都跟Ｈ國比賽，大多數的人又熱血沸騰地去打競技場。

「多少星？」秦苒單手插著口袋，隨口問著。

她說的星是至尊星數。

陸照影連忙回：「九星！差兩百積分打晉級賽！」

「單排至尊九星，還行。」秦苒點點頭，確實稱得上大神。

陸照影被她的至尊九星嚇到了。

「……我說的是宗師九星，但只差兩百積分晉級，連勝四次後就能上至尊一星了。」

秦苒的腳步頓了頓，她看了一眼陸照影，緩慢地說：「宗師……九星，是你說的高星？」

程木在一旁開口：「秦小姐，是這樣的，單排積分真的很難打，國際伺服器的話，至尊四星都是職業隊的單排戰績了，至尊九星的話……職業隊也沒幾個人吧？」

菜鳥、大師、宗師、至尊，這遊戲跟其他遊戲不一樣，有技術、有默契的團隊要上至尊不難。但單排難如登天，因為你永遠不知道你隊友會不會配合，除非你能一打九，不然要上至尊的難度不小。

可就算是職業戰隊，真正能一打九的也很少。OST也只有楊非跟易紀明，但易紀明很難說，只有楊非一個比較穩。OST的招牌陽神不是浪得虛名，而是有足以稱為神的實力，所以單排能到宗師九星真的可以算是大神了。

秦苒點點頭，垂著眉眼沒說話。她是真的覺得，宗師九星……沒多少啊……

「不過她雖然是大神，操作可以，但跟我默契不太好。」陸照影摸摸腦袋，看向秦苒笑了笑，「妳的意識好，扔技能很準，預判又好，難怪陽神會找妳。如果手速再猛一點，有個爆發，都能直接用攻擊類的牌了。」

說到最後，陸照影非常遺憾。

秦苒跟他打，一直都是用輔助類型的三張基礎牌，不需要多快的手速，但技巧是真的很好。一開始排到的隊友都認為秦苒是個上分婊，有時候還會開口吐槽罵人，但通常打到中間，都會哭著喊秦苒爸爸求奶！一場遊戲打完，還有非常不要臉的人要拉秦苒繼續打下一場，但都被陸照影冷酷無情地拒絕了。

陸照影有點明白陽神為什麼會找秦苒打遊戲，有她在，確實很穩，是個值得交付後背的隊友。現在遊戲戰隊出名的都是主攻擊類的選手，輔助型的選手沒有爆發還要背鍋。而且輔助型選手有一個最大的短處，如果匹配到的攻擊隊友不行，這場遊戲就完了。畢竟……輔助牌沒有什麼攻擊，不能一打九。

「不過我們三個人三排，肯定無敵。」陸照影最後拍拍秦苒的肩膀，挑眉笑道。

秦苒側身瞥他一眼，嘴邊掛了一個懶散的笑，「嗯」了一聲後沒說話。

病房內，陳淑蘭看到幾個年輕人顯然非常開心，精神也好很多，不過她最近精神狀態都非常好。

「要去魔都？」聽到秦苒的話，陳淑蘭一愣，下意識地問：「什麼時候回來啊？」

秦苒算了一下時間，「大概兩三天？也許更久，具體不確定。」

秦苒不確定顧西遲那邊具體要多長的時間。

「嗯，」陳淑蘭點點頭，然後笑著細心叮囑，「那妳早點回來。」

陳淑蘭很少說這樣的話，似乎帶著深意，秦苒通常都不願意聽。一聽就忍不住煩躁，她將頭轉到旁邊，低著眉眼，抿著唇沒說話。

陳淑蘭搖頭笑了笑。

「應該是星期二。」程雋看了秦苒一眼，然後笑了一聲，壓低聲音，溫和地對陳淑蘭道。

關於那份報告，程雋跟顧西遲基本上算是聯手了。雖然他不了解細胞病毒學，但還是能估算出大概的時間，也知道秦苒去魔都並不是為了楊非，而是因為顧西遲。

說完，程雋又咳了一聲，看向秦苒。

秦苒想了一會兒，又慢吞吞地轉向陳淑蘭，「嗯，星期二回來。」

「喔。」陳淑蘭愣了半晌才反應過來，若有所思地看著兩人一眼。

五點，秦苒他們要趕飛機，陳淑蘭卻在他們離開前表示要跟程雋好好聊聊。

秦苒按了一下太陽穴，「不是，外婆，你們能聊什麼？」

陳淑蘭淡定地看了秦苒一眼，伸手拿起放在一旁的水杯，語氣輕緩：「這小夥子長得好看，我看他順眼，行不行？」

行，有脾氣。

秦苒點點頭，將手插進口袋裡，慢吞吞地跟著陸照影、程木出去。

等門關上後，陳淑蘭才放下杯子，看著程雋時，那雙略顯渾濁的眼睛多了些淩厲跟探究，「你以前認識苒苒？」

「不認識吧？」程雋的手指搭在扶手上，略加思索。

「是嗎？」陳淑蘭微微瞇起眼，然後又點頭，「算了，那我這樣問你，你覺得我們家苒苒怎麼樣？」

程雋向來淡定的臉上罕見地出現了傻愣。

「我大限將至，」陳淑蘭也不等他回答，聲音滿平緩的，「幾個月前我就盼著這一天了，只是苒苒一直用各種方法拖著我這條命。我當時就想著，我要是死了，她怎麼辦？她要孤家寡人？就硬拖著這條老命。」

「苒苒她死心眼又好強，可能也知道我活不久了，就主動聯繫她媽媽，然後跟我一起來雲城。」陳淑蘭的聲音悠遠，「她媽媽跟她小阿姨都在。」

「為了我，她放棄了去京城讀書，斂起一身脾性，想讓我開開心心、舒舒服服地活到最後。」說到這裡，陳淑蘭閉上眼，手指捏緊，幾乎有些哽咽、艱難地開口：「我就是她的累贅。」

「之前我一直盼望著自己早點走，又怕她一個人。她那個個性，沒有我在，早晚有一天會跟她外公一樣毀在自己手裡……」

「不，」程雋又把陳淑蘭放在一旁的杯子拿起來，重新倒了一杯溫水，低著眉眼，「您把她教育得很好。」

程雋從她上次手受傷就看出來了，她這個人把自己活得很隨意又亂七八糟的。

程雋有些慶幸當初是陳淑蘭照顧秦苒，若是被寧晴或者其他人照顧，誰也不知道結果會怎樣。天才跟瘋子是兩極，也只在一念之間。越過了那條線就是瘋子，能留在這條線內的，就是天才。

「我覺得小顧就很好，」陳淑蘭笑了笑，看了一眼程雋，然後低頭喝一口水，「你知道小顧嗎？就是苒苒特別好的朋友，苒苒還讓他來住過家裡，我準備以後將苒苒交給他照顧，你覺得怎麼樣？」

程雋的手指頓了頓，看著陳淑蘭。陳淑蘭則垂著眸，似乎在認真思索這個可能性。

他不由得摸出了一根菸來，清清嗓子，「我認識，顧西遲是吧？有很多人追殺他的，自己都顧不了自己。」說到這裡，程雋頓了頓，「她以後要去京城上學吧？」

陳淑蘭不動聲色地抬頭，「當然，魏大師就在京城。」

程雋笑起，不緊不慢地開口：「我家在京城還能說話。」

秦苒跟陸照影等人在走廊上等了二十分鐘，才看到程雋開門出來。

秦苒看了一眼程雋，但對方低著眉眼，看不出表情。

陸照影忍不住問，「你跟秦小苒外婆說了什麼祕密？這麼神祕？」還說了這麼久？

程雋抬起眸看了陸照影一眼，風輕雲淡地說：「就隨便聊了幾句，走吧。」

「好吧。」

陸照影知道秦苒外婆好像是個顏控，就沒再多說。

但秦苒偏頭看他，眉頭微微擰著，不太相信程雋的敷衍，「我外婆能跟別人隨便聊二十分鐘？」

她也是顏控，但也不會這樣啊。

「倒也不單純，她讓我看著妳，別在魔都闖禍。」程雋將手插進口袋，瞥她一眼，壓低聲音，輕笑，「不信妳可以去問問妳外婆。」

他這麼有恃無恐，秦苒竟然覺得也許還真的有點可能？

一行人前往機場。七點的飛機不誤點的話，還能趕上今晚十點半，OST戰隊的第一場比賽。

幾個人到機場的時候，已經六點了。

江東葉圍著圍巾，早早就在機場等了。看到了秦苒一行人，連忙揮手，「雋爺、秦小姐，這裡！」

跟在程雋幾人身後的程木：「……」

他就說今天為什麼一直沒有看到江東葉，原來這隻狗一直在這裡等著！

「秦小姐、雋爺，你們的身分證呢？我幫你們拿登機證。」江東葉把圍巾取下來，隨意掛在脖子上，露出了下巴，笑得溫和，「秦小姐，您的背包重嗎？我幫您揹啊。」說完他就伸手，試圖要幫秦苒拿背包。

秦苒側過身，直接避開。

她的背包裡只裝了一點東西，抬頭瞥了江東葉一眼，十分冷酷地拒絕：「不重。」

「怎麼會不重……」江東葉繼續開口。

在身旁一直沒說話的程雋看了他一眼，江東葉差點咬到自己的舌頭，然後十分遺憾地看著秦苒的小黑色背包：「好吧，看來是真的不重。」

排隊的人多，程雋就十分大方地把兩人的身分證都給了江東葉，江東葉激動地拿著他們的身分證去取登機證。

沒有這個待遇的陸照影：「……」

也想要這種神仙待遇的程木：「……」

兩人淒慘地拿著自己的身分證去排隊。

程雋看著幾個人走遠才低下頭，「其實，妳可以跟顧西遲說江東葉的事，他們這樣不是辦法。」

他都替兩人感到累了。

秦苒連帽衣的帽子還在頭上，正低頭看手機，聞言頭也沒抬，「他們還有其他恩怨？」

「有一點，」程雋瞇起眼，漫不經心地開口：「妳跟顧西遲說清楚，他大概還是會願意見江東葉的，畢竟被那樣追，他也很慘。總不能以後在哪裡都提心吊膽吧？江東葉的執著妳也見識到了。」

秦苒點點頭，覺得滿有道理。

程雋看她似乎鬆動了才抬頭，滿意地看了一眼江東葉的方向。這個人是真的很煩。

飛機沒誤點，晚上九點不到就到達了魔都。

機場外，有輛加長車在等著，一行人直接去體育中心看比賽，這個時間還能趕上ＯＳＴ的第一場比賽。票是楊非直接給秦苒的，留了四張票，還加了一個江東葉。

程木其實也滿想看的，他也會玩遊戲，比江東葉厲害，但看了一眼江東葉，他還是選擇屈服，讓江東葉去了。

「好兄弟。」江東葉拍拍程木的肩膀，笑瞇瞇的，覺得程木很上道，「回去我幫你約你女神吃飯。」

程木突然有了精神，「謝謝江少！」

四個人到了體育中心。

楊非幫秦苒留的依舊是第一排的位置，還是在最左邊。現場大部分都是ＯＳＴ的粉絲，男粉女粉都有，火熱程度比得上一些歌手的演唱會現場，由此可以看出楊非的熱度。

這也難怪，楊非的操作好，又是打出三張神牌的第一人，國內戰隊唯一一個紅到國外的選手，連國外都有他的粉絲，更別說國內了。

「第一次有第一排的待遇！」陸照影先是激動地跟秦苒說了好幾句，才忍著振奮的心看比賽。

冬季賽的八進四，而OST積分高，只需要跟兩個隊伍打，今天是跟國內某戰隊互相殘殺。星期天晚上七點，跟H國的戰隊打。

今天晚上的OST很低調，只出了一次女媧牌。OST主要攻擊的隊員yan中場發生了失誤，不過以楊非跟易紀明的操作，要和國內隊伍四打五不是很難，兩個人都像打了雞血一樣秀操作。國內那個戰隊輸得不慘，至少到最後還有牌是殘血活著的。

「yan的今天狀態不好。」yan在OST戰隊是新血，名聲很高，幾乎快超越易紀明，陸照影皺了皺眉。

「在演。」程雋全程風輕雲淡地看完，淡淡地瞥了陸照影一眼。

演，俗稱演員，在遊戲裡故意使用所有手段讓己方輸掉的人。但演員的手段高超，一般人都看不出來。

陸照影摸了摸耳釘，十分篤定，「不可能。」

比賽落幕，秦苒也慢吞吞地站起來，聽到兩人的對話就微微瞇起眼睛，沒說話。

江東葉全程昏昏欲睡地看完，等到散場才站起來。

「秦小姐，走慢點，人多，別擠到你們了。」江東葉十分貼心地幫兩人擋著人牆。

不過他們最靠近舞臺，也不用擋，讓周遭的人先走。

秦苒扣上帽子，慢吞吞地跟在程雋身後。程雋也不管江東葉拓出了一條路，就懶洋洋地靠著一排椅子站著，等人走得差不多才不急不緩地開始走。

努力想要表現自己的江東葉：「……」

四個人都還沒吃飯，江東葉已經訂好了飯店，陸照影依依不捨地喃喃開口：「你們說，我們能不能碰到陽神他們？他們肯定也要去吃宵夜。」

其他三個人都沒理他。

而出口處，一輛黑色的廂型車停在馬路對面。

易紀明頂著一頭黃髮，手裡搖著戰隊的帽子，看到秦苒那行人出來，眉飛色舞地喊：

「這裡！秦神！這裡！這裡！」

易紀明自從知道楊非跟秦苒聯繫上之後，就想要見她很久了。晚上見到楊非鬆了口，都不等戰隊的其他人跟教練，就直接跟楊非來出口堵人。但等了半天，人幾乎走光了也沒看到人出來，在這之前還一直不斷地問楊非秦苒是不是已經走了。現在突然看到秦苒等人出來，他哪管得了其他人，立刻揮著帽子大聲開口，然後低頭拍了拍車窗，「陽神，快出來啊！」

楊非顯然也看到了秦苒一行人，拉著臉上的口罩，打開車門下來。

他的粉絲太多，都堵在戰隊的VIP出口，所以兩人是戴了粉絲的應援帽跟口罩出來的。

魔都的風大，此時已經接近十二點了，十二月的天氣又寒又冷，但還是能稍微聽到一點易紀明的聲音。因為帶了個「神」字，陸照影沒想到是秦苒，左顧右看了一下。

「竟然能在觀眾席出口處看到易紀明！他在等誰？陽神會不會也在？」

陸照影前後左右找了一遍，都沒找到可疑的人影。

江東葉好奇地看了一眼馬路對面的少年，想了想，開口：「不會是要找我們的吧？」

陸照影剛想說不會吧，他有這麼幸運？就看到從廂型車駕駛座上下來的楊非。兩人一前一後，徑直地朝他們的方向走來。

陸照影回想了一下，確定易紀明剛剛叫的是「秦神」。

他有些呆愣，「秦小苒，易紀明他……他……」

秦苒拉了拉頭上的帽子，沒理會他，只是半瞇著眼睛看了一眼楊非兩人，又看了一眼程雋他們，最後將目光放在程雋臉上，想了想後問：「一起去吃宵夜？」她也有點事情要問楊非。

程雋挑眉，壓低聲音：「行。」

江東葉安排的加長車夠大，一行人都往他的車子走。

他跟陸照影不一樣，雖然聽過楊非，但沒那麼迷他，所以還能跟楊非、易紀明打招呼，非常有禮貌地介紹了一下自己。

能跟秦苒一起來看現場表演的，都自動被易紀明劃分為秦苒的朋友了。經過一番介紹之後，站在秦苒身邊的程雋才抬起眼眸，懶懶散散地朝他們開口：「程雋。」

這就算是介紹了。

楊非不動聲色地看了一眼程雋，總覺得這位看他的目光帶刺，但是偏偏這個人的表情懶散，還很有氣度和禮貌，什麼也感覺不到。

四個人上了車後，江東葉也把還愣在原地的陸照影拉到車上，「陸照影，吃飯了。」

這個人剛剛還念叨著陽神、陽神，怎麼此時看到本人，反而傻掉了？

陸照影僵硬地轉過頭來：「剛剛易紀明叫秦小苒什麼來著？」

「秦神啊？怎麼？不對嗎？」

陸照影一口氣緩過來，搖頭，略微思索，「我從來沒有見過易紀明這樣稱呼叫陽神以外的人。」

江東葉催陸照影趕緊上車，陸照影半夢半醒地坐上了副駕駛座。

他低下頭，手機響了一下，是歐陽薇傳過來的訊息，問他要不要打遊戲。

現在的陸照影哪還想打遊戲！

後面的位置很多。秦苒、程雋坐在中間，易紀明跟楊非就非常識趣地坐到後面一排，而易紀明正好坐在秦苒的後面。他扶著秦苒的座椅，身體微微往前傾，想要跟秦苒說話，但總覺得車廂裡的氣氛有點奇怪，尤其是坐在前面的程雋，總是讓人感覺到若有似無的壓力。

易紀明看了兩人一眼，不知道在想什麼，又縮回自己的位子去了。

此時，各大商場早就已經關了門，想要找一家吃飯的地方並不容易，不過江東葉找到了一家老牌的會員制二十四小時上海餐館。不過菜偏甜，秦苒吃了幾口就放下筷子，又拿起放在旁邊的紙巾。

程雋也沒吃幾口，看到她這個動作，不由得微微偏頭。

「我去洗手間。」秦苒說了一句就拉開椅子站起來，朝外面走。

程雋看著她離開，靠上椅背，又伸手敲敲桌子，一直在包廂內的服務生十分識相地走過來。

程雋壓低聲音說了幾句。

走廊外，秦苒上完洗手間，洗好手就拿了張面紙，一邊慢條斯理地擦著手一邊往外走。

一轉彎，就看到站在不遠處，雙手插在口袋等著她的楊非。

「秦神。」看到秦苒，楊非抬起頭。

「那個 yan，有問題。」秦苒低著眉眼，把手上的水仔細擦乾淨，又找了個垃圾桶隨手扔了。她說的是今晚在比賽上狀態特別差的那個隊員。

楊非靠在牆上，點點頭，「我心裡有數，但老喬韌帶受傷了，二隊、三隊的大多都是青訓生，這個賽季無法上場。」

老喬是隊伍裡的老人了，上次是孟心然當替補，代替老喬打了一場。不過因為那次蹭熱度的事，楊非直接把孟心然拉到了黑名單，這次才讓 yan 上場。

秦苒只是提醒一句，見到楊非也注意到了，就沒多說。

兩人一起回到包廂。

秦苒剛坐回椅子上，一手撐著桌子一手拿著杯子喝水，沒再碰菜。她剛喝了一口，服務生就上了一盤水煮肉。

一直在對面觀察這邊的江東葉愣了三秒，終於想到剛剛程雋跟服務生說了什麼，然後搖頭笑著。

吃完飯又回到飯店，已經接近兩點了。

飯店是程木訂的。五間房都是套房，臨江，最後一間房是程木來飯店後才訂的，都在三十六樓。

秦苒拿著房卡走進自己的房間，洗完澡也不打算睡，而是穿著浴袍出來，從背包裡拿出電腦聯繫顧西遲。

顧西遲最近找到了新的研究方向，這時候跟秦苒預料的一樣，並沒有睡，還在他的實驗室。

他正拿著試管，見到秦苒終於理他了，這才看向螢幕。他只穿著白襯衫，袖子高高捲起，『妳好幾天沒找我了，沒事吧？江東葉找人盯上妳了？』

江東葉的纏人功夫，顧西遲領教過。想到這裡，顧西遲不動聲色地把試管放回去，皺起眉，秦苒可能應付不了江東葉。

「那倒沒有。」秦苒拉開桌子旁的椅子坐下，隨口應了一聲。

顧西遲點點頭，鬆了一口氣，江東葉沒盯上秦苒就好。

他又轉身拿著試管轉向另一處，想了想，又抬起眸：『妳外婆有受到輻射，妳知道吧？』

秦苒點點頭。

『那妳知道主要是什麼嗎？』顧西遲把試管放到儀器上，又折回去看秦苒。

秦苒搖頭，因為顧西遲的那張報告跟摩斯密碼差不多。

顧西遲看了她一眼，張口，『算了，再等我幾天，等我研究出來，我去一趟雲城，當面跟妳說，不過中途可能要找程雋……』

他抿唇，又走到另一邊，沒直接開口說輻射裡有鈾。

鈾，是核反應爐最基本的燃料。

不知道陳淑蘭到底是做什麼的？顧西遲擰起眉。

『妳不在宿舍？』顧西遲實驗室裡的大部分儀器都在運轉，他又拿起一張列印出來的紙看了一眼，想了想，又覺得好像哪裡不對，湊到鏡頭前看了一眼，她身後的背景不太對，『去京城找妳老師了？』

秦苒擦著頭髮，往後靠並淡定地開口，「沒，我在魔都。」

顧西遲把紙放在一旁。

『魔都？』聞言，他猛地抬頭，伸手把儀器關了，走過來：『哪裡？什麼時候來的都不說一聲，怎麼沒來我家？』

秦苒想了想，偏頭跟他說了飯店名字。

顧西遲點點頭，伸手拿起掛在一旁的外套：『我去找妳！』

第六章　苒姊出手

電腦另一邊的秦苒挑起眉，依舊不緊不慢地擦著頭髮，沒說一句話。

顧西遲披好外套，一邊往電腦面前探身，『妳等我半個小時。』

從這邊開車去秦苒的飯店的話，淩晨不會塞車，半個小時就能到。

「好。」

秦苒點點頭，顧西遲就伸手掛斷了視訊，把電腦關機。一邊穿外套一邊往樓下走，從客廳的桌子上拿了車鑰匙。

飯店這邊，秦苒擦完頭髮就把毛巾隨手扔到桌子上。她也沒用吹風機吹，而是起身伸手關了燈，又幫自己倒了一杯水。

她把電腦上的頁面關掉，重新回到主頁面，電腦桌布依舊是壓抑的沙漠色，只有一個白色箭頭。

秦苒盯著電腦看了很久，抿了抿唇，重新打開一個編輯頁面。

手指按著鍵盤，一串繁瑣的代碼就從指尖流竄出來。房間的燈是關著的，能看到她被電腦螢幕映著的一雙眼眸又清又冷，散發著隱隱寒光。

修長白皙的手指直接按了一下「Enter」鍵，跳出了搜尋引擎。

秦苒從電腦中調出了陳淑蘭的證件照，這張照片是秦苒以前在陳淑蘭的東西中找到的。

秦苒知道剛剛顧西遲的話沒說完，但是她沒有多問。陳淑蘭受到了輻射的事，秦苒也是到雲城後才知道的，在這之前她還以為陳淑蘭只是普通的器官衰老，但顧西遲跟程雋的反應顯然不是。

輻射？什麼輻射這麼強？

秦苒抿抿唇，把陳淑蘭的照片放入搜尋欄，這是她第一次在這個搜尋引擎上搜索陳淑蘭的資料。之前常寧給過一份，但不是很詳細。

三分鐘後，陳淑蘭的資料全都顯現出來，資料沒有特別多。秦苒一一點開，開始從頭往下瀏覽。

與此同時，隔壁房間——

陸照影今天見到陽神後太興奮，此時又把江東葉跟程木叫過來喝酒。

晚上吃飯的時候因為楊非跟易紀明，程雋沒讓他們喝酒。

「我是想找秦小苒啦。」陸照影開了一瓶啤酒，燈光下，他的耳釘折射出一道寒光，「但為什麼易紀明叫她秦神？」

陸照影覺得事情比他想像得還要複雜，想找秦苒好好聊聊這件事，不過秦苒大概又會淡淡地看他一眼，就不理會他了。

程木晚上沒去，不知道發生了什麼事。現在聽陸照影這麼說，他坐在另一邊的沙發上，拿著酒的手一頓，「易紀明叫秦小姐秦神？」

程木跟江東葉不一樣，他知道易紀明這個人，那是ＯＳＴ戰隊除了楊非以外，人氣第二高的人。

程木放下啤酒，又問陸照影：「為什麼？」

陸照影喝了一口酒，瞇眼想了一會兒又站起來，從桌子上把自己的手機拿起來。

他點開秦苒的頭像，直接傳了一句：『睡了嗎？』

對方沒回。

三分鐘後，對方還是沒回。

晚上分房間的時候，秦苒的房間正好在程雋跟陸照影的隔壁，陸照影想了想，決定去隔壁找她。

三人的房間是三六〇六、三六〇七、三六〇八，秦苒是〇七，程雋則是〇六。

江東葉本來靠在沙發不緊不慢地喝著酒，聽到陸照影的這句話，他連忙站起來，「啪」地一聲放下酒瓶，「別，這種事就不勞陸少您了，我去，我去！」

他也不給陸照影說話的機會，直接開門走出去，動作行雲流水，彷彿做過了好多遍，只留下修長挺拔的背影。

已經站起來的陸照影還維持著要走的動作，愣在原地：「……」

早就習慣了的程木，面無表情地坐在沙發上。

——隔壁。

江東葉站在秦苒房門前，整了整自己的衣服，然後抬手按了一下門鈴。

房間內的秦苒還在翻看陳淑蘭的資料。從頭翻到尾，所有資料、所有人生履歷都非常正常，找不到她哪能受到輻射。

她的手放在滑鼠上，看著螢幕微微出神。聽到門鈴響了，就切換掉電腦網頁的頁面。

「這麼晚來找我？」秦苒直接側身開了燈。

她身上穿著浴袍，鬆鬆地綁著，頭髮也沒怎麼擦乾，形成兩束垂在兩邊，還有一滴水珠順著鎖骨往下滑。

江東葉沒想到她回來就洗了澡，目光只盯著她的臉，不敢看其他地方，「陸……」

一句話還沒說完，三六〇六的房門也打開了。程雋也剛洗完澡，漆黑的頭髮還滴著水，一雙好看的眸子直接盯著江東葉，挑眉：「這麼晚了要幹嘛？」

江東葉：「……」突然後悔這麼殷勤了。

「不是，雋爺，我能解釋，是陸照影想要找她聊天。」他乾脆轉身看向程雋。

程雋的目光越過他，轉到他身後的秦苒身上，壓低聲線，「先回去睡覺。」

秦苒看了兩人一眼，「嗯」了一聲，然後慢吞吞地把門關上往回走，拿起剛剛放在一旁的水喝了一口。桌子上的手機在此時亮了，顧西遲的訊息出現在鎖定畫面：『我到了，三六〇七是吧？』

傳這條訊息的時候，顧西遲剛走出電梯。

飯店的電梯並不是刷卡式的，他直接來到三十六樓，低頭看了一眼螢幕上的聊天頁面，秦苒並沒有回。他確認了三六〇七的方向，就直往這邊走。

走廊的中間有道人影，顧西遲正在低頭傳訊息給秦苒，頭也沒抬地說，「抱歉，讓讓路。」

他裡面穿著白色襯衫，外面是長到膝蓋的長風衣，襯得他身材頎長。

江東葉剛跟程雋說完，準備回陸照影的房間，聽到聲音就往旁邊走了一步。

不過這個人聲音滿好聽的。他微微側頭，就看到正把手機塞進口袋的顧西遲。

江東葉手中顧西遲的照片是好幾年前的，但跟現在的顧西遲差別不大，他每天看，對方就算化成灰他也能認得，更別說看到了側臉。江東葉卻有些不敢相信，他震驚地用手指著顧西遲：「我靠，你是誰？」

江東葉認識顧西遲，顧西遲也知道江東葉的消息，馬修傳給他好多次，秦苒也給過他江東葉的資料。在江東葉用手指著自己的時候，顧西遲來不及想江東葉為什麼會在這裡，他摸了摸口袋，直接摸出一根銀針，紮進江東葉的脖子。

江東葉「砰」地一聲，摔在飯店走廊的地毯上。

顧西遲淡定地收回銀針，居高臨下地站在江東葉身邊，精緻的眉頭擰起，然後越過三六〇六，走到三六〇七敲門。

秦苒直接開了門，側身讓他進來。

「那個人怎麼會在這裡？」顧西遲驚魂未定地走進來，伸手從口袋裡摸出來一根菸咬在嘴裡，「嚇死我了。」想了想，他又看了一眼秦苒，直接靠到一旁的沙發上：「妳收拾一下東西，我們先回去，那個人的手下要是在這裡，我就跑不掉了。」

單打獨鬥，顧西遲是不怕江東葉的，畢竟顧西遲手裡的陰招多。但要是江東葉的一群手下在，顧西遲插翅也難飛。

秦苒也沒收東西，不緊不慢地把自己的電腦頁面關掉後闔上，走到飲水機旁倒了一杯水給他，風輕雲淡地開口：「他是跟我一起來的。」

顧西遲隨意應了一聲，伸手接過水，又掏出打火機點菸。火剛熄滅，他才反應到秦苒說了什麼，僵硬地轉頭看向秦苒：「寶貝……我剛剛幻聽了？」

秦苒坐回椅子上，挑眉，「沒，江東葉就是跟我一起來的。」

她收到顧西遲那份有浮水印的文件時，也是這麼驚喜，這麼意外。

「放心，走廊的監視器我駭進去了，江東葉不是你的對手。」秦苒的腿放肆地放在一邊，漫不經心地開口，「他找不到你的。你說，你跟江東葉到底是怎麼回事，真的要一直這樣糾纏？」

「不知道，京城那邊的實驗室一直在找我。」顧西遲鬆了一口氣，幽幽地看了秦苒一眼，「我去了京城就不知道還能不能回中東，不過，那傢伙確實很煩。」

上次江東葉差點找到他，顧西遲最近都不太敢往中東那邊跑了。

秦苒用手撐著下巴，慢悠悠地看顧西遲一眼：「你們見一面，說清楚吧？」

「等等，先問妳一個問題，妳跟程雋關係如何？」顧西遲吐了個煙圈，不動聲色地看著秦苒。

「還行？」秦苒瞇起眼，略微思索著。

「我跟江東葉要是沒談攏，他會站在哪邊？」顧西遲放下菸，看向秦苒。

秦苒笑了笑，滿篤定地開口，「你。」

顧西遲挑眉咬著菸，牙齒磨了磨，「站在妳這邊就好，總算找到機會折磨他了。我先回家，明天妳帶他們來。」

他自然知道，江東葉能找到自己那麼多次是有程雋撐腰，他說的「他們」中自然包括了程雋。

秦苒看著顧西遲的背影微微思索，他好像滿信任程雋的。

*

次日一早，江東葉按了一下腦袋，從自己床上爬起來，一張俊美的臉有些扭曲，手指狠狠地握緊了被子，一字一字地說：「顧、西、遲。」

手機上是陸照影的訊息，讓他醒來就去二十二樓吃早餐。

江東葉今天沒那麼殷勤，臉也是黑的。

「怎麼了？」陸照影摸著自己的耳釘，開口。

江東葉咬著麵包，沒理會他，只是看向程雋，「昨晚是我怎麼回房間的？」

「程木把你拖進去的。」程雋抬起眼眸，看他一眼。

程木端著一疊麵包往這邊走，聞言就點點頭，「江少，你是怎麼暈倒在走廊上的？」

「你拖我的時候，周圍有看到什麼人嗎？」江東葉磨了磨牙。

程木搖頭。

陸照影在一旁很著急，「不是，你到底是怎麼暈倒了？」說完他又看了程雋一眼，不敢問是不是因為他進了秦苒房間，所以被程雋打的。

「暈倒前，我看到顧西遲了。」江東葉又狠狠地咬了一口麵包。

程木卻一顫，不敢置信地看向江東葉：「顧、顧西遲？」

那特別厲害，跟鑽石商人、國際刑警馬修還有貧民窟的那位都交好的顧西遲？

想到這裡，他又默默地看了秦苒一眼，往旁邊縮了縮。他意識到顧西遲應該是來找秦苒的……

「就是他。」江東葉又喝了一口水。

程雋伸手敲了敲桌子，挑眉，「快點吃，吃完我們有個地方要去。」

「不去，」江東葉捏著手中的筷子，眼神很凶，「我要叫人翻遍魔都。」

聽到這句話，秦苒的手一頓。好吧，是你自己不去的。

程雋卻瞇起眼，溫和地開口：「不，你想去。」

並不想去的江東葉：「……」

二十分鐘後，吃完早餐，一行人都下去坐車。

江東葉不太情願地拿著手機，正在跟人講電話，準備讓人找遍魔都。程木則根據秦苒給的地址，左繞右繞，將車開到一座莊園前。

程木沒想到秦苒給他的地址竟然是這種地方，愣了一會兒才將車熄火，拔下鑰匙。

莊園門口是黑色的鐵門。程木等人都下了車，停在這黑色的大門前。

「秦小姐，這是妳朋友家？」程木一臉呆愣地看著黑色的大門。

門上沒有門鈴，也沒有任何可以打開的跡象。嚴絲合縫，猶如一塊黑色精煉鋼鐵擋在眾人面前。

秦苒不緊不慢地跟在程雋後面下車，「嗯」了一聲。

「這怎麼打開啊？」程木又偏頭看向秦苒，「秦小姐，要不要打電話給妳朋友？」

現在的程木對秦苒的朋友充滿了敬畏，尤其是之前得知了顧西遲是秦苒的朋友，他總懷疑跟顧西遲交好的那幾個大人物會突然出現。

「不用。」秦苒搖搖頭，直接繞過程雋，走到程木左邊。

黑色的精煉鋼鐵漸漸浮現出類似水晶螢幕的畫面。

「我靠，這麼神奇？這麼高科技？」

陸照影本來還圍著這道門轉，但他看到秦苒走到黑色大門前後，精煉鋼鐵直接變色，上面還閃爍著立體的瞳孔。

立體瞳孔旋轉，大門傳出一道冰冷的機械音：「驗證成功。」

鐵門直接從兩邊打開。

程雋就站在一旁看秦苒，立體瞳孔的驗證出現時，他連眉都沒挑一下，直到秦苒通過瞳孔驗證，他才微微瞇起眼。

關係這麼好？連大門的瞳孔驗證都有？

大門打開，裡面就是一大片綠油油的地方，種滿了各種藥草，左邊是一條通往車庫的水泥路，中間則是狹窄的鵝卵石路。

一行人往裡面走。

程木跟陸照影像毫無見識一般，看了那道大門好幾眼才往裡面走。

「江少，別打電話了。」程木走了兩步，看到江東葉沒有跟上來，不由得叫了他一聲。

江東葉就靠在車門邊，正拿著手機跟人講電話，嘴裡叼著一根菸，平常溫吞的臉上顯露出一絲咬牙切齒的狠勁：「就在魔都，在哪裡不知道，都給我找！」

他伸手摸了摸昨晚被針刺到的脖頸。

「來了。」他掛斷電話，站直身體往裡面走。

這間莊園雖然大，而精鋼鐵門雖然神奇，但江東葉的心都在抓顧西遲上，對其他事情都心不在焉。

他跟秦苒一起來魔都，就是為了求她跟錢隊說一聲，準備到了裡面，待幾分鐘就離開。

裡面是一幢三層樓的別墅，是哥德式風格。秦苒淡定地在大門口按了指紋，直接進去。

一樓都是大廳，除了幾件擺設，幾乎沒有其他東西。

「歡迎光臨。」一道機械音傳來。

大概一點二公尺的機器人從角落走來，手中的托盤上還擺了幾瓶水：「主人馬上下來。」

程木沒見過這種機器人，但看到程雋跟秦苒特別淡定的目光，他忍住了自己的好奇心。

不想讓自己看起來那麼沒見識！秦小姐的朋友是誰啊？哪來的機器人，還這麼有靈性？

江東葉沒定性，到了大廳就在程雋的目光下掐熄了菸，「秦小姐，妳朋友呢？」

他準備見過秦苒的朋友就直接走，已經讓人開車過來接他了。

「應該在三樓。」

秦苒想了想才回答，顧西遲這個醫學狂人，研究東西的時候恨不得吃住都在實驗室。

江東葉找了垃圾桶把菸蒂扔進去，又看向程雋，「雋爺，我也來了，現在能不能走了？」

程雋只懶散地看了他一眼，沒說什麼，秦苒也沒管江東葉走不走。

江東葉見到幾個人都沒鳥他，不由得摸摸鼻子，轉身走向大門。

「它是小二。」秦苒從小二的托盤中拿了一杯水，聲音很淡定，「第一代管家機器人。」

陸照影點點頭，好奇地看了小二一眼，但很快又被大廳裡的其他東西吸引。

大廳裡有很多古怪的東西，放在中間桌上的是一塊很大的鑽石原石，形狀有點像一朵花，在陽光下反射著炫目的光。

「這麼大一塊？一直就這樣放著？也不怕被小偷盯上？」就算是陸照影也忍不住咂舌，圍著這塊原石轉了好久。

秦苒上次來時還沒見過這塊鑽石，她也很好奇，「不知道什麼時候放的。」

秦苒鮮少過問顧西遲的私事，兩人是過命交情，但一直沒有打探對方太多的私事。

「半年前的。」程雋對這些沒太大的興趣，就靠在一旁的椅子上，不緊不慢地跟秦苒解釋。

秦苒還沒說什麼，樓上就有一道聲音傳來，帶著一點猶如玉石音質的冷，清清冷冷，「沒錯，你怎麼知道？」語氣很疑惑。

顧西遲家常年恆溫二十四度，他也沒穿長外套，上半身依舊是一件白襯衫。他往樓下走，疑惑地看著程雋。這塊鑽石來歷不小，只有鑽石商人曉得一些，連馬修長官都不知道，程雋是怎麼知道的？

程木跟陸照影都下意識地往樓上看，想看看秦苒為什麼會帶他們來看這個朋友。

程木一邊看著，一邊不由得伸手摸了摸鑽石。但看到那張臉，他嚇得手一抖，面無表情的臉上也罕見地出現了其他神色。

顧、顧西遲？他竟然就是秦苒那個將家裡所有驗證都給她的朋友？

程木知道秦苒認識顧西遲，卻不知道他們這麼熟，還帶他們來到了顧西遲的老巢！他腦子裡瞬

間就想起了顧西遲身後的馬修，臉色一變，連忙縮回摸著那顆鑽石的手。

而門邊，江東葉已經打開門要走了。聽到聲音，他知道是秦苒的朋友下來了，想了想，還是決定跟秦苒的那位朋友打個招呼再離開。

一轉身，正好看到顧西遲靠在放著鑽石的桌子上。只露出了側臉，但江東葉依舊認出來了。

他放在門把上的手都是麻木的，想了半天，有些不太確信地開口：「顧西遲？」

他直接僵在原地，完全沒想到自己跑遍全球都沒摸到影子的顧西遲，又第二次出現在面前。

顧西遲偏過頭，從小二的托盤中拿了蘋果來啃，含糊地開口：「我勸你別亂動，我家房子到處是小……咳，別人布置的高科技機關，在我家，我無敵。」

說完，顧西遲打了個響指，江東葉周圍立刻出現了幾道紅外線。

秦苒懶得理會顧西遲這個傻子。

而還沒緩過震驚的江東葉：「……」

「你們繼續在一樓逛逛，那邊有很多電腦桌，有什麼需要就跟小二說。」顧西遲吞下蘋果，先跟程木和陸照影說了一聲，又看了一眼程雋跟秦苒，開口，「小苒兒，咳……學長，你們跟我上來看看。」

程雋淡淡地「嗯」了一聲，轉身往前走兩步，「上去吧，我看看你的研究。」

「還少了幾個步驟，你來得正好，我本來還打算讓小苒兒去找你。」顧西遲繼續啃著蘋果。

聽到顧西遲叫程雋學長，秦苒挑起眉。雖然有點驚訝，卻也在意料之中，畢竟昨晚顧西遲是聽到程雋最後才妥協的。

三個人一齊往樓上走，然而樓下的三個人全都愣在原地，尤其是江東葉，腦子裡轟隆作響。

秦苒的朋友是顧西遲，連家裡密碼都給她的那種，而顧西遲叫程雋……學長。

他覺得整個世界有些不太對勁，這是什麼玄幻世界？

口袋裡的手機響了一聲，江東葉僵硬地按了一下接聽鍵。

對面是他手下爽朗的聲音：『江少，您剛剛不是在催我們嗎？怎麼我們到了，你還沒出來？我們在一塊黑鐵門外，你快出來吧！』

江東葉：「……」

還出去幹嘛？他現在整個人都已經傻了！

——樓上。

程雋三個人去了實驗室。

三樓實驗室占了大半江山，顧西遲直接推門讓兩人進去，實驗室的電腦都開著，裡面擺著一堆實驗精密儀器。

「有個病毒我研究到一半了，」顧西遲拿了試管跟一張單子遞給程雋，「你看看。」

程雋不像顧西遲是主要研究細胞病毒學，但他的腦子像是一個資料庫，這一點當初在醫學組織時顧西遲就知道了，所以當秦苒告訴他那是程雋給他的時，他就直接拿去研究了。

程雋低頭看了一眼。

秦苒沒有看兩個人在看什麼，就在實驗室轉了一會兒。

「關於我昨晚跟妳說的妳外婆的事情，」顧西遲看程雋還在看那些東西，就走到秦苒這邊，「你們家那邊有核電站或者什麼地方嗎？」

秦苒靠在一旁的桌子上，聞言，瞇起眼。

顧西遲的蘋果差不多吃完了，他隨手把果核扔到垃圾桶裡，「妳外婆是鈾輻射，這種會讓細胞發生變化。」

他簡略地說了一遍，想了想又皺起眉，能跟鈾經常接觸的人都不簡單。

聽到這一句，秦苒沒有說什麼，只是抿抿唇，半晌才點點頭表示了解，「我知道了。」

秦苒一看就是不想再多說的樣子，顧西遲就沒多問，去看其他實驗的進行結果。

這邊，程雋已經看完了，顧西遲手中的是一份修復器官細胞，讓其再生的催化病毒，不過進展不大，因為每個細胞都有再生能力，但細胞也有壽命，分化到一種程度就不會再生了。

他把試管放在一旁，拉開電腦面前的椅子坐下。

電腦上的頁面是黑色基調，上面播放著旋轉的三維病毒構造圖。

「怎麼樣？」顧西遲看到程雋坐到電腦面前，湊過來問他。

「稍等。」程雋微微瞇起眼。

樓下的三個人半晌才回過神來。

「咳，你不出去了？」陸照影轉頭看向還站在門口的江東葉。

江東葉終於回過神，平常溫吞的臉上也很匪夷所思，如同見到鬼，沒好氣地回答，「還出去幹嘛？」

他找人找了好幾年，秦苒就算了，但雋爺是怎麼回事？

江東葉幽幽地看了樓上一眼。雖然很想上去，但上面一個程雋、一個秦苒，他還真的沒這個膽。

顧西遲家的一樓沒什麼其他傢俱設備，除了娛樂。

陸照影三人像劉姥姥進大觀園一般，被小二帶著，全都看了一遍，最後停在角落的電腦上面，全都是黑色的一體機。

幾個人在樓下等了很久，樓上的程雋才慢悠悠地往下走，秦苒跟顧西遲還在三樓沒下來。

「二樓都是房間，自己挑，除了最後三間。」程雋不緊不慢地拿起小二托盤中的一瓶水，抬起眼眸看了三人一眼，「不想住的就回飯店。」

「住！當然得住！」陸照影摸了摸耳釘，看了顧西遲的屋子一眼後笑起。

江東葉坐在椅子上思考人生，此時看到程雋，手撐著桌子，立刻站起來，「雋爺，你……早就認識顧西遲了？」

程雋說完本來要去樓上的，聞言就點點頭，十分好脾氣地看向江東葉，「好像是的。」

江東葉：「……你為什麼從來不說？」

還眼睜睜地看他追著顧西遲跑遍全世界。

程雋聽完卻挑了挑眉，「你也從來沒問。沒事的話，我上樓了。」

他懶洋洋地往樓上走。

顧西遲在實驗室待了一整天也都沒出來。

他這裡沒有廚房，程木翻了翻冰箱，只有啤酒，中午時他打電話給一間飯店訂了餐。

秦苒跟程雋下樓吃飯，但顧西遲沒有下樓，程雋便讓程木送一份上去給他。

程木戰戰兢兢地在實驗室門口，蘊釀了很久才敢伸手敲門。

樓下，江東葉很想替程木去送飯，心裡就像有一隻貓爪在撓啊撓的，可程雋、秦苒就在他身邊，他不敢動。

半晌，他才有些認命地對秦苒開口：「秦小姐，妳也認識顧西遲？」想了想，又問，「上次顧西遲去雲城就是找妳的？」

秦苒伸手夾了一塊肉，「嗯」了一聲沒多說。

陸照影翹著二郎腿坐在一旁，看著江東葉，挑著眉眼笑道：「上次秦小苒的拜師宴，顧西遲差點就去了，當然，你要是多問問秦小苒，她說不定還會早點帶你來見顧西遲。」

江東葉徹底沒話說了，比上次還後悔。他恨不得回到一個多星期前，就算一萬個人阻止他，他也要去秦苒的那場拜師宴。

吃完飯，秦苒跟程雋都沒有再上樓打擾顧西遲，只有小二上去一趟，把顧西遲吃完的碗收回來。

陸照影上午就把顧西遲住的地方研究了一遍，此時滿無聊的，就湊過去想跟秦苒說些什麼。他低頭翻了翻訊息，看到歐陽薇問他要不要玩遊戲。

昨天楊非跟易紀明的那一戰又秀了一波操作，上了熱門搜尋一段時間，好多年輕人看完都熱血沸騰地打開電腦，去競技場。

「程木，跟你女神一起打遊戲，來嗎？」陸照影偏過頭，看向程木。

程木眼前一亮，頓了頓又搖頭，「不行，我的段位是找人代打上去的，操作不行，我女神是要衝至尊的。」

陸照影就看向秦苒，「要不然妳玩程木的？」

程木的遊戲帳號沒有程雋的齊全，但該有的卡牌他都有，尤其是秦苒愛玩的低級輔助型卡牌。

秦苒本來在想陳淑蘭的事情，聽到陸照影的話便抬手把手機往桌子扔，點點頭。

陸照影想起之前跟程雋說的事，「雋爺，秦小苒玩程木的帳號，你要不要跟我們一起來？」

程雋本來靠在沙發上半瞇著眼睛，似乎很困倦，沉吟了半晌才回了一個字：「行。」

顧西遲家的電腦夠多，他們都上了遊戲後，那邊的歐陽薇才發現是四排，她打開遊戲語音：

『陸少，還有兩個人是你朋友？不開麥嗎？』

陸照影也開了語音，笑了笑，「不用。」

程木就搬來一張椅子在陸照影身邊坐著看。

第一局遊戲。

秦苒隨便拿了三張輔助牌混，程雋也隨便拿了三張輔助牌跟著她混，但陸照影跟歐陽薇的實力、操作都很好，贏得很輕鬆。只有陸照影在遊戲中途叫了一聲「雋爺」，電腦那頭操控人物的歐陽薇手頓了一下。

第二局遊戲開始。

這一次歐陽薇直接帶了一張伏羲牌，陸照影差點把手邊的杯子打翻，「我靠，神牌？歐陽，妳哪來的神牌？」

普通人想要一張神牌太難了，陸照影還打算跟秦苒說說，問問看什麼時候能說動楊非給他一張神牌，或者玩玩楊非的帳號，過一把神牌的癮。

語音裡，歐陽薇的聲音很淡，『正好認識戰隊的一個人。』

這一局的人段位都很高，一張好用的牌還是很重要的，歐陽薇這把的輸出爆炸。

打完第二局，秦苒就不玩了，她上去看看顧西遲進行到了哪一步。

程雋看她不玩了，也放下了手中的滑鼠。

兩人都不玩了，陸照影跟歐陽薇也覺得沒意思，意猶未盡地跟歐陽薇說下次再約。然後他關掉遊戲頁面，興沖沖地跟程雋說：

「我沒想到她竟然有一張神牌，我有生之年竟然能跟神牌一起打遊戲！」

程雋抬起眼眸，伸手關遊戲頁面，沒說話。

「雋爺，你的郵件能不能點開？你沒強迫症嗎？」陸照影指著程雋遊戲頁面右上角的信箱。

程雋沒太關注，他很久沒有上這個帳號了，不過陸照影提起，他就隨手點了一下。

一般這種的都是回歸禮包或者活動禮包，一共有十幾封，程雋很有耐心地從上往下點。

直到最後一封——來自三年前七月九號的一封郵件。

『您收到好友ＱＲ贈送的三張卡牌。』

程雋的遊戲帳號已經三年沒有用了，陸照影本來以為只是最近官方的禮包，畢竟系統郵件通常只能保存六十天，卻沒想到程雋的信箱裡還有三年前的郵件。

「三年前？現在郵件不是每隔六十天就會自動清理？」程木就坐在陸照影身邊，疑惑地問。

陸照影倒沒有那麼疑惑，他靠在程雋的桌子上，「老大的帳號是一區的，國際服，最初代的一區是內測，跟我們不一樣。」

一區是國際服，混雜了各個國家的人，大家都說一區臥虎藏龍，藏了國際服的高手，一堆老牌大神。但一區已經不對外開放，也申請不到帳號，因此人不多，只會更新資料。

誰現在還有一區的帳號，都可以拿到朋友圈炫耀，甚至還會特地登一下別人的一區帳號，去看高手的排行榜。

九州遊的各大伺服器只有競技場是互通的，每一區都有每一區的排行榜，經常有其他區的人來一區膜拜國際服排行榜。

「看看你朋友送了什麼牌給你？」陸照影感覺這個「ＱＲ」看起來有些眼熟，但不記得是在哪裡看過，索性搖了搖頭。

不過有些奇怪，程雋帳號的牌幾乎都是滿的，官方基本上沒有出新的卡牌，畢竟所有卡牌都在遊戲副本中，想要高級卡牌就要自己打道具合成，或者去系統買道具來合成。但雋爺的好友會不知道雋爺卡牌是滿的？

程雋看著遊戲頁面，漫不經心地「嗯」了一聲，伸手移動滑鼠，移到了「接受禮物」的按鍵。

陸照影好奇地看著，「你朋友不知道你的牌是滿……」

剛點開，頁面就出現了三張卡牌，放大在遊戲頁面。

從左到右，排成一列，每張卡牌四周都縈繞著淡金色的光。

第一張，女媧；第二張，伏羲；第三張，堯。

陸照影一句話還沒說完，就噎在了喉嚨裡。程雋的手也沒動，就看著那三張神牌。

陸照影有一瞬間覺得自己眼睛快要瞎了，他嘀咕一聲，然後閉上眼，決定重新看一次。

遊戲頁面依舊沒有變化，三張神牌依舊囂張地排在遊戲頁面。

「我靠！雋爺，你這朋友是什麼等級的高手？」陸照影手指顫抖地指著這三張神牌。

神牌，只有創造者能夠製作。因為神牌的重要性，ＯＳＴ把神牌控制得很嚴，就算是青訓生，手中都不一定有神牌，其他國家的戰隊只能跟ＯＳＴ協商。

然而，程雋的這個好友，竟然能送他這三張神牌？

陸照影再次看了一眼時間，七月九號，比楊非一戰成名的那場決賽還要早！

這就是他說「程雋的這個好友是什麼等級的高手」的原因之一。

程雋瞇著眼睛看了一眼，手指輕輕地放在滑鼠上，收下這三張神牌，然後點進一區的排行榜。

排名第一的是ＱＲ，至尊二十星，競技場積分：一萬一千六百三十六，百場勝率：百分之百。

陸照影再次沉默。

右上角新跳出一個添加好友的訊息，程雋直接忽略，他也沒關掉遊戲頁面，只摸出一根菸，稍微靠上椅背，過了半天都沒動。

樓上，秦苒還在看顧西遲的實驗，她就拉開顧西遲電腦旁的椅子坐下，手指撐著扶手。

秦苒看著顧西遲給她的報告，想了想，又把報告扔到桌子上，「程雋是你學長？」

顧西遲跟她說過國際醫學組織的事。

「嗯，我們幾年前都在醫學組織。」這件事不是什麼祕密，醫學組織裡的事都是公開透明的，顧西遲按下了一個儀器的開關，觀察玻璃罩裡面的情況，「他那個時候不聲不響的，做出了不少驚天動地的大事，最後組織裡的幾個博士受不了，半年就給了他一張畢業證書，他才一臉遺憾地回去京城。」

玻璃罩裡漸漸升起霧氣，顧西遲這才收回目光，隨意地靠在桌旁看著秦苒，一雙略顯妖冶的眼睛微微瞇起：「我跟他都是國內博士帶的，咳！他也確實教過我們這一屆的人不少東西。」

顧西遲這個人也向來猖狂，能讓他心服並叫一聲前輩的人不多。

秦苒瞇起眼，大概能想像出來。

「實驗報告會在兩天後出來。」顧西遲說，「等我給我導師看過，就直接去雲城看妳外婆。」

顧西遲跟程雋聯手才找到了一種新型病毒，這份研究報告一發出去，恐怕會炸出不少新聞。不過顧西遲跟秦苒等人都沒這個自覺，不太在意。

秦苒聽到顧西遲說實驗進行到了最後一步，結果也快出來了才鬆下一口氣。

門外有人敲門，砰砰砰——聽起來很暴躁的三聲。

秦苒挑起眉笑了笑，然後站起來，「有人來找你了，我先下樓。」

「嗯。」顧西遲又轉回去看他的細胞實驗，含糊地應了一聲。

沒多久，江東葉黑著臉進來，往日溫潤俊美的臉也染上了一層黑氣，「顧西遲！」

「幹嘛？」顧西遲隨意地側過身子，目光從儀器上收回來，眉眼懶懶地抬著，「你可別輕舉妄動，小苒兒說了，學長是站在我這邊的。」

他手裡把玩著一根銀針，十分囂張。

江東葉看著他，又氣又想笑，不由得摸了一下脖頸，拖來一張椅子坐下，「別這麼如臨大敵，秦小姐跟雋爺都在，你覺得我能拿你怎麼樣？」

「喔。」顧西遲手裡把玩著銀針，看了一眼江東葉，覺得他真的沒有想要抓自己的意思才一臉可惜地收回了銀針。

秦苒九月的時候，給了顧西遲一份江東葉的詳細資料。

有些人表面上大學是學醫，暗地裡卻參加了特種兵的訓練，顧西遲知道自己要是不來陰的，根本不是他的對手。當然，江東葉如果有防備，他的銀針或許沒機會出手。

「你為什麼不去京城？」

江東葉第一次來顧西遲的實驗室，看了一眼裡面，顧西遲弄來了很多高大上的玩意兒。

「那你為什麼一直追殺我？」顧西遲伸手拿了一張紙出來，不答反問。

江東葉沒好氣地說，「程老爺子請你來京城，你不來，他就吩咐我抓人了，你要是答應了，還會有這麼多事嗎？」

這幾天，他不知道心肌梗塞了多少次。

——樓下。

秦苒下來的時候，陸照影正在苦苦哀求程雋給他玩一次程雋的帳號。

她坐到沙發上，拿出手機看楊非傳給她的訊息，慢條斯理地開口：「怎麼了？」

陸照影似乎才回過神來。

「秦小苒，妳知道嗎？雋爺的好友給了他三張神牌，三！張！神！牌！」

陸照影求了半天，程雋都不鬆口。他走到沙發旁，拿起小二托盤裡的冰水，狠狠灌了一口。

「他那個好友，一定是ＯＳＴ的某個大神。」陸照影坐到秦苒身邊，然後壓低聲音解釋，「那個好友以前一直跟雋爺打遊戲，雙排，兩人關係特別好，不過好像失蹤了，今天又突然出現。」

人稱為一區雙煞。

「喔。」秦苒拿著手機的手一頓，但聲音依舊淡定。

陸照影看著秦苒心想：她不對程雋那個好友好奇就算了，怎麼聽到三張神牌也這麼淡定？

晚上，顧西遲難得下來吃飯，他是被江東葉纏到煩了。

江東葉知道在秦苒跟程雋這裡，要綁走顧西遲是不可能，所以又發揮了他舔狗的天賦。

「顧哥，別動！」看到顧西遲要坐到椅子上，他先拿張面紙擦了擦才抬手，「您坐，坐。」

顧西遲：「……」真是個賤人！

「雋爺，秦小苒的外婆到底是被什麼輻射了？」

在座的除了秦苒，都學過醫，陸照影今天也差不多了解了一些情況。

程雋淡淡地說了個「鈾」，陸照影點點頭。

江東葉拿著筷子夾了根青菜，驚訝地看了秦苒一眼：「鈾輻射？」

他沒見過秦苒的外婆，對陳淑蘭的病情也不了解，現在才知道鈾輻射的事。鈾，那只會是核反應了。不過能研究核的……難道是物理學家？科學家？

「不清楚。」這些事，陸照影、程木還有顧西遲都沒想通。

江東葉看了秦苒一眼，但他從程木和陸照影口中聽到的陳淑蘭只是一個寧海鎮的普通人。

寧海鎮……

江東葉不知想到了什麼，臉色一變，到嘴邊的話忽然吞下，沒再多說。

其他人沒注意到，但坐在一旁的程雋注意到了，他看著江東葉微微瞇起眼。

「雋爺，晚上看看你那個好友要不要上線，拉他一起打遊戲。」陸照影一心只有三張神牌。

程雋隨手幫秦苒夾了塊排骨，漫不經心地說，「不玩，我晚上要去實驗室。」

不過提到ＱＲ，程雋的手也頓了一下。

他跟對方沒見過面，打遊戲也從來不開語音，兩人也是偶然有一次在競技場匹配到的。

程雋打遊戲向來隨心所欲，第一次兩人在對立面，他的隊友沒什麼用，他自己也隨意拿了一些低級牌來玩，隊友跟不上他的節奏，最後以一絲血的差距輸給了ＱＲ。

這是他第一次輸，心高氣傲的他很不服氣，單獨拉ＱＲ去競技場ＰＫ，兩人勝率五五平手。打了一整晚就加了好友。此後，兩人經常一起雙排打遊戲，從不開語音，但十分有默契。後來對方問他要不要去ＯＳＴ戰隊，程雋想了想，還真的答應了，給了ＱＲ私人帳號。不過第二天也沒看到那個人加他，遊戲裡對方也沒上線，後來程雋覺得無聊，就沒再登入過了。

如果是幾個月前，他知道ＱＲ又回來了，他一定會追查到底，不過現在也無所謂了。

吃完飯，顧西遲上樓，江東葉立刻跟在他後面。

顧西遲磨了磨牙：「我洗澡你也要一起嗎！」

江東葉本來想說我幫你放水，但瞥到他手上拿著閃亮的銀針，他十分紳士地往後退了一步。

程雋正經過二樓，要去三樓實驗室，看到江東葉後腳步一停，他看了江東葉一眼，江東葉秒懂。

——三樓，走廊盡頭。

程雋手裡捏著一根菸，淡淡地看向窗外，「關於她外婆，你知道些什麼？」

「一點點，」江東葉靠到窗邊，從口袋裡摸出一根菸，「三年前，寧海鎮有爆炸案你知道吧？」

「毒狼那個據點？」程雋會去雲城的一大半原因就是查這個。

「不是，」江東葉拿打火機點菸，薄薄的煙霧升起，「我也是無意間在研究院看到了一份報告，寧海鎮有個科學院基地，很多年了。」

程雋一向不關注這個，他在京城散漫慣了。也不是沒有研究院找他，但他通常就只掛個名。

「三年前，科學基地有項實驗出了問題，無故爆炸。」江東葉說到這裡搖搖頭，「雋爺，你上次去寧海鎮也查到了一些吧？有不少人都跟著遭殃。這些是研究院的加密資料，關於那批科研人員我也不清楚，但秦小姐她外婆可能是被爆炸洩漏的原料波及了。」

樓下，陸照影越想越覺得ＱＲ很耳熟，歐陽薇約他打遊戲，他都很有禮地回絕了。

想了想，他翻出楊非的微博，上面除了轉發的官網消息，很少有其他動態。

他很快就找到了楊非的那條動態：『OST楊非：比我厲害，很希望能同台一次，等你＠qr』

陸照影直接點進那個qr的帳號。只有一條系統訊息，一個關注，四十二萬人追蹤。

若不是今天程雋遊戲上的好友QR，陸照影真的快忘記這個從來沒發過一條動態的qr了。

QR的三張神牌給他的衝擊太大了。

陸照影覺得就算是楊非，也很難一下子就拿三張神牌送人。

QR跟qr只有一個大寫一個小寫的差距，加上兩者跟OST都有關係，陸照影有百分之八十頓把握這兩個人是同一人。

他直接點進qr的關注列表，點下她關注的那個人。這個帳號也有兩萬多的粉絲，微博上發最多的就是她的同桌，然後是她的寵物咪咪，最新一條動態是：『**超酷同桌今天昨天請假去魔都，老班上課都有精神了。我們家咪咪偷吃草，被我爸懲罰面壁了好久，同情牠……**』

第一句話讓陸照影覺得有些眼熟。

「一個寵物吃草還要被罰面壁？這家人太嚴格了吧？」程木幫秦苒倒了一杯水，過來就看到陸照影的微博頁面。

陸照影點點頭，含糊地開口，「是很嚴格。」

他繼續往下滑，越翻越覺得這些內容很眼熟，左撇子，手受傷……

陸照影放下手機，神情有些呆滯地靠上沙發。

「陸少，你沒事吧？」程木看陸照影的神情有些呆滯，問了一句。

「啊。」陸照影搖了搖頭，他覺得有點不對。

程木原本正在等陸照影帶自己打遊戲，見到他往樓上走，不由得開口：「陸少，你要去哪裡？」

「找雋爺。」說話間，陸照影已經走到了樓梯口。

秦苒正在滑朋友圈，手上拿著程木給她的水，無視陸照影的目光。

言昔剛剛發了一條動態，顯示的位置正是魔都的一條街道。

秦苒瞇起眼，言昔也在魔都？

——三樓。

顧西遲還沒來，陸照影就看到程雋一手拿著試管，一手拿著培養皿放在儀器上測試。

「雋爺。」陸照影拿著手機往程雋那裡走。

「什麼事？」程雋把培養皿放下來，不知道想到了什麼，又轉身去了電腦面前，打開實驗電腦上的一個帳號。

登入的是顧西遲的帳號，他看了一眼，點開一個名稱是「老頭」的頭像，直接打了通視訊過去。

「就關於你那個好友ＱＲ，你……」

「不行。」陸照影的一句話還沒說完，就被程雋淡淡地打斷。

正好，程雋打的視訊電話接通了。

對面是個穿著白袍的老頭，『難得啊，孽徒你竟然打視訊給我？怎麼最近……』

影片上的老頭站在一堆泡在福馬林的器官前，一邊說著，一邊抬起頭。

他鼻梁上架了老花眼鏡，手上拿著一把削薄的手術刀。一抬頭，就看到螢幕上懶懶散散地靠在實驗桌上的男人，對方穿著黑色的絲質襯衫，正似笑非笑地看著他。

老頭的臉色變了變，精神忽然一震，『愛徒，怎麼是你？你在小遲那裡？』他連忙改了個稱呼。

「老師好。」程雋先是有禮貌地問好，「有個研究，實驗過程我跟顧西遲都完成了，」程雋手撐著桌子，低頭傳一份檔案過去，「您看看。」

『他能請到你去做研究？』老頭驚訝了一下，不過也接收了檔案，坐到椅子上開始看。

陸照影見到程雋完全不理會自己，不由得摸了摸鼻子退出去。

十分鐘後，老頭終於看完了一份文件。

他抬起頭，有些震驚地看著程雋，喃喃開口：『你們兩個……這次會鬧出大動靜啊。』

『我這邊有一份剛採集的調查結果，你先看看。』老頭將電腦桌面上的一份檔案傳給了程雋，直接站起來，『這東西我拿給其他博士。』

他把文件列印出來，關上門出去。

程雋這邊只能聽到一聲極輕的關門聲。

與此同時，ＯＳＴ宿舍——

他們總部在京城，但是雲光財團不缺錢，所以這次來魔都，直接租了一棟別墅當大本營。

「教練，yan 又沒來訓練？」易紀明拿著一瓶水走到楊非身邊，問他身邊的教練。

打職業賽的，基本上都是晝伏夜出，楊非每天晚上都會訓練自己的手部肌肉反應。

楊非打開遊戲，進入模擬競技場，開始組卡牌、練技能。

他們的訓練賽很少會用自己的職業帳號，畢竟職業帳號上加了不少好友，這些好友都可以觀戰，而職業隊的訓練賽都有自己的套路，很少公開。

教練皺了皺眉，看著楊非跟易紀明，「你們覺得，明天晚上的比賽換掉 yan 怎麼樣？他現在的心思不在比賽上。」

「畢竟他當初是小戰隊的領軍型人物，」易紀明的一頭黃毛在燈下反射著光，不屑地笑了笑，「來我們戰隊排在我跟陽神後面，受到的關注處處不如陽神，他當然不服氣。」

楊非組了一隊，在競技場放技能，聞言後點點頭，「換掉吧。」

青訓隊裡只有 yan 的手速快，但教練跟其他人都不想冒這個險。見到楊非同意了，教練就去替補隊那裡重新找隊員。

「小於。」

教練把新隊員找來辦公室，他端著一杯茶，站在辦公室的窗邊，解釋了一下換隊員的事情。小於震驚地答應了這件事，在辦公室愣了半晌才魂不附體地轉身出門。

轉身的時候，正好看到教練桌上的一張照片。

照片看起來不是特別新，是五個人的合照。

小於能看到照片裡的楊非跟易紀明，兩人臉上都有些青澀，令小於奇怪的是……

站在五個人中間的竟然不是楊非，而是一個穿著黑色衣服的人，因為扣著鴨舌帽，帽檐壓很低，看不太清楚長相，只能看到精緻的下巴。

好像……是個女生。

小於驚訝地張了張嘴巴，不知道那個女生是誰，竟然還能站在陽神隊伍的中心。

他收回視線，一邊想著一邊走，剛走幾步就看到樓梯口旁一臉陰沉的 yan，「教練讓你上場？」yan 手裡拿著菸，身上的菸味很濃，嘲諷地看了一眼小於。

小於往後退了一步，有些害怕，「好像是的。yan 哥，我先下去跟陽神他們訓練。」

他朝 yan 鞠了一躬，立刻繞過他往樓下走。

而 yan 站在樓梯口，看著小於跟樓下坐在電腦前楊非的身影，垂下的眸子裡滿是陰鷙。

*

——次日，顧西遲家三樓。

顧西遲在電腦桌前迷迷糊糊地爬起來。他一做起實驗就不分晝夜，若不是昨晚秦苒叫他，他也不會出去吃飯。

剛從椅子上站起來，身上的毯子就滑落在地。顧西遲擰著眉，把這條花花綠綠的毯子從地上撿起來看了看，應該是客房的毯子，然後隨手扔到一旁。

他一邊打著哈欠，一邊往自己的機器走，去看實驗結果，「小二，給我一杯水。」

桌上的電腦一直是開的，一個視訊邀請彈出來，顧西遲伸手拿過小二托盤裡的水，用滑鼠點了接收，「老師？」

『孽徒！』老頭似乎也一夜未睡，形象有些糟，但精神十足，『你是怎麼找到程雋幫你做實驗的？』

這件事要是在醫學組織，簡直就是天方夜譚。

「他當然是因為我家寶貝。」顧西遲喝了一口水，朝螢幕看一眼，「不過老師，你怎麼知道他在我家？」

『他昨晚和我視訊過，那幾個老傢伙現在正在熱烈討論，你們有沒有時間過來一趟？』老頭把報告往桌子拍。

「我過幾天就去，」顧西遲把水杯放在桌子上，十分貼心地提醒，「你確定要讓學長也回去？」

老頭頓了一下，『還是別叫他來了。』

程雋要是回來……他怕被人打死。

國際醫學組織怕又會雞飛狗跳。

『對了，你的鑽石商人朋友沒聯繫你？』老頭又想起一件事，『實驗室想進一批新型器材……』

國際醫學組織雖然人才濟濟，都是一些醫學巨頭，但研究一項成果，要花費的資金跟人力幾乎無法用金錢衡量，這幾年都是多虧了那個商人一直資助他們。

「不知道，我也很少能聯繫到他，通常都是他聯繫我。等他找我，我再幫你問問。」顧西遲隨意地點點頭。

外面有人敲門，三聲，又輕又緩。

江東葉將腦袋探進來，一張溫吞的臉上露出了笑容，「顧哥，秦小姐讓你下去吃飯。」

他發現對顧西遲來說，秦苒的話比較有用。

顧西遲掛斷了跟老頭的視訊，隨手拿起身邊的毛毯，砸到他臉上，「知道了！」

樓下，一行人都在吃飯，陸照影在說晚上去看ＯＳＴ戰隊比賽的事。

「是跟Ｈ國ＷＡＴ戰隊的比賽，一個是我們國家第一戰隊，一個是Ｈ國第一戰隊，官方這是要讓兩王廝殺，不過肯定還是陽神贏！」

九州遊很國際化，每一場賽事，官方直播的人氣都破億。因為這個遊戲，帶紅了好幾個直播平臺。一些網癮少年一早就占據了網咖的好視野，盯著大螢幕。畢竟ＷＡＴ跟ＯＳＴ兩個戰隊都十分強悍，本來大家都以為會在亞洲決賽看到，但誰能想到在魔都這場比賽就看到了。

秦苒咬著包子，漫不經心地聽著。

「你們只有四張票吧，這次讓程木去吧，我就不去了。」

江東葉上次去主要是為了讓秦苒說服錢隊，現在都找到了顧西遲，他去也沒有意義。

江東葉坐在位子上看著程雋，想了想，開口：「雋爺，你知道顧西遲家的這些防禦是誰設計的嗎？太神奇了，完全自動化系統，我也想弄一個。」

尤其是小二這個機器人。江東葉覺得這肯定是有人知道顧西遲很懶，才專門為他設計的。

「不知道，」聽到這句話，程雋的眼眸也瞇起，「你可以自己問問他。」

秦苒坐在一旁低著頭，默默吃飯，不敢抬頭。

手邊的手機響了一聲，秦苒吃了一口肉，隨手拿起來一看，是楊非的訊息：

『今天的比賽能早點來嗎？』

他沒說原因，秦苒卻擰了擰眉。

＊

這一次是八進四的比賽，每場比賽一局定勝負。

晚上七點，秦苒一行人就到了體育館中心。

「秦小苒，為什麼要這麼早來？妳看那些觀眾都在排隊。」陸照影指著前方排隊的人，「七點四十才開始進場。」

秦苒沒說話，帶他們走了另外一條路，易紀明就在路邊等著。他戴著鴨舌帽，也沒穿隊服，穿了件臃腫的棉襖，沒有粉絲認出他。

「秦神，這裡！」看到秦苒，他又喊了一聲。

「怎麼回事？」秦苒看了他一眼。

易紀明擰起眉，「妳跟我來。」

他把秦苒一行人從後門帶到戰隊休息室。

陸照影一進去，就看到了坐在電競椅上的楊非，身邊還站著兩個正在幫他檢查的醫生。

「陽神怎麼了？」陸照影的臉色一變。

程雋跟在秦苒後面進來，看了楊非一眼，淡淡開口：「被下了藥，肌肉僵化。這種藥市面上沒有流通，去醫院就能解決，多半會有後遺症，建議送去顧西遲那裡檢查一下，他那裡東西多。」

楊非的臉色變了變，看向秦苒。

若是這樣，今晚這場比賽還打什麼？

兩個隊上的醫生也看向程雋。他的樣貌太過年輕，像是世家公子，兩個人都不太相信地說：「你怎麼知道？」

程雋懶散地靠在旁邊的牆上，朝他們挑眉，有些囂張地沒理會。

秦苒聞言，心下一沉，皺眉看向楊非，「他都這麼說了，你確實需要去檢查。」

秦苒直接拿出手機，低頭找顧西遲的電話。

楊非對秦苒的信任不可言說，聽她這麼說，他心裡也沉了一下，半晌後抬頭看向秦苒：「秦神，OST不能輸，這場比賽，妳能上場嗎？」頓了頓，他又說：「妳當時離隊，總……咳，教練沒刪掉妳，妳的名字還掛在戰隊首發成員上……」楊非越說，聲音越小。

陸照影本來還在問楊非的事情，聽到楊非說的話，後面的聲音就卡住，只張了張嘴。他覺得自己剛剛有些幻聽，「陽神，你在說什麼啊？秦小苒怎麼能代你打，她……」

戰隊的人不能說換就換，首發人員下場只能找替補，沒有在官方登記過、報過名的，或者不是戰隊正式成員的就不能隨意上去。

「她能，教練交上去的名單裡一直都有她。」站在一旁的易紀明突然開口。

房間裡的其他人聽了，陷入寂靜。

人不多，除了秦苒一行人，就只剩下易紀明、楊非還有昨天才成為首發成員的小於。

小於看著秦苒，一下就想起了昨晚在教練桌上的那張照片。長相不是特別清楚，但能讓人找到一種熟悉感，比在那張照片中看到的多了一分冷，少了一份桀驁，他一下子就猜到了她是站在隊伍中心的人。

陸照影一向不知道什麼叫五雷轟頂。之前他知曉秦苒跟顧西遲認識時也不像現在這樣，腦袋有些嗡嗡作響，似乎有一萬隻蜜蜂在同時飛舞。

他看著秦苒，有一種這世界在開什麼玩笑的感覺……

快瘋了，秦小苒是OST戰隊的成員？

「程木，」陸照影面無表情地轉頭看了一眼程木，喃喃開口，「我剛剛……聽到了什麼？」

「好像是說……」他一開口，程木也驚醒過來，有些如夢似幻，艱難地看向陸照影，「秦小姐是OST戰隊的隊員……」

「喔。」陸照影點點頭，大腦已經失去了指揮的能力，頭頂憑空炸響了一個驚雷。

雖然他早就知道楊非跟秦苒認識，好像還很熟，楊非都能看在秦苒的面子上加他好友了，但陸照影真的以為兩人是在遊戲中認識的，因為秦苒的輔助牌是真的打得很好，他覺得楊非是看中了秦苒的潛力。

但現在，楊非跟易紀明給他來了一句什麼？秦苒是OST戰隊的一員？

這又是什麼玄幻事件？OST戰隊的名單上什麼時候多了個秦苒？她是裡面的哪個？

陸照影覺得應該是他之前笑江東葉又隱瞞著他，看熱鬧看得太開心，上天實在看不下去了才安排了這件事：「雋爺。」

他看著程雋，幽幽地開口。

比起其他人，程雋顯得淡定一些，他沒理會陸照影，只微微瞇起眼看著秦苒，不知道在想什麼。

秦苒沒說話也沒回應楊非，低頭打了個電話給顧西遲。

「我這裡有個朋友，」秦苒看了一眼楊非，快速開口，聲音聽不出喜怒：「被人下了藥，去醫院可能會留下後遺症，需要送到你那裡。」

手機那頭的顧西遲正一邊拿著手機，一邊用手接下列印出來的文件，聞言後點頭：「好，不過我這邊的研究不能停，不能去接他，妳讓人送他過來。」

江東葉在實驗室無所事事，顧西遲什麼都不讓他動，所以一聽到這句話，原本溫吞地看著細胞活動的他精神一震：「顧哥，這種小事怎麼能讓你動手？我來！」

他伸手接過顧西遲手中的電話，「秦小姐，你們是在體育館嗎……好，等我四十分鐘。」

說完後把手機扔給顧西遲，拿起掛在旁邊的外套，走到門邊：「我大概一個半小時後回來。」

雷厲風行的，顧西遲都找不到時間說話。

打電話給顧西遲後，秦苒又問了程雋一些楊非的問題。

「送到醫院的話不好說，下藥的人很恨他。」楊非的外表症狀比較明顯，一般受過藥物刺激，細胞載體的接受能力或許會受到影響，送到普通醫院會出現問題的可能性相當大，程雋一眼看過去就知道楊非現在身體反應的程度，「不過到顧西遲那裡的話，基本上不用擔心。」

他可是在醫學組織專門研究細胞病毒，吸收了無數位教授的經驗跟知識的天才型選手，要是連這個都治不好，程雋可能會把顧西遲打包送回醫學組織的老頭那裡。

「那就好。」秦苒鬆了一口氣，然後轉頭看楊非身邊的兩個醫生，「謝謝兩位，接下來我們有些話要說。」

兩個醫生是OST戰隊的隨隊醫生，聽到秦苒的話，有些猶疑地看了楊非一眼。

楊非朝他們點了點頭，他們兩個才出去。

「說吧，到底怎麼回事？」程雋抬腿踢了一張椅子到秦苒身邊，秦苒就隨意坐下來並問楊非。

楊非皺眉，「不知道，早上還好好的，下午手就有點麻。我以為是我昨晚訓練太久，但是手越來越麻，直至全身都出現了反應，我以為是我身體出了問題。」

若不是程雋解釋，他真的不知道自己是被人下藥了，楊非眸色微沉。

「有嫌疑人嗎？」秦苒靠到椅背上，半瞇著眼，「WAT的人？還是自己人？」

她想起了那天晚上在賽場上表現有失職業水準的選手。

一邊的小於聞言，立刻弱弱地舉手，「那個，yan。教練讓他下場，臨時選我當首發成員，昨天晚上，他看我跟陽神的眼神十分可怕。」想了想，小於又不寒而慄。

楊非沒開口。

秦苒點點頭，語氣風輕雲淡，「打完比賽再清理門戶。」

門外的教練敲了敲門。

這是一個單獨的休息室，是雲光財團每次都會在現場幫楊非單獨開闢出來的，但空間有限。

教練滿面愁容地進來，看到休息室的一堆人，愣了一下。程雋靠在秦苒身邊的牆上，氣勢很強，

而他身邊的秦苒就不用說了。

教練將目光轉到秦苒身上，又頓了頓。

他在上次楊非去學校送票給秦苒時見過她，那時候他對秦苒的身分就有了猜測。此時在這裡看到秦苒，教練又看看楊非，原本憂慮的心忽然有些平靜。

想起每次交上去的名單中總會多出來的名字，以前他不太了解，但現在他一直急躁不已的心忽然安定了下來。

「教練，你去找 yan 了？」楊非看向教練。

教練收回自己看秦苒的目光，「沒有，我想來問問你的情況。剛剛問了兩位醫生，他們說你需要去醫院，所以我打算跟你說一聲，然後讓 yan 上場。」

楊非沒有回答，只是看向秦苒，「秦神，妳代我出場吧，yan……他是定時炸彈。」

楊非不相信他。

程雋口袋裡的手機響了，是江東葉的電話，他立刻接起，「到了？行，馬上出來。」

跟江東葉說了兩句，程雋就站起來。他今天依舊穿著一身黑色的長版風衣，釦子沒扣，整個人看起來懶散間又多了莫名的冷肅。

他看了秦苒一眼，「找個人把他送出去，江東葉的車在出口等著，車牌號碼六八六。」

楊非還能站起來，他戴上了口罩跟鴨舌帽。

「你要去哪裡？」教練看到楊非站起來，扶了他一把。

「秦神的朋友那裡做檢查。」楊非戴好了口罩，又看向小於，「小於，你送我出去，教練，接下來的事情由你安排。」

聽到是秦苒的朋友，教練的神色一肅，也沒再說什麼。

他是上一任教練離開後才進來的，不認識前任隊員，但作為教練，他知道秦苒的存在，也知道秦苒的身分。

他跟小於把楊非送出去，秦苒跟程雋則待在休息室。

程雋換了個姿勢，靠在秦苒左邊的桌子上，低頭挑眉笑道，「秦神？什麼時候加入戰隊的？」

聲音壓得有點低，但聽得出來有有些隱祕的笑。

秦苒似乎在思索什麼，聽到程雋的話，她清醒過來，頓了一下，不敢看程雋，只咳了一聲：「你……馬上就會知道的……」馬上就會知道她是什麼時候加入戰隊的。

聽到這句話，程雋瞇起眼。

八點二十分，第一場比賽已經開始在選卡牌了，等他們比完，中場休息十分鐘，就輪到ＯＳＴ戰隊上場了。

整個休息室的人都還沒回過神來。除了程雋，沒人敢說話，全都看著秦苒。

秦苒撐著下巴，低眉思索著，半晌才抬頭看向送楊非出去後回來的教練：「那個，有我的隊服嗎？」

秦苒單方面宣布退役好多年了，ＯＳＴ這邊卻一直沒有解約，教練每個月匯錢的時候，還會把一部分的基礎工資匯到某個帳戶上。

聽到秦苒的話，教練愣了一下才反應到秦苒在說什麼，忙不迭地開口：「有！每年雲光財團都有發新的！」

每年的隊服也都會多留一套。

現在第一局比賽才剛開始，教練不知道秦苒這麼久沒有訓練，實力如何。最重要的是，秦苒從來沒有跟其他幾個隊員訓練過。

這種比賽很注重個人操作，也很注重團隊的默契，一波卡牌攻擊中，其他人如果沒有跟上，對方被輔助牌救活就是前功盡棄了。

如今楊非不能上場，把一個爛攤子交給秦苒，能贏是皆大歡喜，若是輸，秦苒受到的壓力跟網友的指責將無法想像……

教練感到驚喜之餘，心中又沉甸甸的，他不希望秦苒到最後成了這件事的背鍋俠。但楊非會在這個時候找秦苒，代表他相信秦苒實力。

想了想，教練暫且忘記這件事，比起秦苒，他更不願意看到 yan 上場。

教練看向秦苒：「妳以前有帳號嗎？需要我重新給妳一個帳號嗎？」

OST戰隊的帳號是職業帳號，除了神牌，其他各種卡牌都很齊全。不過上場的職業選手都喜歡用自己的帳號，楊非跟易紀明則都是用以前闖蕩競技場的帳號。

秦苒靠著椅背，搖搖頭，「不用，我用自己的帳號。」

「那……」教練本來想要秦苒用戰隊的帳號，畢竟戰隊有幾個職業帳號都標配了神牌，「也行，我去幫妳拿隊服，並跟那邊交接一下。」

教練沒再多說什麼，直接拉開門出去。

OST其他人的休息室比楊非的個人休息室還大，教練直接走到自己的位置，從裡面翻出一件隊服。

這是今天下午來這裡時，楊非忽然要他帶來的。那時教練以為楊非的手只是出了一點小問題，雖然很不解楊非的決定，但也就拿來了。

現在看來，楊非那個時候的身體狀況肯定已經很不好了。

yan 的位置在最裡面，他手裡夾著一根菸，正在低頭滑微博。

熱門話題都是今天H國第一跟花國第一戰隊的爭霸賽。

『又到了看我陽神帥得合不攏腿的時候了！』

『這還要競猜嗎？結果毋庸置疑，本人表示在現場，看我陽神帥就完事了。』

諸如此類的評論數不勝數。

yan 滑了半天，冷笑不已。期待吧，你們的陽神今天根本就不會上場！

他原本也是另一個戰隊的名人，在國內的電競選手圈也算小有名氣，在OST戰隊超越了不少老成員，只排在楊非跟易紀明後面。然而每次比賽，他都跟青訓生一起，就算上場打完一局比賽，所有人也只看得到楊非的努力，幾乎沒人看到他幾乎爆炸性的輸出。

一直被小戰隊捧著的 yan 怎麼忍受得了。

今天他就是要證明，他一樣可以站在楊非那個高度，沒有楊非，他也可以在OST戰隊贏！

他眼底都是桀驁不遜，冷笑地看著這些評論，然後關掉微博，抬著下巴看教練。

那些人給自己的藥，現在藥效應該完全發揮了。教練都會在楊非那個休息室為要比賽的人講解接下來會遇到的、WAT戰隊常用的卡牌，現在突然來這裡，yan 不用多想，肯定是因為楊非出了問題，教練來找自己上去替楊非打了。

想到昨天晚上教練告訴他寧願用一個從來沒打過比賽的新人小於，也不用自己的時候，yan 冷笑一聲，現在就算教練求到他頭上，他也不會輕易答應教練。

然而，教練只是去包包裡拿了一件隊服，連看也沒看他一眼。

yan 一開始還氣定神閒的，但看到教練一句話都沒說，拿了一件隊服就出去了，他有些坐不住。

「教練，」yan 站起來看向教練，嘴角扯出一抹笑：「還有半個多小時就輪到我們了，易紀明他們準備好了沒有？」

教練的腳步一頓。

楊非跟秦苒並沒有跟教練說他們的猜測，教練也一直覺得是楊非身體的問題，但現在 yan 這麼意有所指地來了一句，讓教練不由得瞇起眼。

他不動聲色地轉過頭，聲音也很平靜：「準備得很好。」

yan 的神色僵了一瞬，像是不敢相信。雖然只有短短的一瞬間，卻還是被教練看到了，教練的眸色沉了沉，他看了 yan 一眼，直接轉身離開。

身後的 yan 握緊了手，低著眉眼，眸子深處都是戾氣。

教練沒有去找任何一個替補，所以楊非根本沒事？他們說能讓楊非暫時不能上場的藥是假的？

教練這時候沒空管 yan 的事情，他出去後又跟主辦方報備了一下，把楊非的名字改成了秦苒。

「您確定要換掉陽神？」工作人員也是ＯＳＴ的粉絲，聽到教練的話，震驚了一下。換掉了楊非，這場比賽要怎麼打？對方是總決賽第二名，並不是什麼普通隊伍。

「教練，您可要想清楚啊！」他連忙開口。

教練搖頭，「你改吧，這件事不要聲張。」

若是被粉絲提前知道楊非的事，到時候群起攻之，教練怕秦苒承受不了這個壓力。

解決完這些事，教練就去楊非的休息室找秦苒，把隊服遞給她，「妳試試看合不合適。」

隊服每年都會換，基本上都是按照每個人的尺碼來做。黑色隊服的袖子上印著白色的「ＯＳＴ」三個字母。

教練不知道每年幫秦苒準備的隊服有沒有變化，他怕太大了。

整個賽場內部都有空調，秦苒進來時就脫下了外套，見到教練把隊服給她，就穿到了身上。

程雋靠在一旁看著她慢吞吞地穿上隊服，一眼就看出這件隊服分明是按照她的尺碼訂做的。

他不由得伸手，漫不經心地敲著桌子，精緻的眉峰微挑。還滿合適的？

教練也愣了一下，沒想到秦苒三年沒來戰隊，她的隊服還是這麼合身。

「你們五個人要不要先配合一下？」

距離比賽還有半個多小時，教練看著已經到齊的五個人，不由得咳了一聲。

這個五人組合中，小於從來沒有正式上場過，秦苒則是從來沒有跟其他隊員配合過，教練憂心忡忡。

易紀明正拿著手機發文，頭也不抬地說，「教練，我們快要上場了，這時候來不及，還會影響到其他人的心態。你讓秦神直接代替陽神的位置就行了，其他配合您不用操心。」

易紀明也是老隊員，看到他這麼信誓旦旦，一點也不擔心，甚至躍躍欲試，教練的心情暫時放鬆下來，點點頭說，「好吧。」

十分鐘後，第一場比賽的兩隊打完，教練帶著秦苒他們去候場區。

秦苒在楊非的位子上拿了個黑色的口罩戴上。

「這是那什麼……楊非的？」程雋抬起手，不經意地在桌子上點了點，挑眉看著秦苒。

秦苒一邊戴上口罩，一邊含糊不清地開口，「唔……在他位子上的，應該是吧？」

程雋點點頭，淡淡地瞥了那個口罩一眼，想了想，還是沒有問出楊非有沒有戴過這句話。

他沉默地低著頭，跟在秦苒身後往外走。

秦苒是要去候場區，他則是跟陸照影、程木兩人去觀眾席。

陸照影已經收回了下巴，壓低聲音問：「雋爺，你說秦小苒是什麼時候變成陽神隊友的？這次比賽她會不會有什麼問題？她不是只會輔助牌嗎？那個小於就是打輔助牌的……」

陸照影跟教練一樣，擔心網路上的網友會為秦苒帶來不好的影響。因為一場遊戲輸了以後，網路上的酸民就喜歡找人背鍋，這次要是輸了，秦苒肯定是被罵得最慘的一個……

然而，他說了半天，程雋連動都沒有動一下，眉眼間還是很淡漠，甚至有點冷。

秦苒已經跟教練去候場區了，程雋站在走道中間沒走，看著秦苒的背影，半晌才離開。

WAT，H國第一戰隊，亞洲賽的萬年老二。

本來就算是官方賽，八強賽也不會安排第一跟第二打，但WAT買通工作人員動了手腳，只為了在八強賽就把不敗神話的OST踩死。

他們教練正在低頭跟一個戴著鴨舌帽的男人說話。

「確定看到楊非走了？」

「確定，OST的教練精神狀態看起來很不好。」

「看樣子，那個 yan 真的動手了，真是個蠢貨，不過蠢得好。」WAT教練吸了口菸，掏出一疊錢給男人，笑了笑，「沒有楊非，就憑 yan 跟易紀明，再加上沒有磨合的新人，也想跟我們 lung 打？這一次就讓他們連四強賽也進不了！」

男人拿了錢，也笑出聲來。

lung，WAT戰隊的王牌，在H國的地位跟楊非差不多，只是沒有楊非那麼紅。

這三年來，WAT戰隊只要碰到有OST戰隊的比賽就是萬年老二。WAT的人不是沒有想過要買通OST戰隊的人打假賽，輸給他們一把，然而這條路根本就行不通，即便再高價也沒有賣通其中一人。直到現在，好不容易才有了 yan 這個突破點。

WAT戰隊的教練給了錢就走到他們的休息室，叫他們的隊員去候場區。

兩個隊伍差不多一前一後上場，正好在走道上遇到了秦苒、易紀明這行人。

lung 也看到了，他淡淡地看向OST戰隊的人，沒有看到楊非，眉頭皺了皺。

「楊非呢？」他用不怎麼熟練的中文問OST的教練。

ＯＳＴ的教練不動聲色地四兩撥千斤，「他有事，暫時來不了。」

楊非作為目前九州遊電競選手的第一人，只要是職業選手，沒有人會不想打敗他，lung 也一樣，所以今天沒有看到楊非，lung 皺了皺眉。

lung 感到不解，ＷＡＴ的教練也皺了皺眉。他在ＯＳＴ戰隊的人中沒看到楊非是意料之中，但也沒有看到 yan，只看到一個陌生女人。

ＯＳＴ戰隊有女隊員，這不是第一次見到了，不稀奇，但沒有看到 yan 出場，他們才感到奇怪。剛才拿錢的男人在旁邊低聲開口：「應該是 yan 下藥被他們看到了，所以才沒用他。」ＷＡＴ的隊長點點頭，覺得也是這個原因。

「真是可惜了。」他看著ＯＳＴ的眾人，意味不明地笑道，「本來有 yan，還不至於輸得太慘，現在有兩個連名字都沒有聽過的新人……」

兩人是為了讓ＯＳＴ輸，為了不對上楊非才設計這麼多，費盡了這麼多心思。但都沒想到，這一次他們的設計確實是針對了楊非，卻招惹到一個比楊非恐怖無數倍的高手。

中場休息結束，第二場，ＯＳＴ跟ＷＡＴ的比賽正式開始。

ＯＳＴ因為怕影響到秦苒的心態，沒有公布臨時換掉楊非的事，在場的粉絲都大聲叫著「陽神」兩個字，所有守著直播的觀眾也急切地等著楊非出場。

主持人拿著麥克風笑著說，「現在我們有請大家最期待的戰隊——ＯＳＴ戰隊上場！」

掌聲如雷般響起。

ＯＳＴ戰隊的出場順序是一個一個的，從易紀明、其他兩個隊員，再到小於。現場等著看楊非的觀眾都開始浮躁了，「陽神」叫得更加大聲。

最後一個人緊跟著小於身後出來——戴著口罩，穿著合身的ＯＳＴ戰隊，看不太清楚長相，只能看到一雙冷傲的眼睛。

女隊員，不認識，也沒聽過。

現場跟坐在網咖，或者待在宿舍跟在自家看直播的人都「轟」地一下炸開了。

『小於我在易紀明的微博上見過，最後一個人是誰？』

『陽神呢？陽神在哪裡？我們要看陽神！』

『ＯＳＴ戰隊怎麼回事？沒有陽神，這場比賽還打什麼？』

第七章　普通網友

楊非不上臺這件事除了那個工作人員，並沒有跟任何人透漏過，連主持人都不知道這件事。

他以為最後是楊非，都已經準備好了說辭，看到這一幕愣了一下才開始圓場：「原來ＯＳＴ戰隊這次陽神跟 yan 都不上場，看來是要給新人機會。當然，我們相信ＯＳＴ戰隊依舊能以最強面貌……」

觀眾席上，楊非的粉絲開始浮躁起來。微博也在躁動，無數粉絲看到楊非沒有出場後，就去楊非的微博下面留言。

秦苒一行人跟ＷＡＴ戰隊的五個人都坐到了自己的位子上，教練就捧著一個筆記本，戴著耳麥在秦苒他們身後走動。

現場粉絲的反應過大，教練本來擔心秦苒的心態會有問題，但是看到她臉色比他還平靜之後，想要安撫的話被他吞入腹中。他咳了一聲，開始幫他們安排接下來的卡牌戰略。

一局定勝負，尤其是秦苒他們五個人沒有磨合過，教練要說不緊張是不可能的。

「秦小姐，妳的帳號有什麼卡牌？」

教練拿著筆，在筆記本上寫著今晚能對戰對面卡牌的組合。

秦苒一邊登入自己的帳號，一邊漫不經心地開口，「滿的。」

教練雖然驚訝，但也能理解。秦苒作為第一代成員，卡牌是滿的可以理解……

不過也很疑惑，秦苒單方面宣布退役時三張神牌都還沒出來，她怎麼可能滿牌？

秦苒這邊在登入帳號，九州遊比賽直播的官網就給了她的電腦頁面特寫鏡頭。場上的其他人都在職業賽上出現過，而小於雖然在以往的比賽中沒有上過台，但也作為替補在台下過，只有秦苒是完完全全的新人，還是ＯＳＴ放上來的新人，神祕感十足，導播直接讓人給了她特寫。

解說員拿著麥克風，心裡罵著，嘴上卻是微笑。

「讓我們看看ＯＳＴ這位神祕的女隊員，大家應該知道ＯＳＴ戰隊曾經有位叫孟心然的女隊員，手速比易紀明還快，不知道她是不是ＯＳＴ戰隊挖到的另一個孟心然……」

解說員正說著，觀眾席上，陸照影看著大螢幕，聽著周邊粉絲不滿的聲音，手心也流著汗。

按照這種情況，秦苒這局要是輸了……

程雋坐在他身邊，不動如山地看著螢幕，只是放在扶手上的手指不斷敲著，似乎有些不耐煩。

「雋爺，」陸照影試圖緩和自己的情緒，「你說秦小苒的帳號是什麼等級？多少星的？到至尊了沒？」

跟秦苒打遊戲打了這麼久，秦苒從來沒有公開過自己的帳號。

程雋往後靠，沒說話。導播給的依舊是秦苒的鏡頭，他只一眨也不眨地看著放大的螢幕。

陸照影也不覺得程雋會理會自己，自顧地開口，「秦小苒擅長輔助卡牌，意識、操作都好，如果能遇到可靠的隊友，要打到宗師九星沒問題，不過她說自己的帳號沒到宗師，可能是大師九……」

他正說著，大螢幕上投影的秦苒登入頁面已經成功登入了。

帳號是兩個字母，被導播放大——QR！

只有主頁面，秦苒沒有停留在個人資訊，所以看不到她的等級，也看不到她的對戰資料。九州遊不能重名。

「九……九星。」陸照影喃喃地開口。

幾秒鐘後反應過來，他動作特別大地轉身看向程雋，「我靠，雋爺！這是怎麼回事？」

若是在幾天前，陸照影看到這個名字可能還覺得沒什麼，可是昨天，他分明在程雋的帳號裡看到了！

QR！那個送給程雋三張神牌的老大！那個三年前跟程雋一起玩了很久的一區雙煞！

程雋本來漫不經心地敲著扶手的手也猛地頓住，指尖捏著扶手，本來就冷白的手此時一捏扶手，顯得更白。他目不轉睛地看著導播放大的秦苒帳號名稱，一雙眼睛又黑又沉，心臟像被一雙無形的手抓住，漏了一拍。

說真的，陸照影從來沒有見過誰能讓京城的程公子臉色變得這麼快，這麼久。

程木也喜歡看比賽，但對遊戲沒這麼著迷，不過他上次也看過程雋帳號裡的三張神牌，也跟著陸照影去圍觀了一區的排行榜，看到了快閃瞎他眼睛的戰績跟至尊二十星的分段，以及從來沒有見過的一萬多分積分。

「原來我們OST戰隊的新人是QR。」相較於他們，看不到秦苒段位跟戰績的解說員有點淡定，「咦？她買了張改名卡？」

導播本來都要切換鏡頭了，誰知道她竟然在職業賽場上買了改名卡，還非常囂張地在無數鏡頭下幫自己改了名字。

——ＯＳＴ ＱＲ。

我靠，在賽場上做出這種騷死人的動作？

向來接觸過無數場面的解說員也有些傻眼，誰來跟他解釋一下ＯＳＴ的新成員是什麼情況？

現場的無數觀眾也沉默了一下。

本來還叫喚著「陽神」的一群粉絲們被這個動作弄得愣了一下之後，不知道誰說了一句，「這個小姊姊有點意思。」

「有、有點囂張啊。」

楊非的粉絲們也不是無腦粉，一開始的一陣風頭過後，現場也安靜下來，雖然失望，但也在為ＯＳＴ戰隊打氣。

「花裡胡哨。」ＷＡＴ戰隊的教練在後臺看直播，見到這一幕，不屑地笑了笑，「等跟 lung 神打完再說吧！」

其實不只是ＷＡＴ的教練，看直播的千萬觀眾都是這麼想的。沒有楊非，又是對上除了ＯＳＴ以外最強的戰隊ＷＡＴ，基本上這些粉絲跟觀眾都不抱持著贏的希望。

看過直播的人都知道，每場比賽開播前都有一個賭盤，用豆子賭哪邊贏。官方會在遊戲打完前自動封盤，勝負已分之後自動結算。

這場比賽剛開始，ＯＳＴ跟ＷＡＴ的賠率已經高達九點九比一。

官方直播上賭ＯＳＴ的不足一千萬，賭ＷＡＴ的超過一億遊戲豆——幾乎所有人都毫不猶豫地選擇WAT贏，只有一些OST的死忠腦殘粉明知道會輸，還是堅定不移地把豆子下在OST這邊。

由於WAT這邊的豆子已經滿了，官方直接封了盤。

直播畫面已經分屏，解說到雙方的人物卡牌選擇完成。

解說員看了一眼秦苒選擇的卡牌，有些傻眼，「OST的這位新隊員QR，選擇了三張攻擊牌？」他有了點興趣，「難道真的是OST戰隊的另一個孟心然？」

眾所周知，孟心然是OST戰隊中手速只比楊非低的隊員。

「不過對上lung就很難說。」另一個解說員也在認真解說，「lung這位天賦型的選手在賽場上也是所向披靡，贏多輸少……」

比賽開始，雙方五人都帶著卡牌入場。

lung作為H國的第一選手，他的穩跟爆發力不是浪得虛名，就算是遇到秦苒跟小於，他都沒有大意。

雙方一開始只用一張小牌、小招式，互相試探了一波。

秦苒一直在小於身後，她身上帶了一張女媧牌和兩張攻擊牌，雙方試探的時候都被她輕飄飄的走位躲掉了。

對面連卡牌一張沒丟，反而是他們這邊的小於卡牌灰了一張。

『我靠，這個QR是傻子嗎？剛剛那麼好的機會她不出手？』

『OST戰隊怎麼會讓她上場，yan呢？』

『比輔助還孬，這是攻擊牌？划水牌吧！』

彈幕上一個接一個開始罵。

ＯＳＴ戰隊在戰場上一向所向披靡，很少開局就被人壓著打。看到易紀明最有用的王牌也消失之後，一些人更忍不住了。

『早知道我剛剛就算把豆子送給ＷＡＴ戰隊，也不會給ＯＳＴ！』

秦苒在演？當然不是，比賽時，雙方不知道對方帶了什麼牌，她也沒有跟幾個隊員磨合過。不過她有一個非常ｂｕｇ的地方就是——幾乎每一個隊友她都能配合，這是陸照影跟她組隊打競技場以來最大的感觸。

此時，也一樣！

在易紀明的兩張攻擊牌消失後，秦苒一直飄忽不定的人物終於停下來，「易紀明！」

「收到！」

秦苒直接用女媧牌發動一個大招，復活了易紀明的必殺牌，同時操控其他兩張牌！

所有動作別說是現場觀眾，連一直在試探ＯＳＴ眾人的lung也沒反應過來。

秦苒的手指在黑色的鍵盤間游移，如果這時候不是因為導播看不起她，不給她鏡頭的話，眾人一定能看到她在鍵盤上快到只剩一道殘影的速度。

她手中的女媧牌直接鎖定lung的一張王牌，易紀明緊接著補上傷害！

緊接著就是秦苒一場花裡胡哨的個人秀，血最薄的女媧牌用完，她直接凶狠地帶著其他兩張牌衝進人群！

「我靠！」解說員忍不住爆了粗口，「ＱＲ帶著兩張暗殺牌去擊殺對面lung的神牌，會成功嗎？

眾所周知lung很穩，除了陽神，很少有人能單殺他……我靠，lung全軍覆沒！」

解說員的話沒說完，遊戲頁面上，lung的三張牌全灰！

秦苒除了丟失一張神牌，其他兩張牌在人群中殺了lung的兩張牌……還能殘血逃生？這是什麼神仙操作！

別說現場了，所有在看直播的人都有些熱血沸騰地看著這一幕，忍不住跟著解說員說了一句「我靠！」，全場本來被氣得要死的粉絲看到這一幕，忽然爆發出一陣雷鳴聲，幾乎響徹全場！

那些在開場賽之前，選擇了下豆子給ＯＳＴ戰隊的人也一臉呆愣，「我躺著都能暴富？」

九點九的賠率……確實是暴富！

ＷＡＴ就只靠一個lung，他死了，ＷＡＴ基本上就完了。

ＷＡＴ教練本來看到秦苒這個愣頭青帶著兩張牌去殺lnug的時候，手裡捧著茶，還不屑地笑了一聲，但還沒笑到一半，lung的三張牌就沒了。

從遊戲開始還不到二十分鐘，ＷＡＴ的所有牌全軍覆沒。

導播似乎也愣住了，之後才猛地把鏡頭轉給秦苒。

對方依舊戴著口罩，只能看到一雙微微瞇起，極為好看的眼睛。

微博跟觀眾席全都炸開了，當無數網友在討論這個超猛的新人小姊姊是誰時，有個人默默地留言：

『那個，建議大家去看看一區的排行榜。』

點讚數是第一名，底下的評論：

『樓主，我跪著回來了……』

『樓主，我腿軟……』

很多人沒有一區的帳號，急到不行，直到其中一個人發了照片，再也沒有任何人敢說話。

秦苒下場後拉下口罩，本來解說員想要留下秦苒做個專訪，但她不想去，就把易紀明他們推上去了。

她一個人跟在遊魂似的教練身後下場，剛走到走道，就跟程雋三人面面相覷。

程雋本來在低頭想什麼，聽到聲音就淡淡地抬起頭。

秦苒把口罩塞進口袋裡，「……你們聽我解釋。」

教練渾身一震，發現這些人是剛剛在休息室看到的秦苒朋友。

「秦小姐，你們聊，我回去接受採訪。」

教練也被邀請去採訪，原本準備把秦苒帶回休息室再回去，現在見到程雋他們來了，就沒有再跟秦苒走，而是飄著，回到正在接受採訪的易紀明等人中間。

WAT的教練還在自己的休息室沒有出來，但WAT的隊員們都在。

lung聽到聲音，也看了秦苒一眼，眼中沒有半點落敗的失落，而是找到競爭對手的興奮，「希望下一次能跟妳和楊非對戰！」

秦苒：「……」下一次她就不打了。

等教練跟WAT的人都走了，程木原本有些面癱的臉才抽了抽。

他想起了秦苒的話……解釋？妳還能怎麼解釋！

陸照影從秦苒登入帳號，直到現在整個人都還沒回過神。他十分信任，並一直以為只玩輔助牌，段位、積分都不是很高的秦小苒呢？怎麼突然變成了送給雋爺三張神牌的一區老大？玩攻擊牌還厲害到不行，能衝進敵營，把 lung 殺了並輕飄飄地殘血逃生？

陸照影從第一次見到秦苒的時候，就莫名地對她有一種信任感，所以當初跟程雋連查都沒查就放秦苒進了校醫室，對秦苒說的話也堅信不移。

心眼多如陸照影……也從來沒有想過秦苒會騙他騙得這麼慘！

陸照影腦袋暈乎乎的，到現在都還沒回過神，可能是因為看江東葉太過幸災樂禍了。

程雋卻笑了笑，靠在一旁點點頭，一雙黑漆深邃的眸子半點都沒偏移。他過了半晌後頷首，微微笑著說：「嗯，妳說。」

「這個遊戲一開服我就開始玩了，好像……分段還滿高的，就被人看中去打職業賽了。」秦苒開口。

不知道為什麼，程木總覺得秦苒說的好像是人就能去打職業賽一樣。

他的嘴角，終於成功地，再次抽了一下。

程雋「嗯」了一聲，瞇起眼看向秦苒，「繼續。」

「我明明退役了，但ＯＳＴ前任教練沒有刪掉我的名字！」

程雋只挑眉看著她，那雙清淡又氤氳著霧氣的眼睛讓秦苒深深低下頭，終於不再掙扎。

現在比賽剛打完，周圍都是工作人員。程雋點點頭，垂在兩旁的手捏緊，費了很大的勁才壓抑住自己，並風輕雲淡地看向秦苒，「先去休息室。」

秦苒莫名聽出了「回去再好好聊」的意味。

——採訪區。

主持人跟講解員都在。

「易神，請問剛剛那個小姊姊是你們在哪裡找到的神仙隊員？」主持人往幾個人身後看了看，沒有看到秦苒，感覺萬分失望。

不只是他失望，一直守在直播前的網友也失望。

ＯＳＴ沒派出楊非，所以所有人都覺得ＯＳＴ戰隊這次真的輸定了。畢竟有兩個新人，一個從來沒有上過正式賽場，一個連青訓生都不是，眾多網友九點九比一的賠率不是開玩笑的。

但最後，秦苒那一波爆發直接帶走了lung。平心而論，這一次lung就算面對新人都沒有放鬆，在這種情況下能帶走他兩張牌，足以說明秦苒對卡牌的控制力，還有技能的計算。

她的爆發力就不用說了。玩九州遊的人都知道，這種情況下就算是楊非想要帶走lung的牌，也不一定能全身而退，畢竟lung的穩定跟實力是眾所公認的。他無論在哪場比賽，都能發揮到極致，有好幾次跟楊非都是以微弱的差距分出勝負，沒有人會覺得lung發揮不好或者放水。

曾經有人感嘆，lung如果比楊非早出來或晚出來幾年都不會是現在這樣，他也註定是屬於自己那一個時代的人。

如今，ＯＳＴ有一個楊非不夠，還多了個新人ＱＲ，他們本來就處於九州遊幾乎不敗的地位了，現在還有誰能跟他們抗衡？

這個ＱＲ是誰，不僅僅是主持人跟解說員想知道，也是螢幕前的眾多網友迫切想要知道的。

「新人？」易紀明搖了搖頭，笑道，「她不是新人，是跟我們同一時間進戰隊的，不過發生了一些事，她沒有繼續留在戰隊。陽神今天狀態出了一些問題，才不得不逼她上場。以後，大概很少會有這個機會了，當然，在此也特別感謝陽神。」

正在顧西遲的實驗室看直播的楊非：「……」

他看了眼微博，前一秒他的粉絲還在哭天喊地地說「陽神，你怎麼了？」、「你在哪裡？」、「你沒事吧？」下一秒就鋪天蓋地地「謝謝陽神」、「陽神你以後沒事可以多失蹤幾次」、「孩子啊，求你多逼逼她上場好不好？」。

雖然這也是楊非最希望看到的，此時還是有些忍不住。這確定是他的真愛粉？

當然，這件事最受益的，還是開局前下了九點九倍豆子的人。那些把全部身家壓到ＷＡＴ那邊的網友都是一臉滄桑：後悔，非常後悔，為什麼當時不相信ＯＳＴ的實力呢？

直到ＯＳＴ戰隊的採訪結束，網友們澎湃不已的心都還沒平靜下來。有人在ＯＳＴ戰隊官網、在易紀明的微博、在楊非的各種微博下面問：『剛剛那位小姊姊的微博呢？』

問了半晌，才有人出來默默說了一句：『大家還記得陽神一個月前標記了ｑｒ這個人嗎……』

教練他們回來的時候，陸照影還沒回過神來，就坐在楊非之前坐過的電競椅上思考人生。

程木還比他好一點。

「妳不是說妳段位不夠，不能和我匹配嗎？」陸照影幽幽地看著秦苒。

秦苒半點都不心虛，「我至尊二十星，只有至尊一星才能跟我雙排，跟你雙排我需要掉到宗師，我確實是段位不夠，沒騙你。」

陸照影：「……」心口又被狠狠插了一刀。

「妳早就知道雋爺是妳的好友了？」

陸照影不太清晰地想起了秦苒第一次登入程雋的帳號時，頓了一下。

秦苒咳了一聲，不再理直氣壯。最後她受不了了，答應陸照影會送三張神牌給他，陸照影才一臉悲痛地點點頭，十分大方地原諒了秦苒。

而程雋瞥了他一眼，挑了挑眉，但沒開口說什麼。

正巧，教練跟易紀明等人推門進來。

「那個 yan 在哪裡？」秦苒從椅子上站起來，微微瞇起眼。

這件事，教練在比賽前就心裡有數了，只是當時因為想著比賽，他沒有跟 yan 多說什麼，現在見到秦苒提出來，他微微頷首，「在另一個休息室。」

秦苒點點頭笑了笑，眸底一片冷肆的光，朝教練抬起下巴：「走。」

易紀明剛打了一通電話給楊非，得知他現在的狀態還可以才鬆了一口氣。聽到秦苒跟教練的對話，他抿了抿唇，眼眸浸染了黑，臉色沉下來：「我們去找他。」

教練沒聽到，他卻聽到了程雋之前說的話。

如果沒有秦神的那個朋友，楊非會被送到醫院，最後手會留下後遺症……這對一個電競選手來說，是足以毀滅一切的打擊！

——ＯＳＴ替補人員的休息室。

yan 沒有上場，也沒有去觀眾席，只是坐在休息室的轉播螢幕前看著現場直播。

原本教練這麼淡定，他以為他下的藥對楊非沒什麼影響，直到秦苒等人上場他才意識到楊非真的中招了。

yan 那個時候差點笑了，他不認識秦苒，但他認識小於，也知道易紀明根本就不是 lung 的對手。

當時他還以為不出半個小時，ＯＳＴ戰隊就會輸了，但沒想到遊戲確實沒進行到半個小時——因為二十分鐘，秦苒就結束了戰鬥。

她對女媧這張牌的熟練度比楊非還要高！

yan 覺得眼前有點發黑，他聽著易紀明的賽後採訪，又拿起手機滑了一下微博，跟著網友們幾乎不費吹灰之力地找到了楊非之前發的動態。

手速比楊非快、楊非很想同臺、曾經是ＯＳＴ的隊員、一區手握三張神牌的大神。

一切的一切，全都指向同一個終點。

yan 不是那群網友，他身在戰隊，自然比普通網友了解得多，更知道，三張神牌並不是團隊開發出來的，而是一個人……

yan 還沒想完，門就被人推開了。

進來的是教練跟秦苒等人。

休息室裡，其他替補隊員跟ＯＳＴ戰隊的工作人員全都站起來，一窩蜂似的圍過去。

「教練！」

「我們贏了！」

口中叫的是教練，目光卻是看著秦苒的方向。

秦苒一區的帳號截圖已經傳遍了他們的各個群組。就算是ＯＳＴ戰隊，除了幾個老隊員，也很少有一區的帳號，不過他們聽過一區的傳說，也看了易紀明的採訪，都知道這是以前ＯＳＴ的老隊員，而老隊員有誰？外人不知道，他們ＯＳＴ內部卻清楚得很。

一個個看著秦苒的目光，都是已經壓抑過的狂熱。

秦苒拉上了黑色的連帽衣帽子，半遮住額頭，目光在整個休息室掃了一圈，低聲笑了笑，「我找 yan，其他人沒事就出去吧。」

教練跟在她後面幾步，見到那些人都愣著不動，「都出去。」

一行人全都走出休息室的大門，終於回過神。

「我靠，剛剛那是……是那位吧？」

「應該就是她……」有人緩緩開口。

屋內，yan 下意識地收起手機，從電競椅上站起來，目光掃過眾人，最後停留在秦苒身上。

不知道為什麼，忽然有些不安。

「教練。」他對教練喊了一聲。

教練只看了他一眼，目光滿冷淡的。

「說吧，」秦苒沒坐，只半靠在門邊電競椅的扶手上，直接將目光轉向 yan，眉峰挑著，「為什麼要對楊非下藥？」

教練跟易紀明這些人都跟在秦苒後面。

尤其是教練的態度，yan 不是傻子，他能意識到就算是對待楊非，教練也沒有這麼禮待過任何人。

yan 心裡一沉，抿了抿唇，「妳在說什麼？我不知道。」

「宿舍一定有裝監視器，把楊非的東西拿去測定，指紋一查就知道是誰了。」秦苒往後靠，捏了捏手腕，「楊非的手這次要是落下隱患，以後再也不能打比賽，就算是賠償金也會賠死你。」

教練一直覺得楊非只是被人普通地暗算了，過一段時間就會好，但現在聽到秦苒的話，幾乎失聲開口：「秦小姐？妳……妳說楊非的手……」

易紀明想也沒想，低垂著眉走到 yan 面前，朝他的臉狠狠就是一拳。

他垂眸的時候，不復剛剛受訪時的風輕雲淡，眸底是一片血色，一頭平時看起來浪蕩不安的黃毛也顯得十分冷肅。

「為什麼要害陽神，要害OST？」

OST能一路維持到現在並不容易，當初秦苒離開，基本上就是他跟楊非堅持下來的。

易紀明平時在隊伍裡的形象就是不正經，跟教練和楊非的老成不同，第一次看到他變臉。

由此可見，楊非的手可能真的……

yan 愣了一下，往後退了一步，心臟狂跳，脊背上冷汗滾滾，「不、不可能，他們告訴我那只會讓楊非今晚不能上場而已，怎麼會從此以後不能打比賽……」

聽到這裡，秦苒點點頭，她從椅子上站起來，看向教練，「接下來的事情就交給你了。」

這件事，雲光財團會處理好。至於 yan，這種品行的人，就算雲光集團不插手，以後也沒有任何電競戰隊會收他，再無前途可言。

教練「嗯」了一聲，但背後還是有一層冷汗。

秦苒走後，他將目光轉向易紀明，「楊非他……他……」

「情況我不清楚，不過送到秦神的朋友那裡了。」易紀明狠狠地看了 yan 一眼。

教練打了通電話給雲光財團，楊非跟 yan 都需要由雲光財團處理。

尤其是楊非，按照易紀明所說，送到醫院都沒救的話，也只能希望雲光財團有門路了。

電話很快就被接起，是助理的聲音。

『他的手可能會有後遺症？』聽到這句話，助理顯然也愣了半晌，聲線緊張，『沒事吧？他現在人在哪裡？我馬上讓人聯繫M國……』

教練又說了在秦苒那裡，會馬上讓人把楊非送回來。

那邊的助理已經讓人連線了M國的人，聽到教練的這句話，又忽然放下手。

「他們怎麼說？」

易紀明沒聽到幾句，見到教練掛斷了電話，表情又有些古怪就著急地問了一句。

教練把手機放回去，「他們那邊的人說……在秦小姐那裡，那……」手斷了也沒事……

易紀明：「……」

兩人最後還是擔心楊非的情況，打了通視訊給楊非。

楊非此時正半躺在顧西遲實驗室的椅子上，接到易紀明的視訊電話，他笑了笑，『你們晚上那場比賽打得很好啊。』

尤其是秦苒，晚上爆了兩個熱門搜尋，都是關於秦苒的。

「嗯，你現在怎麼樣？」

易紀明看了一眼螢幕，原本他以為秦苒的朋友家只是一個普通的地方，誰知道鏡頭後面竟然是一堆他從來沒有見過的精密儀器。

易紀明被嚇了一跳，這哪是普通朋友家，這是實驗室吧？

與此同時，秦苒他們也回到了顧西遲家，秦苒直接朝三樓的實驗室走去。

楊非還半躺在病患椅上，看到秦苒回來，他手撐著椅子，立刻站起來，精神有些不振，「秦神。」

秦苒側身看了他一眼，側身拿起放在他身邊的單子看了看，是醫學組織內部花裡胡哨的報告，秦苒看不懂，精緻的眉蹙著，厭煩地丟給了身後的程雋。

程雋隨手接過來看了一眼，微微靠到旁邊，另一邊的顧西遲正拿著試管忙碌著。

「不用看了，妳這朋友沒什麼毛病，等等我配個藥給他就好了。」

顧西遲把試管放到架子上，又到顯微鏡下觀察培養皿。

聽到他的話，秦苒放下心來，看來是沒什麼問題，就是程雋一開始在休息室裡說的話有些嚇人。

程雋也看完了，抬手把單子扔到桌子上。他似乎知道秦苒在想什麼，略微抬起眉頭，不滿意她的懷疑：「我沒危言聳聽。」

楊非是因為放在顧西遲這裡，不然隨便給其他人處理，這雙手以後能不能打遊戲真的很難說。

秦苒用手摸了摸鼻子，低頭不再說話。

實驗室中央的那台電腦又傳來了視訊邀請。顧西遲正要往另一台儀器那邊走，此時又要折回去接通視訊。

江東葉本來高冷地坐在楊非身邊滑手機，餘光一直在注意這邊，因此，見狀就立刻站起來，「顧哥，您別動，讓我來！」

他接過顧西遲手中的培養皿，拿到另一個儀器上。

顧西遲摘下了醫學手套，按下接聽。

『小遲，你們的報告確定明天發表？』影片另一頭的依舊是醫學組織的老頭，他拿著一張報告，推了一下鼻梁上的眼鏡。

「快點發吧，這個月你別再找我要其他的研究了！」顧西遲有些妖的眼睛微微瞇起。

老頭發起飆來，『你這孽徒……』

程雋見到秦苒不看他，也插著口袋慢悠悠地走過來，語氣輕漫，「唔，我的名字就不要寫了。」

『愛徒，你還在啊！』看見程雋，老頭立刻換了個和藹可親的語氣，收起猙獰的臉，『這次又不署名嗎？』

程雋當初在醫學組織裡跟別人一起做了不少研究，當然，他一般都只是隨口說說，自然有人跟在他後面搶著進行實驗。第一批學員中，有一大半花國學生的畢業研究靈感都是程雋提供的，但他

從來不署名。

程雋漫不經心地「嗯」了一聲，伸手接過顧西遲晚上打好的報告，垂下眉眼看。

螢幕裡的老頭找了一支筆來，把程雋的名字畫掉，忽然間又想起了什麼。

『孽徒，你跟那個老大說了資助的事嗎？我跟你說，我們醫學組織窮得快要活不下去了……』

他抬頭看了一眼顧西遲，開始大吐苦水。

顧西遲跟老頭確定好時間，就轉身去幫楊非配藥。聽到這一句，他又側過身，擰著眉頭說，「不知道，我晚上試著聯繫一下？」

那個鑽石商人神出鬼沒，雖然兩人是朋友，顧西遲也不一定能隨時找到他。除了馬修，其他道上傳言罩著顧西遲的兩個老大，連顧西遲本人都很少見到。

程雋伸手從小二的托盤中拿了一杯水，低頭抿一口，聽到這句話時不動聲色地挑了挑眉。

顧西遲幫楊非配好了藥，直接讓他吃下去。

「小二，水。」

顧西遲打了個響指，小二就又托著一杯水過來。

楊非不是沒見過世面的人，但自從踏進顧西遲家之後，他每一秒都被震驚著。他就著水把藥吞下去，目光不由得落到小二身上。

「這台機器人是在哪裡買的？」他也想買一個。

江東葉之前就想問問顧西遲這台小二的事情，他也準備回京城弄一個全自動化的懶人大廳，聽到楊非的問題，他目光不由得移過來，豎起了耳朵。

顧西遲白襯衫的袖子捲起，正認真地幫楊非做檢查，聞言，含糊不清地開口：「買不到的，私人訂製。」

另一邊，秦苒放下杯子，風輕雲淡地開口：「你們聊，我回去睡覺。」

＊

秦苒洗完澡，一邊擦著頭髮，一邊從背包裡拿出電腦，打開來一看，已經十一點多了。

她最近心裡有點不安，雖然早上已經打電話給陳淑蘭過了，此時還是想要打通視訊給陳淑蘭，確定陳淑蘭的狀態。但看看現在的時間，她還是放下了電腦，拿起手機來看，看到易紀明傳了ＯＳＴ的官網給她。

秦苒點了連結，就自動關注了官網，似乎還發了一條動態分享。她還來不及確認，門就被人敲響了三聲。

十分有禮貌又紳士的三聲。

秦苒的頭髮已經半乾了，顧西遲家又是常年恒溫二十四度，她隨手把毛巾扔了就去開門。

門外是程雋，他半懶散地斜靠在門框上，似乎在低頭思索著什麼。

他聽到開門聲才微微抬起頭，看向秦苒，一雙桃花眼很亮，似乎還反射著細碎的笑意，映著燈光，顯得極其柔和。

秦苒咳了一聲，又沉默。

「唔……」程雋只笑著，他也沒換姿勢，半側著頭，嘴角漫不經心地勾著，「我是來聽妳解釋的，秦神。」

秦苒：「……」

半晌後，她側過身，「進來說。」

「妳第一次登入我的帳號時，就認出來了吧。」程雋坐到沙發上，白皙的手指放在一旁，狀似不經意地問。

秦苒幫自己跟程雋都倒了一杯水，聞言，頭更低了，徹底放棄自己：「應該吧。」

她原本以為問了這些，程雋一定會繼續問她三年前的事情，她漫不經心地捏著杯子，在想對策。

但沒想到，問完了這一句，程雋再也沒有說什麼。

他喝完一杯水，就站起來要離開。秦苒有些呆愣地放下杯子，頓了頓，也跟著站起來。

程雋開門出去，在一條腿要跨出去的時候才轉過身，伸手虛抱了秦苒一下。

房間的燈光不是很亮，程雋的聲音又低又緩，還帶著幾分沉沉的沙啞，幾乎咬牙切齒又隱忍著莫名的情緒，說：「老子等了妳三天！」

砰！——門被關上。

秦苒有些愣然地站在原地，半晌才抬頭，慢吞吞地走向沙發，坐回到沙發上。

放在桌子上的手機亮了一下，秦苒沒理會。

又亮了一下，秦苒就伸手拿過來，是言昔的訊息：『（截圖）』

第一條是她那條動態的截圖，上面是她分享的ＯＳＴ官網，下面顯示她在魔都的某條街道。

言昔：兄弟，也在魔都，出來見面？

秦苒基本上沒發過動態，動態也只有三條非常冷漠，類似於新聞的官方消息。

*

言昔的ＭＶ這兩天沒有拍完。

他除了錄歌之外，就是熬夜填歌詞。當他寫歌詞寫累的時候，隨手拿起手機一滑，就滑到秦苒發的那條動態。底下顯示的位置正是魔都的某處地址，言昔記下這條街道，用手機地圖查了一下位置。跟他隔了一條江，但也不算太遠，他就傳了兩封訊息給對方。

「言昔，明天上午還有最後一個鏡頭要配合……」

言昔的經紀人在外面敲了敲門後進來，一眼就看到言昔靠坐在桌子旁。是沒睡，而且他看起來也沒有打算要睡的樣子。手上罕見地拿著手機，低著眉眼，一張清冷的臉上表情嚴肅地點著手機。這個樣子，像是……在等什麼人回訊息？

經紀人被言昔的動作弄得愣了一下，後半句的「你要早點睡」就吞入腹中。

言昔是個徹徹底底的音樂狂人，眼中除了音樂就是音樂，很少見到他對手機露出這個表情。

經紀人愣了愣，小心翼翼地旁敲側擊：「言昔，你是在幹嘛？」

莫非是在跟某個小女生聊天？如果是真的，網路上會炸掉吧。

「江山也在魔都。」言昔微微瞇起眼，滑了滑手機，對方還是沒有回訊息。

經紀人本來以為是某個小女生，聽到言昔的話後愣了半晌，他懷疑言昔說錯了，「你說誰？」

「江山邑，我的編曲。」言昔抬眼看向經紀人。

演藝圈的人都知道，天才歌王言昔背後有個神級編曲江山邑，言昔在演藝圈有如今這個地位，那個神仙編曲功不可沒。

言昔第一首在網路走紅的黑暗系風格搖滾曲，就是江山邑作曲、編曲。沒有江山邑，就沒有今天的言昔。只是江山邑這個人比較神祕，別說網友連一個毛都拔不出來，連言昔都不清楚江山邑的資訊。

雖然說江山邑不是演藝圈的人，也從來沒有露過面，卻是圈子裡最神祕的人！甚至有人懷疑江山邑是言昔身後的大金主，不然為什麼言昔什麼廣告都不接還這麼紅，演藝圈都沒人敢得罪他？

無數粉絲跟音樂人都很好奇他的真面目，有人甚至付高價給言昔身邊的工作人員，要江山邑的聯繫方式。畢竟只要聯繫到江山邑，就有可能得到他的編曲，他的曲風眾所周知，沒有哪首不紅。

他們砸的錢是很多，工作人員也心動，可惜……他們哪能知道江山邑的消息！

假如今天江山邑本人曝光了，肯定會跟言昔或秦修塵的戀情曝光差不多勁爆。

言昔經紀人對江山邑的了解還停留在神祕的層面，對方基本上會固定聯繫言昔，不發關於三次元的任何消息。但距離上次江山邑傳曲譜給言昔還不到半個月，經紀人都沒聯想到言昔是在等江山邑的訊息。

「大神也在魔都？」經紀人張了張嘴。

「嗯，」言昔看著手機，對方還是沒有回，他微微瞇起眼眸，「我約了他見面，但他還沒回我。」

聽著言昔的聲音，經紀人扯了扯嘴角，「言昔，大神怎麼可能會跟你見面。」

上次江山邑找言昔要了一套全套專輯，都是讓言昔先寄到雲光財團，請雲光財團的櫃檯收的，完全沒暴露半點私人資訊。

但言昔不死心盯著微信，等著江山邑回他訊息。

然而等了一個小時，對方一動也沒動。

與此同時，顧西遲家中，程雋的房間內——

他住在第二間房，秦苒在第三間。

從秦苒房間回來後，他也沒有睡覺，只是伸手打開了窗戶，半靠在窗邊。

十二月的魔都，溫度不到零下，但將近十二點的風冰冷徹骨，剛好澆熄他心頭不斷翻湧著的熱度。

房間的燈沒開，程雋半靠著窗戶坐著。指尖捏著一根菸點著，點點火光明明滅滅，一張清雅出塵的臉掩映在昏暗中，看不清表情。

半晌，接近十二點時他才掐熄了菸，關上窗戶。

走到開關旁打開燈。白熾燈亮起，整個房間都被照得一片雪白。程雋有些不適應，微微瞇起眼，然後走到桌子旁打開房內附有的電腦。

顧西遲家的電腦幾乎都是同一套，是黑色的。開機速度很快，打遊戲無論開多少網頁也不會卡，陸照影不只一次說過想要把電腦帶回去。

電腦開機後，程雋登入了一個帳號。電腦螢幕很快就變黑，電腦螢幕顯示連接中，馬上連接到一個畫面。

畫面中是一個黑色的大圓桌，桌邊有幾個穿著黑色西裝的人。

『老大。』為首，三十歲上下的男人看到螢幕亮了，立刻退到一邊後說。

程雋點了點頭，看了一眼螢幕，「程火呢？」

『他去整理交易資料庫，在總部。』

男人叫程水，三十歲，碧藍色的眼睛，頭髮是微微捲起的褐色，是個混血兒。頓了頓，他又問：『您的傷沒事了吧？』

聞言，程雋往後靠，一雙氤氳著霧氣的眼睛眸色很深，低笑兩聲，「有人躁動了？不用管。對了，匯一筆錢到那個老頭的帳戶裡。」

吩咐得很熟練，程水不用問也知道他說的老頭是誰，他點點頭，『還是以前那個數字嗎？』

程雋漫不經心地「嗯」了一聲。

『對了，程木前幾天問我跟程火的消息。』說到這裡，程水小心翼翼地看了程雋一眼，『老大，您還沒跟程木說？』

「沒，不用告訴他。」程雋搖頭，又吩咐了幾句就伸手關掉視訊。

另一頭的程水跟程雋說完就走出大門，往外走了幾步，先吩咐人轉了一筆錢到醫學組織。動作輕車熟路的，顯然常常幹這件事，然後又去找程火。

手機又響了幾聲，他低頭看了看，程木還在他們的群組裡瘋狂發那位秦小姐的消息。

程水看到程木像瘋了一樣，不由得搖了搖頭。

京城人都認為程木是程雋最信任的一個，所以到哪裡都帶著程木，似乎連程木都這麼以為……

實際上，他們老大只是看不過去程木要稱為傻白甜也不為過的智商，才沒把他派出去做事。程木似乎也沒發現他們老大沒讓他做過正經事……

慘，真慘。

——顧西遲家，三樓。

江東葉已經昏昏欲睡了，他手撐著下巴，頭像小雞啄米一樣點著。

一抬頭，顧西遲還在實驗儀器面前忙來忙去。

這個時間點，小二也自己找個地方充電去了，江東葉就下樓端了兩杯水上來。

「顧哥，你怎麼還不睡？」江東葉把一杯水遞給顧西遲，打了個哈欠。

顧西遲隨手接過來喝下，「明天早上醫學組織會發聲明，我抓緊時間再實驗一遍。」

醫學組織那邊的臨床結果也發出來了，跟顧西遲預想的差不多。他這邊就最後再做一次，預計要到明天晚上才能得到結果。

「你不累嗎？」江東葉是真的睏了，眼睛幾乎有點濕意，哈欠一個接著一個。

一直走在醫學最前端的顧西遲一想起自己研究出來的再生組織就興奮到不行，怎麼可能會睏。

「不累，我還有一段時間。」顧西遲伸手把白襯衫的袖子捲上去，因為常年沒見到陽光，他的手腕真的很白。

實驗室內的電腦又亮起來了。

顧西遲折身回去接起，看到螢幕上的臉，他從口袋裡摸出一根菸叼在嘴裡，含糊不清地開口：「老師，怎麼現在找我？」難道是明天發的醫學成果有問題？

老頭罕見地對顧西遲露出笑臉。

『小遲，你速度真快，剛跟你說完不到兩個小時，那個鑽石商人就把錢匯過來了。你替我轉告他，只要他以後有什麼事，我們醫學組織一定隨叫隨到。』

醫學組織是窮了一點，但也是世界醫學聯合會。世界上惜命的人多，誰也不想跟醫學組織交惡，但能和醫學組織交好的人卻不多。

顧西遲聽完，放在桌子上的手指頓住，瞇了瞇眼：「老師，您說什麼？」

『就是那個老大把錢轉過來了。』老頭依舊笑咪咪的。

他那邊也在忙明天發表會的事情，沒跟顧西遲說幾句就掛斷了電話。

顧西遲咬著菸，一張精緻的臉迷茫了一下：「……」

江東葉知道顧西遲身後有三個老大，聽完後也不算懵懂。見到顧西遲這樣，他不由得挑眉問：「你怎麼了？」

「啊，」顧西遲回過神來，搖搖頭，「我只是在想……」

他一直在實驗室，好像……似乎……根本就沒有聯繫那個鑽石商人啊，那個老頭剛剛說了什麼？

＊

次日一早，程木神清氣爽地去外面把眾人的早餐拿進來，小二也一個一個地敲門，叫他們下來吃早餐。

秦苒一下樓就看到了滿早起的楊非。

「沒事了吧？」她是指昨晚被下藥的事。

楊非捏了捏自己的手腕，一張精緻的臉抬起，「早上起來好像跟以前沒什麼兩樣，顧先生給我的藥很好用。」

他非常識相地沒有問這些人是誰，昨晚走進顧西遲家時，他就已經被震驚過了。

撇開這件事，他跟秦苒聊起了昨晚那場對戰的事。楊非也看了直播，還在九點九賠率的時候把全部財產賭了上去，贏了一億顆豆子。

兩人聊著就聊到了神牌，這也是秦苒第一次跟他說神牌的一些隱藏技能，都是她昨晚在賽場上用過的。說到最後時，小二端來早餐，秦苒抬手拿了一瓶牛奶，這才發現有什麼不對。

她朝左邊看了看。

程雋不知道什麼時候下來了，坐在不遠處看著兩人說話，見到她望過來，他往後靠，笑了一聲。

秦苒收回目光，低頭喝牛奶。

顧西遲也打著哈欠從樓上下來。他是被江東葉催下來的。

秦苒看他的樣子，就知道他最後做的實驗結果還沒出來。

秦苒低頭拿起手機，看到各大媒體都在報顧西遲的「組織再生」醫學報告。但顧西遲的結果還沒出來，秦苒暫時也不能回雲城，果然跟程雋之前說的一樣，要到星期二。

她想了想，打開微信，點了言昔的頭像：『**地址**。』

傳完後，秦苒就把手機丟到一旁，手裡拿起一塊麵包，看向顧西遲。

一句話還沒問出口，坐在她對面的程雋就不緊不慢地開口：「結果什麼時候會出來？」

醫學組織的新聞稿已經發表了，在醫學界激起了千萬層波浪，在網路上的反響卻沒有一個一線明星的緋聞大。

「今天傍晚，第一份再生組織催化黴也會出來。」提起這個，顧西遲本來沒什麼興致的臉上都有了精神。

他坐到秦苒身邊，看到程雋面無表情地看他一眼。顧西遲頓了頓，又往旁邊挪了一下。

江東葉剛好坐在顧西遲身邊，他也有點睏，不過看到顧西遲往這邊挪了挪，他也隨意往旁邊挪。

「學長，還有個資料還需要你幫我穩定。」顧西遲想了想，又抬頭看向程雋，「等我從雲城回來，我就去老師那裡一趟。」

程雋伸手拿了一杯水，聞言後「嗯」了一聲，沒有說什麼。

吃完飯，程雋跟顧西遲上三樓整理最後的實驗結果。

陸照影吃完沒什麼事，低頭看到歐陽薇邀請他打遊戲，他想了想，就坐到大廳角落裡的電腦前。

「秦小苒、陽神，要不要來玩？」陸照影摸著耳釘，偏頭看了一眼楊非。

楊非從沙發上站起來，搖頭，「不了，我得回隊裡了。」

顧西遲說他已經好了，因此楊非不打算繼續留在顧西遲家。

程木從桌上拿起鑰匙，點點頭，「我送您。」

「好吧。」陸照影遺憾地看著楊非，把他送出門。

兩人走後，秦苒看著陸照影的背影，摸著下巴想了想，回到她位於二樓的房間。

低頭看了一眼手機，言昔那邊沒什麼反應，秦苒便打開房內附有的電腦，登入自己的遊戲帳號。

樓下，陸照影送完楊非就坐回電腦旁，開機登入遊戲。

今天秦苒不在，程木也不在，江東葉跟顧西遲、程雋去三樓了，所以陸照影跟歐陽薇雙排。

『今天只有你一個人有時間？』歐陽薇的聲音聽起來溫和有禮。

「嗯，他們都有其他事。」陸照影操控卡牌跟在歐陽薇身後，兩人配合得不太好，不過這一場勉勉強強還是贏了。

第一次跟歐陽薇雙排的時候，陸照影就知道自己跟歐陽薇沒什麼默契。當初還感嘆過秦苒輔助打得好，現在知道真相的陸照影……

打完一局後退出來，另一邊的歐陽薇開始說話：『上次我聽程木說，你們現在在魔都？』

「是啊。」

陸照影退出來後，本來想開下一局，一眼就看到遊戲右上角的好友後面有個紅點，他操控著滑鼠點開。

『ＯＳＴ ＱＲ請求添加您為好友。』

陸照影手抖了一下，然後點了接受。

「妳等一下，我還有一個朋友要來。」陸照影沒有立刻開局，而是拉開好友頁面，邀請秦苒一起三排。

秦苒拒絕了他，陸照影剛想說「那妳加我幹嘛？」，就看到右上角的郵件亮了一個紅點。

不知道想到了什麼，陸照影的一雙眼睛緊緊盯著那封郵件。

修長的手指緩慢移動著滑鼠，最後點開那封郵件——

『您收到好友ＯＳＴ ＱＲ贈送的三張卡牌。』

陸照影這下連拿著滑鼠的手都不穩了，顫抖著手點開，三張神牌放大在頁面上，排成一排。

遊戲裡，歐陽薇等了很久都沒有看到陸照影的那位朋友，不由得輕聲詢問，『陸少，你那位朋友會來嗎？』

「啊，」陸照影應了一聲，半晌才清醒過來，「歐陽，我不打了，改天再約。」

說完他直接退出了隊伍。

電腦另一邊的歐陽薇看到這種態度的陸照影，眉頭不由得皺了皺。

＊

——言昔ＭＶ拍攝取景處。

他並不是MV的主角，只隨意配合劇情拍幾個鏡頭。取景地有些隱祕，饒是如此，依舊能聽到幾聲尖叫聲，不時有工作人員指著言昔的方向興奮地尖叫，言昔身邊的人對此已經見怪不怪了。

言昔跟著工作人員去拍攝，經紀人就把他的手機拿好，放進口袋裡。

秦苒傳訊息來的時候，言昔的手機震動了一下。

這是言昔的私人手機，經紀人並沒有看。等言昔拍完回來已經是一個小時後了，經紀人把長版羽絨衣遞給言昔。

「應該沒什麼要補拍的鏡頭了，剩下都是兩個主角的事，你如果著急，我們今天晚上就能回京城……」經紀人拿出本子，跟言昔說接下來的安排。

因為配合拍攝，言昔就穿了一件襯衫，現在正低著眼眸，不緊不慢地把羽絨衣穿到身上，細長的手指仔仔細細地把拉鍊拉起來，漫不經心地聽著經紀人的安排。

「我的手機呢？」像是忽然想起了什麼，他看向經紀人。

經紀人看了一眼本子，大多數的行程他都記在心裡，因此就把本子闔上，直接塞到口袋裡，摸出手機給言昔。

知道言昔肯定還在等江山邑的回答，他也不意外，之後又拿出口罩跟墨鏡遞給言昔。

言昔一邊戴上口罩一邊按亮手機，鎖定畫面上有一封訊息：『地址。』

言昔戴口罩的動作愣住，大概愣了有兩三分鐘，時間長到經紀人都覺得不對勁了，不由得轉頭挑眉叫了一聲：「言昔？」

「啊，」言昔回過神來，抬起頭目光炯炯地看著經紀人，一雙漆黑的眼睛裡閃爍著光，「大神

問我地址。」

＊

在顧西遲家中，程雋把幾個資料做完後下來的時候，大廳裡只有陸照影一個人對著電腦。

程雋就這樣站在最後一階階梯上往後靠，目光往大廳一掃，沒有其他人在的痕跡。

一雙精緻的眉頭挑了挑，他看向陸照影：「人呢？」

陸照影不用想也知道程雋問的是秦苒，不是程木或者楊非。

「秦小苒出去見朋友，程木送她過去了。」陸照影終於把眼睛從電腦螢幕上摳出來，偏頭看向程雋，「雋爺，秦小苒在魔都還有其他朋友？我問她她也不說，只說兩個字朋友，瞞得真隱密。」

上次她說要來見一個朋友，結果是顧西遲，現在見的這個朋友不知道會是誰。

陸照影心想，總不會又是顧西遲這個等級的朋友吧？

聞言，程雋從口袋裡摸出了一根菸咬著，眉眼清淡地瞥了一眼陸照影，沒有說話。

陸照影卻莫名縮回了腦袋，「你可以打電話問問程木。」

另一邊，程木開著車，依照手機導航把車開到秦苒傳給他的那個地址。過了一條江，到了一家看起來很幽靜的咖啡店門口。

看起來像是約會的地點，程木不動聲色地看了看。

「秦小姐，您朋友說的是這裡嗎？」他把車停在對面，從後照鏡裡看秦苒。

秦苒本來靠著窗戶，停好車她才坐直身子，看了一眼周圍，伸手打開車門下車，壓著嗓子「嗯」了一聲。

她今天依舊穿著白色連帽衣加黑色大衣，伸手拉起連帽衣的帽子擋風。

這個地方很偏僻，今天又是星期一，上午的人不是很多。秦苒直接走到一個服務生面前，頓了頓，聲音又清又冷但禮貌十足：「您好，請問十二號包廂在哪裡？」

不久後，秦苒停在十二號包廂門旁，抬手敲門。

＊

言昔訂的包廂不是很大，擺了一張桌子，還有四個沙發椅靠著窗。

言昔坐在左邊的沙發椅上，手放在桌邊，手邊還次序放著墨鏡、鴨舌帽、口罩。

黑色長版羽絨衣被經紀人掛在一旁。

「言昔，大神真的會來嗎？」經紀人沒有坐下，只是走來走去，時不時低頭滑手機。

「嗯。」言昔看起來比經紀人淡定，想了想，他又看了一眼經紀人，「你說他多大啊？我該叫他哥還是叫他兄弟？」

言昔認識江山邑好幾年了，對方的年紀、長相什麼的都一概不知。

對於這個問題，經紀人也很好奇，他沉吟了一下，「你就叫江山哥，禮貌一點，聽到沒？」

經紀人當然也不知道江山邑的情況，不過從對方交的作曲跟編曲來看，尤其是早期的黑暗風，像是經歷了無數滄桑，是真的會觸動人心的編曲，由此，經紀人判斷，江山邑的年紀一定不小。

言昔今年二十五歲，江山邑怎麼樣也不會比言昔小吧？只是現在也不是問這些的時候，距離言昔跟江山邑約的時間不到一分鐘，經紀人有點想問言昔，人家大神真的願意見你嗎？

他正這樣想著，包廂的門被人敲響了，聲音不急不緩。

經紀人心神一震，「應該是大神！」

他立刻轉身去開門，而他背後的沙發椅上，言昔也猛然站起來，目不轉睛地看著門的方向。門很快就開了。

經紀人看著門外站著的女生，對方把連帽衣的帽子拉上去，很年輕，但看不太清楚長相，整個人感覺十分酷。

「小姐，請問妳有什麼事？」

經紀人看著這張年輕的臉，根本沒把對方往江山邑身上想，反而擔憂是不是言昔來這裡時被認出來了。以言昔的一線流量，真的被人認出來是還好，要是被路透了，他們今天想走出這家咖啡店都難！

沒錯，經紀人懷疑秦苒是粉絲。

看到人出來，秦苒伸手把帽子拉下來，看著經紀人，精緻的眉眼微挑，有些言簡意賅地回：「我找言昔。」

她拉下帽子，整個眉眼都顯露出來。

五官無論是分開來看，還合起來看都是極其出色，微微挑著的眉眼透著恣意。

經紀人在演藝圈見慣了美人，可看到秦苒的第一眼，經紀人還是眼前為之一亮。在心中暗嘆，他要是個娛樂藝人的經紀人，一定會毫不猶豫地勸說秦苒跟他進圈子。

這張臉進演藝圈後不用做任何事，粉絲都會奉她為大爺，要知道……大多數粉絲第一眼看的真的只是臉。

「妳是要他的簽名嗎？」言昔的粉絲一向很多，經紀人絲毫不意外，他口袋裡隨時都帶著言昔的簽名照，用來安撫遇到的粉絲。

他非常和藹地從口袋裡掏出兩張言昔的簽名照給秦苒。

屋內，言昔聽到不是江山邑，激動不已的心又平靜下來，重新坐回沙發椅上，繼續看著微信。

秦苒伸手，低眸漫不經心地接過經紀人遞給她的簽名照，看了看，也沒塞回口袋裡，只是隨手捏著。

經紀人等著秦苒離開，沒想到秦苒都拿到簽名照了還不走，他詫異地抬起眸，還沒開口說話就聽到對方笑了笑。

她一手隨意拿著簽名照一手插在口袋裡，不緊不慢，一個字一個字地跟經紀人介紹自己：「我是江山邑。」

經紀人本來和藹可親的臉愣了愣，有些見鬼地深吸了一口氣，「等等……妳、妳剛剛說什麼？江、江什麼？」

開什麼國際玩笑？她這個小屁孩是江山邑？

經紀人的聲音有點飄，他懷疑面前的這個小女生在跟她開玩笑。

秦苒插在口袋裡的手動了動，然後摸出自己的手機，言昔又傳了訊息給她。

『兄弟，到哪裡了？』

秦苒直接回覆：『包廂門口，你經紀人送我兩張你的簽名照。』

一分鐘後，三個人都坐進包廂。

秦苒坐在右邊，言昔跟經紀人都坐在左邊的沙發椅上。

秦苒隨手把言昔的簽名照放到一旁，手撐在桌子上。外面的服務生敲了門來送咖啡，經紀人腳步有點飄地打開門，把三杯咖啡端進來。

一杯放在秦苒面前，咖啡杯碰到桌子的聲音讓言昔回過神來。

他有些匪夷所思地把目光放在秦苒身上，試探地說：「兄、兄弟？」

秦苒微微側過身，低著好看的眉眼，有些漫不經心又有點冷酷地回了一句：「嗯。」

言昔：「……」

這個語氣、這個反應，是他所認識的兄弟沒錯了。

「大神，原來妳這麼年輕。」

在演藝圈混了這麼多年，已經成精的經紀人終於反應過來，他努力地掐了一下自己的手心，但內心遠不如表面這麼平靜。

就算沒問，經紀人也能看出來，秦苒不過十八歲上下，那她是多大就開始幫言昔作曲、編曲的？

又怎麼會突然找上言昔？

經紀人帶言昔的時候就覺得不對勁了，圈子裡紅的人是有，紅到言昔這種地步的也有，像秦修塵就是，對方也沒有半點緋聞。但秦修塵是有後臺、有家族的人，他能走到這一步還沒什麼黑料，不僅僅是因為他的人品跟實力，還因為他有個強大的家族。

但言昔有什麼？

他父母離婚，跟著媽媽過，負債累累，這麼多年來經紀人也沒見過他父親。經紀人帶他時，他還在一群選秀的人中掙扎，背景乾乾淨淨。但言昔紅了這麼久，沒有黑料，也沒有任何人敢潛規則，打他的主意，經紀人覺得很大的原因，肯定是因為言昔背後那個在圈子裡極其神祕的神級編曲，江山邑這位老大在背後默默支持言昔。

不是貪圖美色就是貪圖才華，不然能貪圖什麼呢？

但現在……經紀人看著秦苒那張比言昔還要顛倒眾生的臉，頓時就覺得，言昔好像、貌似還占了便宜……

秦苒這張臉，要是被人爆出來，「江山邑」這三個字會掛在熱門搜尋榜上不只三天！

經紀人咳了一聲，用眼神瘋狂示意言昔：這還不是愛情嗎？

言昔沒接收到信號，他只是盯著秦苒，也很久才回過神來。

他拿著咖啡，喝了一口，「大神，妳怎麼今天忽然能見我？」

「正好有時間，」秦苒的手指有一搭沒一搭地敲著桌子，「你媽媽現在還好吧？」

她看著手機，程雋問她在哪裡，她隨手回了條訊息。

「嗯。」言昔點點頭，他有跟江山邑說過他的家庭情況，「我媽媽現在在雲光財團工作。」

他會一直想要見江山邑，一部分是因為遇到知音，一部分是要感謝對方當初把他從泥沼裡拉出來。但現在真的見到了真人……

言昔覺得，他暫時什麼話都說不出來了。

——樓下。

程木等秦苒走進咖啡店後把車停在路邊。咖啡店旁的馬路寬敞，對面就是停車場。

外面冷，程木就沒有下車，坐在副駕駛座上低頭滑著各種群組。

歐陽薇問他們什麼時候回京城，程木按著手機，正想回一句話，聊天頁面忽然跳出了一條訊息。

『在哪裡？』

傳訊的人是一個全黑頭像，很冷很酷的兩個字。

程木連忙坐直身體，彷彿問話的人在自己面前似的，恭恭敬敬地回了訊息，還把秦苒走進去的那家，看起來很像情侶會來約會的咖啡店照片傳了過去，最後還把定位傳了過去。

在顧西遲家中，程雋看著程木傳來的圖片，眼眸瞇起，撐著沙發站起來，拿起掛在一旁的外套。

他在顧西遲放車鑰匙的地方看了一圈，隨便拿了個鑰匙就走。

「雋爺，去哪裡？」陸照影坐在電腦前，看到程雋拿著車鑰匙往外走，不由得多問一句。

「出去一趟。」程雋用手抵著唇，舒雋的眉眼低著，有些漫不經心的四個字。

低頭看了一眼手機，秦苒剛剛也回了訊息。她似乎沒什麼隱瞞，直接把包廂號碼傳過來了。

程雋挑了挑眉。

二十分鐘後，包廂裡——

「言昔，你跟大神兩個人好好聊，我出去抽根菸。」

經紀人摸出菸盒，很識相地幫金主製造時機，還用眼神瘋狂地示意言昔。

就在他瘋狂示意言昔的時候，包廂門又被人敲響了。

經紀人沒有點太多東西，此時敲門的又是誰？

經紀人頓了頓，又朝秦苒跟言昔看過去，「大神，我去看看外面是誰。」

他往門外走，伸手打開包廂的門。

「請問您……」經紀人臉上帶著一貫的笑意，順便關上了門。

一抬頭，就看到了一雙濃雋的桃花眼，微微瞇起的眼睛中似乎又摻著碎冰。

經紀人不由得往後退了一步，看著面前這個男人。對方的眸子又黑又深，穿著米色的風衣，襯得他那張慵懶的臉上多了幾分散漫，眉眼疏淡出色，卻極具氣勢。

外面的走廊是能同時讓三四個人一起通過的，經紀人此時卻覺得有些狹窄逼仄。

「裡面兩個人？」程雋看了他一眼，話說得不緊不慢，骨節分明的手拉攏著風衣。

經紀人莫名感到一股壓力，有些喘不過氣來，「是，請問您要找誰？」

他想問這位先生到底是在做什麼的。

當了言昔的經紀人這麼多年，經紀人見過最有氣勢的人就是江氏的少東家，那也是江氏的太子爺，在公司、京城都是人人捧著的存在。然而，經紀人也覺得江家太子爺的氣勢不及面前這個人。

程雋的一雙眼睛有些危險地瞇起，他沒有立刻回答經紀人的話，只是朝他背後看了看。

隨著他的目光，經紀人背後的門被人從裡面打開。

秦苒一手拿著黑色大衣，一手把經紀人給她的簽名照隨手放進大衣口袋裡，言昔緊跟在身後。

她把照片放好，就看到了正瞇著眼睛看她的程雋，挑了挑眉：「這麼快就到了？」

程雋「嗯」了一聲，目光很快地掠過跟在她身後的言昔。

以言昔現在的知名度，出門時口罩、鴨舌帽、眼鏡、大圍巾都是標配。他正在戴上口罩，卻莫名覺得頭頂有一股壓力。拉著口罩的手頓了一下，言昔一抬頭就看到一張清雋的臉，對方已經移開了目光，落在他前面的人身上。

「還有其他事情嗎？」程雋看向秦苒，滿有耐心地詢問。

「沒了。」秦苒一邊朝他這邊走，一邊慢吞吞地穿上外套，「我們回去吧。」

聽到秦苒這麼說，程雋點點頭，又看了經紀人他們一眼，若有所思。

「不請妳的朋友吃飯？」

言昔可能聽不出來，但他的經紀人卻聽出了宣告主權的意味。經紀人的臉色變了一下，覺得自己剛才可能誤會了什麼。

那可能真的不是愛情？

「不用。」秦苒戴上連帽衣的帽子，看向言昔，「你還有鏡頭要補拍對吧？走吧。」

說完之後側身，跟著程雋往樓下走。

言昔的腦子裡除了音樂，很少有什麼想法。他只是若有所思地看了秦苒的背影一會兒，才跟著經紀人一起隨著秦苒他們的步伐走下去。但經紀人看著前面兩個人的背影，腦袋裡像是有什麼爆開了一樣，呆若木雞。

所以剛剛那一切都是他的主觀臆想？江山大神根本就沒有他想的那個意思？那她為什麼一直以來這麼關照言昔啊？

經紀人十分想不通，他不是言昔這個小白，自然想得更多。言昔能走到這一步，跟他背後一直關照他的那個人有十分密切的關係。

哪有人會無緣無故送溫暖，又或者……經紀人盯著秦苒的背影心想：秦苒的背後還有其他人？

經紀人覺得腦袋要炸開了。

「言昔，你都不好奇剛剛那個男人跟大神之間的關係嗎？」經紀人小聲地湊到言昔身邊問。

言昔看了前面的兩人一眼，擋在墨鏡後面的那雙眼睛沒什麼變化，「什麼關係？」

「就……唉，大神無緣無故幫了你那麼多年，你就不好奇她為什麼幫你嗎？」經紀人又問。

「沒有無緣無故啊，我給了錢……」

經紀人第一次有些一言難盡地看了言昔一眼。

「大神剛剛的衣服都是一家品牌限定的，不對外販售，你到底是為什麼覺得她會缺你那幾十萬的錢？」

以前，經紀人還覺得江山邑是看中了言昔的美貌跟才華，現在……言昔放在演藝圈中確實是盛世美顏，但沒辦法跟那兩個人比啊，至於才華……

神級編曲江山邑的名號會是網友亂封的嗎！

門外，程木還在車上，看到秦苒跟著程雋下來，他立刻放下手機，從車中滾了下來。

程雋沒出聲，秦苒就「嗯」了一聲，側身朝言昔跟經紀人的方向隨意揮了揮手。

「雋爺、秦小姐。」程木叫了兩人，然後朝秦苒身後的方向看了看，正好看到跟在他們身後，把自己裹得像木乃伊的言昔。

那就是秦小姐的朋友？這是什麼神奇的裝扮？

程木看了兩眼，覺得這兩人比楊非跟顧西遲好多了，這才收回目光。

程雋也開了車過來，所以程木就一個人開車回去。回到駕駛座的時候，他把之前隨手放到副駕駛座上的手機拿起來看了看。

他剛剛傳了一封訊息給歐陽薇，只是歐陽薇還沒有回。他又放下了手機。

而另一輛車上，秦苒坐在副駕駛座上，程雋將車緩緩駛入車流。

除了一開始的兩個紅綠燈，其他都是高架道路，也不是什麼節假日，一路暢通無阻，不到半個小時，兩輛車一前一後地駛入顧西遲家的車庫。程木比程雋晚一點，因為他在半路上去拿飯回來。

此時已經將近下午兩點，顧家莊園裡的人都還沒吃午飯，陸照影都已經坐在飯桌旁，把碗筷擺好了。秦苒進屋脫外套時，他正在跟小二說話，不過小二多半處於不理會他的狀態。

「回來了？」

陸照影餓慘了，他是想叫外送，但是這邊不讓普通人進來，尤其是他也不知道顧西遲家大門的開啟方法，他怕他出去之後就回不來了。現在看到秦苒回來，他眼睛都紅了。

「嗯，」程雋還在停車，秦苒把外套隨手扔到沙發上，「我上去叫兩人下來。」

秦苒走到三樓的時候，顧西遲還站在一堆儀器旁邊，放在一旁桌子上的手機一直不停地響，不過他都不理會。

「顧哥，」江東葉拿著他的手機，看了一眼，「好像是個境外電話。」

顧西遲頭也沒抬，「掛了。」

「好。」江東葉直接掛斷了電話。

這些都是醫學界元老的電話，上午醫學組織發的那個聲明讓整個醫學界都沸騰了。

秦苒靠著門邊看了兩人一會兒，摸著下巴。

等江東葉看到她，她才問了一句，「你今年多大？」

「二十六。」江東葉頓了頓才回答。

「啊，」秦苒點點頭，又看了他一眼，「你知道他多大嗎？」她指向顧西遲。

江東葉笑了笑，這幾年他手中基本上都是顧西遲的資料，自然清楚得很，「二十四啊。」

秦苒：「……」

原來您知道啊？

三個人一起下樓的時候，程雋跟程木都已經回來了，陸照影正在把菜擺上桌。

「秦小苒，我收到了三張神牌。」終於吃到了飯，陸照影長嘆一聲，然後想起了什麼，「妳哪來這麼多神牌啊？」

陸照影對神牌不太清楚，不過看網友評論也知道，就算是在ＯＳＴ戰隊，如果不是首發成員，神牌也不是說能拿就能拿到的。

秦苒三年前在ＯＳＴ戰隊神牌還沒出來的時候就送了程雋三張，現在又在一個晚上內輕鬆地送了他三張，尤其是他們兩人都不是ＯＳＴ戰隊的成員。

「找人要的。」秦苒剛剛在咖啡店裡吃了兩塊蛋糕，並不是特別餓，漫不經心地回了一句。

陸照影直覺有什麼不對的地方，但他的腦子暫時也想不起來有什麼不對，所以索性忘了這件事，又想起另外一個問題。

「對了，妳今天是出去見什麼朋友？」

聽到這個，顧西遲也抬起眼眸，意外地問：「妳在魔都還有其他朋友？」

「不是，」秦苒拿著筷子，隨手夾了一塊肉，「就一個普通的網友。」

「網友？」程雋今天沒看清楚言昔的長相，當然，就算看到了，他也不知道對方是一個流量強大的歌手。

「嗯，認識好幾年了，一直沒見過，」秦苒吃完肉，慢吞吞地回答，「今天他正好在魔都，我們就見了一面。」

程雋瞥她一眼，然後點點頭。

江東葉跟陸照影聽到秦苒說「普通的網友」也不相信，兩人都還清楚地記得「賣藝」的魏老。

陸照影的目光看向程木。

程木感受到兩人的目光，他放下筷子，抬起頭回想一下今天看到的人，「好像就兩個人，沒見過。」他看不到言昔的臉，但言昔的經紀人，程木是真的沒見過。

陸照影鬆了一口氣。

秦苒終於有了一個普通的網友，不太容易。

*

——下午五點，雲城。

今天是星期一，秦語已經離開雲城，去了京城。寧晴在這之前還打算跟她一起去，只是現在寧薇生病，陳淑蘭沒人照顧，寧晴不放心，送走了秦語就一直留在雲城。

下午，她從美容會所回到林家，張嫂就恭恭敬敬地上前幫她取下身上的外套，對她的態度跟之前對待林婉幾乎沒兩樣。

張嫂剛把外套掛到衣架上時，寧晴包包裡的手機就響了起來。

寧晴一邊往沙發旁走，一邊低頭從包包裡拿出手機。看到是醫院那邊的電話，她的手一頓，接起來：「醫生？」

醫院那邊沒有多說什麼，直接讓寧晴去醫院。

林麒也剛回來，看到寧晴僵住了，不由得轉頭溫和地問：「怎麼了？等等我們去我爸那裡吃飯吧。」

寧晴心中忽然湧起一陣恐慌，右眼皮劇烈地跳著，她用力抓住林麒的手臂，「去……去醫院！」涉及到醫院，林麒不用多想就知道是陳淑蘭出現了問題。他又穿上脫下來的外套，順便拿出手機打電話給林老爺子。

現在是下班高峰期，一路上塞車塞得很嚴重，兩人將近四十分鐘才到達醫院。

陳淑蘭在急診室內急救。

「醫生，」寧情直接抓住從裡頭走出來的主治醫生，「我媽怎麼樣了？」

陳淑蘭的主治醫生嘆了一口氣，目光有些灰暗，「她的身體本就是強弩之末，總之……」

「怎麼會？不是有ＣＮＳ嗎？藥又沒有了嗎？」寧晴的身體有些晃。

「也不是，今天早上的新聞……」醫生說到一半，又嘆氣，「我是傻了，怎麼會跟你們說這些。先進去看看陳女士吧，她現在很清醒，精神……也很好。該通知的人，你們通知吧。」

說完，他往外面走，拿出手機打電話給秦苒。

醫生雖然不過問病人的家事，但陳淑蘭在醫院住了將近半年，他也能感覺到秦苒跟她們之間的微妙關係。寧晴雖然是秦苒的媽媽，但實際上……對秦苒的了解連他都不如。

想起秦苒曾經跟自己說過的話，醫生低頭找出秦苒的電話號碼，直接撥過去，卻顯示關機，無人接聽。

他身後不遠處，寧晴站在原地，眼底是莫大的恐慌，還聚集著淚。半晌才顫抖地伸手拿出手機，花了一些力氣才成功打電話給寧薇等人。

第八章　祕密研究員

顧西遲的結果是下午四點出來的。後續還有一堆事情，秦苒本來打算等顧西遲的催化酶出來才回雲城，但是下午吃完飯她就開始心緒不寧，有種說不出來的感覺。她實在等不了一小時，就直接回去雲城。

程雋、程木不用說，陸照影就是來看ＯＳＴ的比賽，現在比賽也比完了，他自然也就跟著秦苒一起回去。

江東葉把四個人送出門，他本來還想問問秦苒為什麼要這麼早回去，為什麼不再等顧西遲一會兒，但看到秦苒的表情就不敢再多說。

四個人上了飛機，從魔都飛到雲城還需要一段時間。陳淑蘭的主治醫生打電話給秦苒的時候，她正在飛機上。

陸照影跟程木兩個人坐一排，跟秦苒、程雋只隔了一條走道，見到秦苒的表情不對勁，他坐起來安慰秦苒，「沒事的，顧西遲那裡的藥現在應該出來了。」

秦苒點點頭，沒有說話。

飛機很快就到達雲城，天色已經很晚了。

雲城比魔都還冷，從飛機上下來能看到外面飄飛的雪花，風很大，又寒又冷。

雪花落在地上就化掉。

秦苒依舊穿著連帽衣、黑色大衣，程雋落後她一步，低聲跟陸照影說著什麼，似乎感覺到了風，他就伸手把圍巾遞給秦苒。

程木在前面聯絡人開車過來，一行人的氣氛很壓抑，連陸照影都罕見地沒有插科打諢。

秦苒則沒有說話，她把背包揹在身後，一手把圍巾圍上，擋住了從四面八方湧來的風。

程雋跟陸照影說完後轉過頭，伸手把她的圍巾整理好，低頭，聲音又平又穩地說：

「別怕，沒事的。」

——醫院。

寧薇跟沐楠她們先到了。寧薇還沒有出院，但她能拄著拐杖自己走了，是被沐楠扶到急診室外的。沐盈還在家，現在也還沒來。

林麒在門外抽菸，眉頭緊鎖地看到寧薇他們，嘆了一聲，側身讓她們進去，「她們在裡面。」

寧薇顫抖著嘴角進去。

陳淑蘭在醫院的半年，前前後後，不僅僅是林家，院長、程雋他們都跟醫生們打過招呼，這個病人的重要性不言而喻。此時急診室內站著好幾個醫生，已經到了下班時間也沒有離開。

「小楠，你們過來。」陳淑蘭靠坐在床頭，她看起來精神很好，表情柔和又安寧。

沐楠聽著，心裡就莫名難受。他走到陳淑蘭身邊，坐到寧晴讓開的椅子上，眼眶紅了，但是硬生生忍住，勉強說了兩個字：「外婆。」

「小楠啊，外婆給你的東西都還在嗎？」陳淑蘭伸手摸摸他的腦袋，笑得溫和。

沐楠哽咽地點頭。

陳淑蘭喃喃開口，「在就好，在就好。」

她打起精神，勉強又跟沐楠、寧晴她們聊了幾句，沒過多久，沐盈就穿著大衣從外面趕進來了。

這時候，陳淑蘭的狀態已經有些不對勁了。

沐盈站在沐楠身後叫了一句外婆，陳淑蘭跟她說了一句後，一雙渾濁的目光就看向門外，嘴裡喃喃開口：「苒苒呢、苒苒還沒回來嗎？」

沐楠握住老太太的手，一雙黑漆漆的眸子看著陳淑蘭，「表姊馬上就回來了，您再……再等等。」

屋外，林老爺子也趕過來了。他看了一眼林麒，詢問情況，「怎麼樣了？」

「老太太，估計是不行了。」林麒見不得病房裡的生離死別，他嘆了一聲，跟林老爺子解釋。

林老爺子也預料到了，他沉默了一下，嘆了一口氣才點點頭，臉色深沉地往病房裡掃了一眼，「秦苒還沒回來嗎？」

「聽說還在魔都，不知道什麼時候能回來。」林麒搖頭。

「魔都啊，不知道能不能趕上。」林老爺子再次嘆息，他往病房內走，並跟林麒說，「老太太怕是自己也知道不行了，之後該準備的就準備吧。」

寧家老弱婦孺多，陳淑蘭要是真的有個萬一，林麒還要主持大局。

林麒跟在他後面進去。

不過幾個小時，陳淑蘭似乎一下子蒼老了很多，平時那雙眼睛雖然渾濁，但總能看見光，此時卻是暗沉沉的一片。

看到林麒，陳淑蘭又打起精神，跟林麒也多說了幾句，無非是讓他跟寧晴好好相處之類的。

就在這時，秦苒終於來了。她一個人來，身後只跟著程木，陸照影跟程雋都在樓下，都是特地不上去的。

「怎麼回事？」程雋看著程木把秦苒帶上去才看向陸照影，眉頭緊擰。

陸照影深吸了一口氣後放下手機，看向程雋，「上次CNS的藥，你的猜測可能是對的。八成是有人故意針對秦小苒的外婆，剛剛江東葉打電話給我，說他跟顧西遲的班機無故取消了。」

雲城不是什麼熱門的旅遊城市，每天跟魔都來往的航班只有那麼幾班。顧西遲跟江東葉的航班取消後，下一班要等到明天早上，再到雲城就晚了。時間這麼久，誰也不知道會發生什麼。

江東葉跟顧西遲大概也是怕秦苒會擔心，才特地跟陸照影說的，陸照影也避開了秦苒。

陸照影跟江東葉都不知道程雋跟掌管著「行」的大人物有什麼關係，但只要涉及到這些，找程雋一定不會有問題。

聽到這裡，程雋微微瞇起眼，低眸從口袋裡摸出手機，走到另一邊打了通電話。程雋一邊摸出了一根菸咬上，眼眸低垂，神色極差，周遭的氣溫比零下的天氣還要冷。

陸照影站在原地等著，半晌後，程雋才掛斷電話，朝他這邊走過來。

「怎麼樣？」陸照影看了程雋一眼。

程雋把菸掐熄，扔到不遠處的垃圾桶，「上飛機了，我們上去吧。」

他走了兩步，聲音很淡地說，「讓江小叔派一些人手過來。」

陸照影跟在他身後，神情十分嚴肅地點點頭，想起剛剛秦苒魂不守舍的樣子，他心裡也很難受。

到底是誰要故意針對一個老太太？

——樓上，VIP急診室。

秦苒到的時候，沐楠還坐在床邊。他就抓著陳淑蘭的手，沐盈在一邊哭得要死要活的，他也依舊面無表情地坐在陳淑蘭身邊，直到秦苒進來了，他才茫然地抬頭看向秦苒，「表姊。」

「嗯，沒事。」

秦苒拍拍他的腦袋，沐楠的淚一下子就掉下來了。

「苒苒……」陳淑蘭的一雙眼睛都模糊了，聽到秦苒的聲音，她勉強打起了精神。

秦苒將目光轉向陳淑蘭，雙手緊握了一下，伸手抓住了陳淑蘭的手，「外婆，我在。」

「我……」陳淑蘭之前還精神奕奕的，現在連說一句話，喘一口氣都覺得困難，「看到妳、看到妳就好，能回……」

陳淑蘭喘著氣，看了秦苒很久。目光又越過她身後，看向門口處，挾裹著一路風雪進來的程雋。

「程先生，我想、想跟你單獨聊聊。」

她撐著自己最後的氣力坐起來，看向從眾人身後的程雋。

寧晴自然記得程雋，但林麒跟林老爺子都沒有見過他。

程雋穿著長及膝蓋的風衣，身材筆挺，容色極盛，舉止間看得出矜貴，一眼看去就不是普通人。

兩人都愣了一下。

「都出去吧。」陳淑蘭的目光看向秦苒，輕聲開口。

程雋也低下頭，看向她。

秦苒閉了閉眼，站起來，轉身去了門外。

陸照影則正拿著手機過來，他剛跟江回聯繫好，看到這一幕，心中微微發沉地走到秦苒身邊。

急診室內，程雋坐在沐楠之前坐著的椅子上，門也被關上。

「程、程先生，」陳淑蘭有些顫抖地抬起手，看向程雋的渾濁眼眸裡都是柔和，只是一個字一個字說得特別慢，「苒苒冬天的衣、衣服都是你準備的吧？」聲音有些吃力。

程雋的心更沉了，十分冷靜地點點頭。

「那就好，」陳淑蘭眨眨眼，有些艱難地笑了，「從、從這個暑假……開始，我就沒幫、幫她買過一樣東西，我堅持不過……這個冬天了，原本我最、最放心不下的就是她……」她抓著程雋的手越收越緊，「現在我、我放心了。」

渾濁的眸底終於漾出了一抹笑意。

「我、我有個不情之請。」陳淑蘭說到一半，喘了一聲才看著程雋，繼續說下去。

程雋穩穩地點頭，看著陳淑蘭，「您說。」

陳淑蘭看了一眼門外的方向，「苒、苒苒，你能幫我照顧好苒苒嗎？」

早在半年前，陳淑蘭就知道自己的狀態，會注意到程雋是從秦苒的手受傷那次開始。

這麼多年來，秦苒桀驁不馴，除了自己的話，沒人治得了她。幾個月前，她就知道秦苒手機裡有幾個定時的鬧鐘，鬧鐘響起時，她雖然會煩躁，但還是會記得吃藥。

那是陳淑蘭第一次知道程雋的存在。後來她病發，才真的第一次見到程雋。

程雋低下眼眸，他那雙眼睛像是寒潭，一眼望不到底，在陳淑蘭的目光下點頭。

陳淑蘭終於鬆了一口氣，似乎笑了一下，「我、我也該走了。」

程雋起身打開急診室的門，緊抿著唇。

外面的寧晴等人見到門開了，全都湧進去。

「媽！醫生！醫生，你快來！」

裡面傳來寧晴的哭喊聲，外面的醫生連忙進去。

秦苒抬起頭看向程雋。

程雋則微微低頭，伸手攬住她的肩膀，輕聲開口，「進去見見妳外婆吧。」

屋內湧進了一大批人。

醫生過來看了一番，見到寧薇跟寧晴哭得很慘，搖了搖頭。

「陳女士的身體細胞受到輻射，已到了極限。今天早上有發表了一份醫學報告，若、若是能找到再生酶，或許還有一線生機。」

「再生酶？」病房裡，大概只有林麒跟林老爺子保持著冷靜。林麒看向醫生，沉聲道，「哪裡能拿到？」

寧晴也轉頭緊張地看向醫生，哽咽地開口，「醫生，求求您，不管用什麼辦法……」

醫生搖搖頭，嘆氣道：「再生酶是今早醫學組織才發表的聲明，有沒有具體做出來不知道，但就算再生酶出來了，也在顧西遲那裡。他是醫學組織的畢業生，很少人聽過他的名字，連M國的醫學組織聯合會都很難找到他。」

林麒跟林老爺子都沒聽過顧西遲，但醫學組織聯合會他們倒是有聽過。聽見醫生這麼說，也大概明白那位醫學組織畢業的學生是什麼了不得的人物。林麒嘆了一聲。

秦苒看著幾乎昏迷過去的陳淑蘭，頭腦轟鳴著，像是什麼也沒想，什麼也抓不到，直到聽見醫生說起顧西遲。

她猛地抬頭，手有點顫抖地拿出手機，「對，顧、顧西遲。」

她的手機裡沒存電話，就一個鍵一個鍵地按著，撥通了顧西遲的電話，只一聲就被接通。

電話只響一聲，那邊的顧西遲就接起來了，『小苒兒，妳的情況如何？』

「我外婆……」秦苒抓著手機，目不轉睛地看著陳淑蘭。

她喉嚨發緊，一句話都說不完整。

『我知道，徐長都跟我說了情況，我還有二十分鐘就到醫院。』那邊的顧西遲把手中的醫藥箱遞給江東葉，『妳別擔心。』

他掛斷電話後，又轉頭問了江東葉一句，聲音極沉，「車子安排好了嗎？」

江東葉的目光尋找了一下，在機場內看到一輛黑色的大眾，下巴朝那邊抬，「在那裡，上車。」

顧西遲本來以為車子會在出口，沒想到在機場內就能看到車子囂張地停著。若是以往，他可能會多問幾句是誰這麼囂張，不過現在時機不合適。

他心裡想著秦苒剛剛的聲音，坐進車裡，有些難受地摸出來一根菸，沒說話，一張好看的臉上表情也很糟。

「顧哥，你還不信你的實力？」

江東葉不認識秦苒的外婆，此時大概是這行人中，理智最清醒的一個。依照全世界的大人物都希望跟顧西遲交好的情況來看，江東葉覺得有顧西遲在，秦苒她外婆一定會沒事。

「我跟她是過命之交。」顧西遲看著車窗外面紛紛揚揚的雪，極淡的眉眼輕蹙，「就算……臨近死亡邊緣，那時候也沒看過她像今天這樣。」

顫抖、恐懼。

顧西遲低著眉眼，吐出一道煙圈，不敢把「恐懼」這兩個字跟秦苒聯繫在一起。

坐在他身邊的江東葉看了他一眼，嘴角動了動，有點想問顧西遲他跟秦苒那時候是什麼情況，什麼叫臨近死亡邊緣。在魔都的時候，江東葉跟陸照影也都問過秦苒她跟顧西遲的事情，秦苒也只給了他淡淡的一句「生死之交」。

江東葉不由得也摸出了一根菸，瞇著眼睛想，究竟是怎麼樣的生死之交。

正想著時，他的手機響起，是程雋的電話。江東葉把菸放下，直接接起。

醫院的秦苒掛斷了電話，然後緊緊盯著手機上的時間。她一手還抓著陳淑蘭的手，眉眼垂著，雙唇緊抿。

沐楠就蹲在她身邊，陳淑蘭已經徹底沒有意識了。

沒人管秦苒這邊的情況，寧晴直接抓住醫生的手，「您說的那位顧先生能救我媽？怎麼聯繫他？花多少錢都無所謂！」

醫生嘆了一聲，安撫道：「不是花錢的問題，顧先生……」

他搖搖頭。

林麒拉開寧晴，低聲安慰了一句，「妳冷靜一點，醫生說得沒錯，不是錢的問題。」

M國的聯合會都很難找到顧西遲，要是能用錢就能請到，醫生哪會是這種態度。

站在幾步之遠的程雋也剛跟江東葉通完電話，他讓江回的人幫顧西遲他們開了一條緊急通道，確保一路暢通無阻。

陸照影拿著手機從外面進來，冷肅地開口，「雋爺，江小叔跟錢隊的人來了。」

程雋看了秦苒一眼，對方的脊背依舊挺得很直，臉上幾乎沒有表情。那雙平時散漫卻帶著莫名驕矜的眼眸裡，此時也幾乎陷入了一片沉寂。

他閉上眼，然後轉身。一雙深邃的眸子覆著的都是凝霜，他一邊接過陸照影的手機，一邊往外面走，言簡意賅地吩咐，「醫院這邊的通道開好，他們十五分鐘後到。」

陸照影也緊跟著他出去，點點頭。

兩人都下去接應顧西遲，雖然不知道是誰針對陳淑蘭，但程雋要確保這邊萬無一失。

林麒跟林老爺子還沒反應到程雋跟陸照影究竟是什麼情況，只從門口看到外面走廊上有人影。

林老爺子朝外面看了看，不到一分鐘的時間，有一群穿著黑色西裝，貌似保鏢的人上來，把整條通道守護得密不透風。

不管從哪個方向看都讓人莫名害怕，不太像是普通的保鏢，有些像是經過了訓練的戰士。腰間別著的武器跟身上鐵血的氣息讓人不敢接近。

路人跟行人直接被隔開。有些人看到這一幕，直接轉彎換了條走廊，不敢接近這邊，就連林麒跟林老爺子都沒見過這樣的場面。

「這些是誰的人？」林老爺子從急診室內走出來，愣了一下，疑惑地看向林麒。

林麒也瞇眼看了看，最後搖頭，「不知道……應該是剛剛那位先生。」

他說的是程雋。

從程雋跟陸照影出現，林麒跟林老爺子就看出這兩位不太簡單，尤其是程雋。但他們在腦子裡搜索了很久，都沒有在雲城查到這兩個人的消息。

十分鐘後，院長和幾個主任先從電梯出來，守在走廊上的幾個黑衣人直接攔住了他們，在問過程雋並確定他們幾個人的身分後才把他們放進來。

「秦小姐。」

院長跟秦苒很熟了，也見過寧薇，他跟兩人打了個招呼，才吩咐其他幾個醫生把儀器裝好。

突然進來的院長等人讓寧晴跟沐盈有點發愣。

「媽，那是……」沐盈小聲抽噎著，看向寧薇。

寧薇看著陳淑蘭，神色恍惚著，沒有回答。沐楠也沒有看沐盈，他只伸出骨節分明的手按著秦苒的肩膀。而陳淑蘭的病床邊，是越來越慢的心電圖。

又五分鐘後，程雋、陸照影才折返，從電梯下來，身後還跟著兩個年輕男人。一個穿著白色的襯衫，外面只隨便穿了件羽絨衣，一個手中拎著醫藥箱——正是顧西遲跟江東葉。

走廊上站著的兩排保鏢都讓出了一條路。

「程少。」

程雋一張舒雋的臉上是少見的冷漠，他只略微頷首，就直接越過他們進了急診室。

江東葉跟陸照影、程木都沒有進去。

很快，病房內所有無關的人員都被趕了出來，只有一群醫生跟顧西遲、程雋留在裡面。

沐盈等人一出來，才發現走廊上很安靜，有兩排氣勢懾人的保鏢。

門被關上後，秦苒靠在一旁的牆上垂著眉眼，一手垂在身側，指甲深深嵌入掌心到骨節泛白，沒開口說話。仔細看，能看到她正輕微地顫抖，背影看起來有些化不開的蒼冷。

「苒苒，剛剛那些人……」林老爺子看向秦苒問。

寧晴的腦子也不清楚，她只知道剛剛主治醫生說了沒救，現在又有一群醫生走進去，她猛地抬頭看向秦苒，「那些醫生是去救妳外婆的嗎？他們是誰？可靠嗎？」

秦苒依舊垂著頭，沒有說話，陸照影也沒理會他們。

江東葉不認識秦苒的家人，不過他看得出寧晴的眉宇間跟秦苒有點像，因此點點頭，有禮地回答：「那是程……唔，那裡面有顧西遲，他要是不可靠，你們去醫學組織也找不到更可靠的人。」

醫學組織，寧晴跟沐盈都不知道這是什麼東西，但是剛才聽主治醫生形容，應該不是一般人能接觸到的，尤其是「顧西遲」三個字。

那是一位不僅僅用錢就能請到的人。

聽到江東葉說裡面有顧西遲，最震驚的要屬林麒和林老爺子，「顧西遲？」

秦苒怎麼會認識顧西遲？

然而秦苒沒回應他們，江東葉跟陸照影都沒有多說，兩人一左一右地站在秦苒身邊。

走廊上為首的一個黑衣人拿著手機過來，把手機遞給江東葉：「江少，江廳長的電話。」

林麒跟林老爺子不認識江東葉，但對「江廳長」這三個字很耳熟，那是在雲城幾乎能跟封樓誠平起平坐的一個政客，而且這個政客是京城出身，要是真的想算計，某種程度上是封樓誠不能比的。

林老爺子看著江東葉的臉色變了變。

「嗯。」江東葉拿著手機，走到一旁接起，「小叔……」

那邊的江廳長也還沒休息，就站在書房的窗戶前，「什麼情況，需要我去一趟嗎？」

整個晚上不知道驚動了雲城多少高層，電話都打到他這裡來了，讓他開始懷疑雲城是不是又發生了毒狼或者像三年前爆炸案的大事。

『秦小姐外婆的事情，您不用來了。』江東葉壓低聲線，『情況……』他瞇起眼，想到顧西遲趕他出來時臉色不太好的樣子，不由得搖頭，『再說吧。』

他掛斷了電話。

江廳長掛掉電話之後也沒多想。

秦苒的外婆他有印象，上次在魏大師的拜師宴見過，是樸實的老年人，上次見面時江廳長就知道秦苒外婆的狀況不對。

他正想著，電話又響了，是封樓誠的電話，也在問今晚雲城的動靜。

江廳長剛問完江東葉，封樓誠跟秦苒的關係也不錯，因此他也就沒隱瞞，一五一十地說了。

本來還以為封樓誠的態度會跟自己差不多，沒想到手機裡卻傳來封樓誠大驚失色的聲音：『什麼？她外婆？』

電話裡還傳來封樓誠穿衣服走動的聲音，似乎很著急，應該是穿了外套、準備出門。不意外的話，是去醫院找陳淑蘭跟秦苒。

封樓誠匆匆掛斷了電話，江廳長微微皺起眉，手指敲著手機。

陳淑蘭那裡，程雋有大動靜是不難理解，他對那個小女孩分明不安好心，但是……封樓誠這麼緊張是什麼意思？

＊

封夫人剛洗完澡，看到封樓誠穿上外套、拿了車鑰匙要出門，問道：「你要去幹嘛？」

「去醫院。」封樓誠沒有時間解釋，雷厲風行地出門開車。

身後的封夫人皺起眉，她很少看到封樓誠是這種狀態。

而封樓誠坐上駕駛座，伸手打開手機，直接撥出程木的號碼，詢問他秦苒現在的位置跟情況，程木就言簡意賅地把陳淑蘭所在的病房號碼跟樓層都說了一遍。

封家離醫院沒有多遠，不到二十分鐘，封樓城就開到了醫院，直奔所在的樓層。

剛走下電梯，他就看到聚攏在病房外的一群人。

病房門還沒有打開，保鏢要攔住封樓誠時被陸照影看到，直接說了句「認識，不用查」。

陸照影跟封樓城也合作過幾次，兩人很熟。

保鏢聞言，立刻退回去，把封樓誠放進來。

陸照影的聲音也引起了其他人的注意，林麒也抬起頭。他手上捏著一根菸，本來以為進來的人是個護士或者醫生，畢竟剛剛來來去去的，有不少醫生護士進去。沒想到會看到封樓誠，他直接愣住，十分意外地說：「封家主？」

這聲音，讓林老爺子跟寧晴這行人也朝那邊看去。

封樓誠沒有回應，在一群人中，他略過林家人跟寧家人，目光落在秦苒身上並走過去，低著聲音：「秦小姐，陳姨沒事吧？」

封家在雲城的分量不可言說，此時在這裡看到封樓城，林家人都顯而易見地愣住了。

若封樓誠是跟陸照影、江東葉說話，其他人還能理解。畢竟依照保鑣剛才的那句「江廳長」，林麒跟林老爺子有點猜出了江東葉的身分，若真的是那位「江廳長」，那認識封樓誠也沒什麼，但封樓誠的這句話明顯是對著秦苒說的。

從他微微低著的頭和語氣，就能聽出他對秦苒的態度。

林老爺子從到醫院就開始有些發沉的心，此時因為這個而愣了一下，他張著嘴，沒反應過來。

秦苒垂著眼眸靠在牆上，聽到聲音她才抬起頭，一眼就看到了封樓誠。

眼睫顫了顫，半晌她才搖頭，看向急診室的方向，「不知道，還在急救。」

隨著她的目光，封樓誠也看了一眼急診室。他的眉頭擰起，此時才將目光轉向陸照影，朝他們點點頭，「陸少。」

幾個人都認識，在這種場合也沒什麼好寒暄的，說什麼都不合適，就一起陪著秦苒在一旁等。

倒是江東葉多看了封樓誠一眼。他往後退一步，壓低聲音問程木，「那是……雲城封家的家主吧？」

程木現在的心情也不好，他看著手機，手機上收到了歐陽薇的訊息，他也沒回覆。

聽到江東葉的話，程木點點頭，「嗯，封先生跟秦小姐早就認識了。」

這件事要是發生在顧西遲跟錢隊之前，江東葉肯定會驚訝得要死，但是經歷過兩人的事情後，這消息也只在心裡激起了微微波蕩的漣漪。

走廊上一分為二，左邊靠牆站著的是秦苒一行人，右邊站著的是寧晴、林麒一行人，中間則是寧薇他們，界線分明，清清楚楚。

沐盈這時終於止住了眼淚。她對新聞、報紙都不感興趣，也從來沒有跟封樓誠這種等級的人打過交道，自然不認識封樓誠，但她聽到了林麒叫封樓誠的聲音。

她朝封樓誠等人那邊看了一眼，剛剛因為陳淑蘭的事情，她沒有注意到周圍，此時回過神來，她才發現周圍情況有些不一樣。

先不說秦苒那邊站著的人，封樓誠不用說，陸照影、江東葉的氣勢、樣貌都遠超過普通人，一舉一動間不用多做什麼，都自有一種矜貴氣息。

之前沐盈在京城參加秦語那場拜師宴的時候，見過不少京城有名的富二代、權二代，沐盈還跟其中幾人交換了聯繫方式。但現在……沐盈覺得她認識的那幾個人，無論從氣度還是從任何方面來看，都比不上秦苒身邊的人。

自從上次之後，沐盈跟秦苒的關係就鬧僵了，現在自然不會去找秦苒說什麼，她看到秦苒就莫名地害怕。

她看了一眼身邊的沐楠，低聲問：「沐楠，你見過表姊的朋友嗎？」

沐楠臉上沒有表情，似乎沒有絲毫波動，只是眼睛下的黑眼圈很明顯。

聽到沐盈的聲音，沐楠沒有說話也沒有回答，只是沒有什麼表情地冷冷看了她一眼。

那一眼涼意徹骨，讓沐盈的身體不由得僵住，只是她還來不及說什麼，門就開了。

一群醫生沉默寡言地出來，最後一個是顧西遲，他拉下了臉上的藍色口罩，抿抿唇，看向秦苒：「小苒兒，妳外婆讓妳進去。」

說完，側身讓秦苒進去。

秦苒看著他背後的病房，被白色的門隔開來，看不出什麼，但秦苒顫著手，連一步都邁不出去。

顧西遲把口罩塞進了外面的口袋裡，輕聲道：「進去吧，快來不及了。」

秦苒閉了閉眼，站直身體，直接進去。

聽到顧西遲的聲音，寧晴等人也臉色一變，剛想要進去就被程木攔住。

急診室內，陳淑蘭勉強打起精神，旁邊的心電圖幾乎變成一條直線，不知道是靠什麼支撐著陳淑蘭到現在。

秦苒站在距離床兩公尺遠的地方，腳有些抬不動。程雋則站在床邊，側身沉默地過來，伸手拉住了她的手腕，帶她走到陳淑蘭面前。

「您看，她來了。」

「苒苒，外婆很……很開心，終於能去找妳外公了，記得，」陳淑蘭的聲音氣若遊絲，勉強抬頭看了一眼程雋，最後目光又帶著柔和跟寬容，放到秦苒身上：「妳要好好聽、聽程先生的話。」

這是她嚥下的一口氣，她最擔心、最放不下的就是秦苒，也怕她最後真的淪為孤家寡人。

看著秦苒紅著一雙眼睛緩緩點了頭，陳淑蘭握著秦苒的手才慢慢放開，眼睛緩緩閉起來，嘴角似乎正笑著，

最終手垂到了床邊，不再動一下。

秦苒半跪在床邊，看著陳淑蘭垂下來的手，保持在握著陳淑蘭手的姿勢一動也不動，連眼睛都不敢眨一下。

就僵在原地，連哭都忘了。

外面，聽到急診室內一室寂靜，靜得有些詭異，還有院長那群人出來的反應，寧晴跟寧薇她們有些慌張。

林麒跟陸照影等人也猜到了，連江東葉也罕見地沒有多問顧西遲什麼。

程雋從裡面出來，看了寧晴那群人一眼，最後道：「誰還想要進去看最後一眼的，進去吧。」

幾聲有些壓抑的哭聲終於溢出來了。

寧薇的腿不方便，她連跛帶跑地進去，寧晴就跟在她後面，連沐盈都忘了其他事情。

很快，身後的急診室內傳來陣陣哭聲，猶如一鍋沸水。

顧西遲看著程雋身後，問他，「小苒兒……怎麼樣了？」

程雋看著他沒說話，片刻後，他看向院長，輕聲開口：「辦理一份死亡證明。」

院長點點頭，這種場合他不適合說話，因此跟程雋說了一聲後直接離開。

站在不遠處的封樓城也愣了半晌，才怔怔地打了通電話。

「雋爺，今天飛機延誤的事……」陸照影看向程雋。

程雋轉頭，一雙黑漆漆的目光看向身後的病房，「嗯，我記住了。」

半晌後，他才吩咐程木其他事情。

「魏大師還沒有離開雲城吧？」程雋看向程木。

程木拿著手機，表情更糟了，他沉默地點點頭。

「嗯，」程雋點點頭，壓低聲音，聲音也有些啞，「你打電話通知魏大師和徐校長。」

魏大師認識陳淑蘭，還是秦苒的老師，這種場合肯定要出現。至於徐老……程雋不太確定。

*

是夜，寧晴、寧薇都沒有回去。

林麒跟林老爺子原本都以為接下來的事情會由他們操辦，但他們連陳淑蘭的遺體都沒有看到，所有一切，程雋都吩咐得有條不紊。

兩個人坐林家的車來，又坐林家的車回去，程木只淡淡地告訴了他們葬禮的時間跟地址。

回去的路上，林老爺子其實還沒回過神來。

他看了一眼坐在後座的林麒，心底不太放心。

「今天，封先生跟那位江少，還有顧醫生他們……」

林老爺子的腦袋一時半刻還轉不過來。在醫院接收到的資訊太多，後來又接收到陳淑蘭離世的消息，容不得他想太多。他此時才慢慢反應過來，頭腦暈暈乎乎的，似乎有什麼在炸響。

江東葉、陸照影和程雋的身分他們猜不出來，但封樓誠他們認識，是林家也很難攀上的存在。

林老爺子不知道為什麼，心臟有點抽痛起來。

封樓城叫……秦苒為秦小姐，陳淑蘭為陳姨？

「你說，語兒她外婆和苒苒，她們……是什麼人？」林老爺子看向林麒。

陳淑蘭是誰？那些人什麼身分？這些都是林老爺子現在迫切想知道的問題。

但林老爺子不知道，林麒自然也不清楚，兩人坐在後座，頓時有些沉默。

「你打個電話給語兒。」

半晌，林老爺子才回過神。

寧晴這個時候恐怕無法顧及到秦語，林麒點點頭，拿出手機打電話給秦語，畢竟陳淑蘭這件事肯定要通知她。

接到林麒電話的秦語剛聽完戴然的課。戴然的課一點也不簡單，雖然她是戴然的親傳弟子，但戴然手下也有不少學員，每一個人都是競爭對手，秦語不得不打起精神，比別人更努力。

這一點從小她就習慣了，想要得到更多，就要付出比一般人更多的努力。

『我外婆她……』

秦語拿著手機往外面走。京城遠比雲城冷，她裹著大圍巾也擋不住寒風，聲音近乎迷茫：

『爸，明天戴老師要帶我去M洲參加交流會……』

「交流會？」林麒看了林老爺子一眼。

林老爺子沉吟許久，半晌才接過電話，溫和地告訴秦語參加交流會要緊。

戴老師現在正全力培養秦語，錯過了這一次機會，之後還會不會全力培養秦語都十分難說。

林老爺子不用想就幫她做了決定。他又跟秦語說了幾句後掛斷了電話。

林麒欲言又止，「爸……這……」

林老爺子搖搖頭，「反正陳淑蘭都已經離世了。」

京城這邊，秦語掛斷電話，用手拉了拉圍巾，垂下眼眸。

從小，她就跟陳淑蘭不親，陳淑蘭也不喜歡她。對於她的死亡，秦語心中沒什麼感覺，陳淑蘭的葬禮她回去也沒什麼用，反而會浪費時間，但戴然帶她去M洲參加的交流會不一樣，那裡能看到很多殿堂等級的小提琴大師。

陳淑蘭的葬禮跟M洲交流會比起來，她好像不需要多加考慮。

秦語幾乎沒多想就做了決定。

*

——雲城飯店。

魏大師最近一直都留在雲城，一是處理小提琴協會的一些事，二是經常跟徐校長坐在一起喝茶。

兩人之前在京城根本就不在同一個圈子，尤其是魏大師在京城一直有聽到徐校長的傳說，只是很少見到他本人，只在宴會上見過幾次。現在因為秦苒，兩個不同圈子裡的人交集在一起，大多都是在吐槽秦苒的無情史。

「我沒有想到，你最後選定了苒苒。」魏大師搖頭，失笑。

他的徒弟頂多在京城的小提琴界激起一層波瀾，媒體會大肆渲染，但徐老這邊……他的繼承人一宣布，整個京城都會因為他的話震上三震。

徐老搖頭，看了魏大師一眼，沒有說話。八字都還沒一撇，他實在無法像魏大師一樣高興。

海叔重新沏了一壺茶，先幫徐校長倒了一杯。清綠色的茶湯倒進白瓷杯裡，還沒滿就停了。因為魏大師放在不遠處櫃子上的手機響了。

海叔幫魏大師倒完茶，就過去把魏大師的手機拿過來，「老爺，是京城的號碼。」沒有名字。每天找魏大師的人數不勝數，來自各地的電話都有。魏大師也不懷疑，他跟徐校長笑著說了一聲，就接起電話。

電話的另一頭是程木，他說了陳淑蘭的事情，並跟魏大師說了時間，然後有禮地掛斷電話。

來雲城的時候，魏大師就料到了這一點，但他沒想到這件事來得這麼快，連手機都忘了放下。

「怎麼了？」徐校長意外地看向魏大師，還沒說話，他的手機也響了。

——醫院。

秦苒還在原地，幾乎沒動。

程雋在外面打完電話才進來，無視寧晴、寧薇那群人，直接蹲在秦苒身邊輕聲詢問：「妳外婆放在病房裡的東西我沒讓人動，我陪妳去收拾？」

外面的一群保鏢還在，陸照影則帶著其他人在醫院周圍找可疑的人影。

秦苒似乎終於回過神來，一雙黑漆漆的眸子終於有了焦距，她微微偏過頭，對上程雋的目光。她臉上是滄涼的冷，眼角垂著，全無往日懾人心魄的色彩，彷彿荒蕪的沙漠。

程雋沒再看她，看到就難受。他站起來，只朝她伸出手，「走。」

又過了半晌，秦苒終於抬手。

程雋牽著她走得很慢，從急診室到陳淑蘭的病房花了差不多十分鐘。

陳淑蘭生前的東西不多，她在生前似乎就有預感了，把她的東西都分了出去。四個外孫，沐盈跟秦語都看不上她的東西，她就都給秦苒跟沐楠了。剩下的，是她的一些衣服跟老東西，還有她喝水的杯子、她今天穿在外面的外套……

秦苒低頭沉默地收拾著。

這間病房，陳淑蘭住了將近半年，幾乎當成家了。

她最後把陳淑蘭最常用的杯子收起來，房間裡最後一絲陳淑蘭的氣息都沒有了。

秦苒環顧了房間一周，一種莫大的恐慌開始出現。

外面有人敲門，進來的是程木。

他拿了一張單子給程雋，「雋爺，一切都安排好了，殯儀館那邊也通知了火化……」

程木有條不紊地把一些瑣事都安排好了。程雋點點頭，讓他先出去。

陳淑蘭死後，寧晴崩潰，寧薇崩潰，程雋就接手了所有的後續事宜，沒讓林家的人碰一下。

站在房間中間的秦苒聽到他們的對話，眼睛才眨了一下。

她茫然地轉頭看著程雋，聲音又啞又澀，說出今晚的第一句話，「我外婆……」

她這樣，程雋看著也心疼。他伸手抱住了她，目光看向一片漆黑的窗外。想起了今天攔住班機的人，眸色極其冷戾，聲音卻柔和得很：「妳外婆去找外公了。」

秦苒伸手抓著他的衣襟，依舊是她熟悉的，能撫平她暴戾的冷香，使她現在才回過神來。

沒多久，程雋就感覺到衣襟濕了。

半個小時後，秦苒重新出門，她拿著一張紙和筆，寫下一個個電話號碼。

寧家的親戚沒有很多。秦苒翻過陳淑蘭的手機，差不多記得，寫完號碼就直接去樓上找沐楠。

「沐楠，通知這些人。」她把紙遞給沐楠，聲音一如即往冷酷得很，除了一雙充滿血絲的眼睛，其他幾乎與以往沒什麼變化。

「秦小姐，」程木從外面進來，「這邊是一份數據，雋爺讓我先交給妳，顧先生讓我跟妳說有事儘管找他。」

秦苒伸手接下紙張，點了點頭：「你讓他聯繫雲鼎飯店，上次的房間還在，還有……」

一件事一件事地吩咐著，一舉一動間如同久居高位，一雙微眯的眼眸中冷凌畢現。

寧晴眼中的秦苒一直是個不好好讀書，混又沒有人生目標，跟陳淑蘭一樣格局小又沒上進心的人，她還是第一次看到這樣的秦苒。

「苒苒，妳……」寧晴看著秦苒，愣了愣。

秦苒都沒有看向她，一邊往前走一邊吩咐著程木什麼。

寧晴看著秦苒的背影，第一次發現秦苒似乎變了，跟她印象中完全不一樣，尤其是……對他們所有人的態度都變了。

*

陳淑蘭這件事，該通知的人都通知了。寧家人見到主辦方是寧薇、沐楠這一家，有兩個親戚都沒來。

埋葬的位置是偏城郊的一個墓地，在陳淑蘭外公的隔壁，陳淑蘭早就替自己買好了。

下了幾天的雪，地上又鋪了白白一層。

秦苒跟沐楠一左一右地站在靈堂外，整個現場都是程雋跟江回借來的保鏢，穿著黑色西裝，胸前別著白色的花，像是在參加什麼重要領導人的葬禮，肅穆沉重。

「苒苒、沐楠，你們不要太難過了。」林麒跟林老爺子很早來，手裡都拿著一朵白色的花。

寧晴從裡面出來，聲音沙啞地說：「爸，往這邊走。」她帶林麒跟林老爺子進去。

林麒跟林老爺子身後，又有兩個年過半百的老人進來，都穿著黑色的衣服。

左邊那位臉龐消瘦，面容依稀可見到板正嚴肅，一雙眼睛略顯渾濁，但步履從容。右邊的這位則老態龍鍾，鬢角白髮清晰可鑒，脖子上還帶著灰色的圍巾，眉毛很淡，下面那雙慈眉善目的眼睛有些平和。

正是徐校長跟魏大師。

外面還在下雪，親戚都通知了，但實際上來看陳淑蘭的人不多，沐楠大部分都認識。

而這兩位，魏大師他在秦苒的拜師宴上見過，能認出來，但徐校長他確實沒見過。

他下意識地看向秦苒。

秦苒朝兩位鞠了一躬，才對沐楠開口，「這是徐校長。」

沐楠點點頭，然後回禮，「魏大師、徐校長。」

魏大師面色深沉地拍拍沐楠的肩膀，上次拜師宴時他也認識了到場的人，便跟他說：「沐楠，以後有什麼事就找魏爺爺。」

徐校長也多看了沐楠一眼，畢竟這是秦苒第一個正式對自己介紹的親戚，聽到魏大師這麼說，他沉默了一下，也端出了和藹可親的態度：「沐楠，以後在學校有什麼事，直接去校長室找我。」

後面還有人，這兩個老人也沒有在此逗留很久，直接進去靈堂了。

靈堂裡是寧晴、寧薇、沐盈這些人，還有幾個親戚。寧薇的腿不方便，就一直半跪在靈位旁，主要是寧晴跟沐盈來接待。

寧晴正在接待林老爺子、林麒，兩人祭拜過陳淑蘭以後就站起來。

就在這時，魏大師跟徐校長也進來了。沐盈的臉色也很蒼白，她朝兩人鞠躬，但不認識兩人，只覺得西裝革履的兩人一點也不像寧家的親戚，氣勢都很強，尤其是左邊的老人，比林老爺子更可怕。她以為是林家那邊的親戚，就叫了寧晴一聲。

寧晴轉過身來，就看到了魏大師跟徐校長。

徐校長不用說，一中大部分的人都聽說過這位校長來頭大，至於魏大師就更不用說了，當初秦語去京城，就是衝著魏大師去的。可以想見在陳淑蘭的葬禮上看到兩人時，寧晴有多驚訝。

「徐校長、魏大師？你們怎麼……」

寧晴的聲音不由得揚起，不僅引起了其他人的注意，離得最近的林麒跟林老爺子也轉過身來了。兩人對魏大師都是只聞其名，不見其人，但林麒認識徐校長。

「徐校長？」做生意的人都是八面玲瓏，林麒愣了一下之後也回過神來。

魏大師對這些人反而沒有對沐楠那麼友好。陳淑蘭生前多少和魏大師提過一些秦苒現在的生活情況，使魏大師對寧晴十分不滿，說話時自然也很冷淡。

自從魏大師成功收了秦苒為徒弟，徐校長在各方面都朝他看齊，見到魏大師對寧晴冷淡，他也就沒多說。

林麒跟林老爺子震驚之後是想要跟這兩位老人交好，畢竟這種機會並不多，然而這兩位比較難以接近，林老爺子也沒有說什麼，準備待會兒沒人的時候問問寧晴。

「寧女士，節哀。」在祭拜陳淑蘭的時候，魏大師看著跪在地上的寧薇，不由得低嘆一聲。他想起了前兩天他問程木時得到的答案，他說秦苒不吃不睡的，在陳淑蘭身邊跪了三天。

外面，秦苒讓沐楠進來招待這兩位泰山。

「魏大師、徐校長，這邊請。」沐楠臉上沒什麼表情，但態度很恭敬，帶兩人到隔間裡。

這是第一個秦苒對自己介紹的親戚，兩人對他自然十分熱情，就像長輩一樣叮囑他好好讀書，別太傷心云云。總之，能看得出兩個老人對他的態度。

這一幕，看得一旁的沐盈神色複雜，兩隻手都攪在了一起。當初在京城參加秦語拜師宴時，在宴會上最常聽到的就是魏大師，她自然明白魏大師比秦語現在的老師更加厲害。

等沐楠把人帶進去了，林老爺子才看向寧晴，問她那兩位的事情。

「我也不清楚……」寧晴把目光從沐楠的身上收回來，搖了搖頭。

沐楠招待完了那兩位，要出去找秦苒時卻被寧晴攔住了，沐盈也跟在身邊。

「小楠，剛剛徐校長跟魏大師……」寧晴抿了抿唇，想要問沐楠是怎麼回事。

另一邊，林老爺子也看著沐楠，相較於之前對沐楠和寧薇的無視，他今天對沐楠都很和顏悅色。沐楠則面無表情地看著他們。

林老爺子跟寧晴認出了其中一人。

還沒有說話，外面又走進來兩個男人，年紀三四十歲左右，看表情還有一身氣度，都不太好惹。

「你就是沐楠吧，剛剛你姊姊在外面跟我說過。」江回無視了其他人，目光落在沐楠身上，朝他點點頭，「以後還會見面，你叫我江叔叔就行了。」

江回心想，這樣一來，他就比程雋高了一個輩分。

封樓誠跟沐楠也不是第一次見面了，他一向話不多，只朝沐楠點點頭，算是示意。他一步一步走到陳淑蘭面前，恭恭敬敬地鞠了三次躬。

另一邊的江回跟封樓誠也不是第一次交鋒，但他從來沒有見過封樓城這麼恭敬的時候。當然，不僅僅是面對陳淑蘭的靈位，剛剛在外面，江回就發現封樓誠在跟秦苒說話時，處處透著……恭謹。

江回祭拜完陳淑蘭，微微蹙著眉頭，若有所思地看了封樓誠一眼。

江回跟封樓誠都很忙，無法跟徐校長和魏大師一樣繼續留在這裡，兩人祭拜完要離開，沐楠就送兩人出去。

這一切，林家人跟寧晴根本就找不到機會插手。

寧晴他們不認識江回，卻認識封樓誠，能跟封樓誠平起平坐的又能是什麼普通人物？

那一聲「江叔叔」，林老爺子馬上就想到了那位江廳長，但無論是誰，都是林家無法說到話的人。

沐楠送兩人出去時，寧晴、林老爺子和沐盈這些人都跟著出去了。

外面，魏子杭跟潘明月都來了，兩人也都穿上了沉重的黑色衣服。

潘明月的精神似乎很不好，眼睛明顯有些浮腫，抱了秦苒一下。魏子杭則拿著一根菸在一旁，垂著眉眼，看不太清楚表情。

秦苒便抬起下巴，示意兩人進去。不言不語的，但舉手投足間有種讓人說不出來的氣勢。

等兩人進去之後，她才看向江回跟封樓誠，很有禮貌地跟兩人寒暄了兩句。

封樓誠比較內斂，但江回的氣勢比較明顯。他本家在京城都是一般人不敢惹的，在雲城更是沒什麼人能治他。那雙犀利的眸子，就算是成了精的林老爺子也不太敢與之對視。

然而，秦苒卻如魚得水地在兩人之間周旋，語氣不卑不亢。漂亮的眉宇間藏著銳色，帶著血絲，如同住了一頭猛獸。

江回除了在警察局的那一次，這是第二次見到秦苒，他總覺得自己當時可能是目光出了什麼問題，為什麼會覺得這女生是個小白兔呢？

明明像是一頭狼。

兩人跟秦苒說了幾句之後就回到自己的車上。封樓誠看著秦苒欲言又止，最後還是嘆了一聲，直接離開。

看到這兩人的態度，跟著後面的沐盈跟寧晴等人還有什麼不明白的？封樓誠跟江回對沐楠的態度那麼好，百分之百是看在秦苒的面子。

林老爺子前兩天在醫院看到封樓誠，對秦苒的觀感就有些不一樣了，現在心性更不堅定。更別說沐盈了，她的手直接掐入掌心，畢竟之前她跟秦苒的關係，其實跟沐楠差不了多少……

一行人還來不及問什麼，不遠處有一輛黑色的紅旗車停下來，前面掛著京城的車牌。從駕駛座跟副駕駛座上，有一個老年人和一個中年人走下來。西裝革履，一身浸染的文學氣息，一看就不是什麼普通人。

這又是誰？

林老爺子看向寧晴，寧晴看了一眼，搖搖頭，表示不認識這兩個人。

那兩人停在秦苒面前，老年人將手揹在身後，沒說話，中年男人則看了秦苒一眼，問她：「請問，這裡是陳……陳教授的葬禮嗎？」

現場大部分的人都沒有反應到這個陳教授指的是陳淑蘭。

兩個人風姿特秀，開的車不太像是普通車，尤其那個車牌更是懾人。

秦苒看著魏子杭跟潘明月進去才側過身，眉眼滿冷地看向這兩個陌生人，「找我外婆的？」

「如果妳是陳淑蘭教授的外孫，那我們就沒有來錯。」年長者在四周看著，回答秦苒的依舊是中年男人。

此時，身後的寧晴等人終於懂了，這兩個氣度不凡的人說的陳教授，就是陳淑蘭？

林老爺子目光大震，看向身邊的林麒，壓低聲音：「那個陳淑蘭是個教授？」

林麒的瞳孔也縮了一下，看著那兩個京城人搖頭：「我查過資料，上面並沒有說語兒外婆是教授。」

他在跟林錦軒選繼母的時候，條件其實很苛刻，第一就是言明對方不能再生育，第二就是家庭背景乾淨，根本威脅不了林錦軒的那種，所以他不止查過一次寧晴的資料，背景乾淨到不行。

寧晴這個人比較市儈，林麒也看得出來，但就是這樣的人才明白若想在林家站住腳，就要抱緊林錦軒的大腿。這一點，寧晴跟秦語的行動都在林麒的預料之中，如果當初他查到了陳淑蘭是個教授，還不一定會把寧晴娶回去。

說到這裡，他看向寧晴，卻發現寧晴跟沐盈兩人臉上都是毫不掩飾的驚愕。

「妳也不知道妳媽的事情？」林麒低頭看著寧晴。

寧晴搖搖頭，心裡慌亂得很。她很有主見，國中跟高中都不在寧海鎮上讀，對陳淑蘭跟她爸的了解也只停留在他們在工廠打工，基本上都早出晚歸。而且別說寧晴，就連沐楠也十分驚訝。

他不由得看向秦苒。

秦苒看著那兩個人笑了笑，然後側眸，眉眼滿是邪佞，「我外婆是陳淑蘭。」

一直看著周圍的老人終於停下目光，瞇著眼睛看了秦苒一眼。他穿著一身中山裝，嚴謹肅穆，眉眼間威勢畢顯，「那我們就沒來錯。」

「請問，兩位是……」寧晴終於回過神來，忍下心中的震驚看向那兩個人。

一句話還沒說完，就被秦苒打斷了。

「京城的？」秦苒伸手把胸前有點歪掉的白色絹花扶正，看著兩人，風輕雲淡。

「嗯，我們是……」

站在老人身後的中年男人剛要說話，秦苒又開口了。

她點點頭，側身擋在出口中間，聲音慢條斯理，「抱歉，兩位請回，我外婆說過不見京城人士。」

兩個人的臉色都變了變。

「苒苒，妳怎麼這樣對待客人！」寧晴看了秦苒一眼，轉身抱歉地看著那兩個人，「抱歉，兩位，我女兒不懂事。」說完，她就要請兩人進去。

秦苒一動也沒動。她抬起眸，是寧晴從來沒有見過的血色，一字一句寒徹身骨：「妳想要把外婆的葬禮走完，就別動。」

說完，秦苒也沒看他們，直接喊了一聲：「程木。」

程木跟江回的人一直在不遠處。聽到秦苒的聲音，他帶三個人走過來，一張硬漢臉上沒有什麼表情，很冷地朝三人看了一眼。

三個人一字排開，擋在入口處。

三個保鏢不說，江回對江東葉和程雋也不來虛的，派來的人都是在他手下經過了特訓的菁英。而程木雖然四肢發達、頭腦簡單，但作為金木水火土中的一員，連特種兵都比不上他的實力。

四個人的威懾力讓寧晴不由得往後退了一步。

中年男人深深地看了秦苒一眼，「妳這小女生，知道這位是誰嗎？」他說的是他身邊的老人。

明眼人都看得出這兩人，尤其是那個老人不好惹，寧晴的臉色一變，「苒苒！」

與此同時，身後一道輕緩的聲音傳來，「方院長，好久不見。」

隨著聲音，所有人的目光下意識地朝那個方向看過去。

雪下了好幾天，今天還微微飄著。

那人穿著黑色的長呢大衣，長及膝蓋，釦子沒扣上，裡面是黑色襯衫，脖頸上鬆鬆地圍著灰色的圍巾。他手裡撐著一把黑綢傘，走得不慢，卻給人一種不急不緩的從容感，走近後，能看到那張長得極好看的眉目，在雪色的映襯下愈顯華麗。

正是程雋。

他這張臉別說是放在雲城，就算是在京城，能認出來的人也不多。然而，從下車就一直很淡定地負手而立，穿著中山裝的老人——方院長在看到程雋的時候，臉色終於變了。

「程少，你們程家也要插手這件事？」他抿了抿唇，聲音有些沙啞，讓人聽了非常不舒服。

程雋把傘遞給秦苒，聞言，側眸看著方院長，目光又輕又淡，語氣散漫：「你今天要進去，那我就要管了。」

方院長看著程雋，但程雋不退不讓。

三分鐘後，方院長一句話都沒說，轉身跟中年男人離開。

這兩人出現得突然，離開得也突然，車子很快就駛離了這裡。

程雋看了程木一眼，程木點點頭，表示記住了車牌號碼，已經讓人去查了。

「人都來了嗎？」程雋低頭看著秦苒。

秦苒把傘收起來，點頭，眉眼垂著，沒多說。

程雋把傘拿過來，遞給程木，然後拉著秦苒的手腕往裡面走，只對程木淡淡吩咐了一句，「你站在外面接待其他人。」

路過沐楠身邊時，程雋頓了頓，思索了一下才開口：「你跟著程木。」

兩人從頭到尾都像沒看到寧晴這群人一樣。

這兩天發生的事情太多了，從陳淑蘭離世的那天晚上封樓誠出現後，林家和寧晴這群人就開始跟不上了，直到今天的封樓誠、江回、魏大師、徐校長……眼花繚亂的，就連林麒也有種活在夢裡的感覺。

他有無數個疑問。陳淑蘭是什麼教授？為什麼資料上什麼沒有？他們怎麼認識封樓誠那些人的，看起來還很熟？剛剛程雋口中的方院長又是什麼人？

幾個人都沉默著。

林老爺子才看向寧晴，沒問她知不知道這種廢話，只問：「妳在京城有聽過方家或者程家？」

他聽到那位方院長稱程雋為程少。

寧晴收回了目光，兩隻手也不知道該往哪裡放，並搖了搖頭。

林婉嫁去的沈家，在京城也不過是不入流的家族，秦語的拜師宴連沈家都算是高攀了。寧晴哪見過幾個真正的豪門貴族，就算見過，戴然也沒有為她們介紹。

林老爺子沒有說話。沒聽過，不外乎兩種可能。

一，這兩個家族很普通，沒聽過很正常。

二，這兩個家族是沈家根本接觸不到的家族，寧晴沒有聽過是再正常不過。

若是幾個月前，林老爺子會毫不猶豫地認為是第一種。可是自從上次雲鼎飯店的事後，林老爺子就算不敢相信，也不得不相信恐怕是後面那種。

他能想到的，林麒也能想到。

兩人都沒有說話，尤其是林老爺子，他看向沐楠，目光中說不出是什麼。

「爸，你們知道那是什麼人？」寧晴看到林老爺子跟林麒表情似乎有異樣，不由得側身問兩人。

一直低頭不知道在想什麼的沐盈，也抬頭看了兩人一眼。

「沒什麼。」

林老爺子嘆了一口氣，一時間彷彿老了很多。當初他把所有籌碼都放在秦語身上，現在……

林老爺子轉身往裡面走。他不得不承認，他一向幾乎沒有出錯的目光，這次好像是真的錯了。

＊

——雲城市中心的別墅外。

陸照影從車上下來，沒進去，只是朝管家抬起下巴，示意他把人帶進去。

程管家點點頭，帶著一個穿著西裝、鼻梁上架著眼鏡的男人往裡面走。

兩人進去後，陸照影才瞇著眼看向程木：「你說方院長稱秦小苒的外婆為教授？」

這件事很奇怪，寧晴他們怎麼什麼也不知道？

程木點點頭，面無表情地說，「江少跟研究院很熟，我問過，這種情況也不是沒有可能。」

「說。」陸照影看了一眼程木。

程木看了屋內一眼，壓低聲音，「有種研究員是國家的高級祕密研究員，終身簽了保密協議，連家人都不能告知。記得顧先生上次說過的鈾嗎？」

這份協議要等過了期限，或者本人不再從事這個行業之後才能跟家人坦白。在這期間，半點也不能透漏。

陸照影咬著一根菸，覺得程木說的好像有點道理。

他想了想，又覺得不對，咬著菸看程木，「不是，這些都是你想出來的？」

程木的腦子能想到這些？他不是一直都覺得陳淑蘭只是一個普通老太太嗎？還能猜到她是簽過協議的特別研究員？

程木：「……」他看了陸照影一眼，然後十分心累地開口：「……這是江少的猜測。」

江東葉跟顧西遲解釋的時候，他聽到了。

陸照影這才理所當然地點點頭，「難怪。」他伸手拍拍程木的肩膀，「你進去吧，最近雋爺身邊的事情都要靠你了，我去錢隊那邊看看。」

陳淑蘭這件事，並不可能這麼簡單就結束。陸照影摸著耳釘，冷笑一聲。

程雋有一年沒經手過案子，陸照影對程雋了解得不多，卻也知道一點——只要他經手的案子，沒有一個是查不到的。

這時，程雋坐在大廳的沙發上，看到管家帶著一個人進來，他將手往下壓。

程管家一低頭，就看到好幾天沒睡的秦苒終於半枕著程雋的腿睡著了。

程雋也沒起來，伸手拉過旁邊的毯子蓋在秦苒身上。

又指了一下隔壁的沙發，刻意壓低的聲音有些沙啞，「坐。」

這是程雋從京城請來的心理醫生。

心理醫生自然知道程家的雋爺，這位小魔頭在京城，連一些老傢伙都曾敗在他手裡。他小心翼翼地坐下，聲音也低到只有程雋能聽到：

「我收到您給我的報告，這位小姐有很嚴重的躁鬱症，一般症狀為不合時宜的強烈憤怒，睡不好是常態……若身邊有重大變故，她依附的人或事遭受到打擊，會精神崩塌，毀滅性極大……不過……」

心理醫生看著似乎已經睡著的秦苒，很意外：「她還能睡著，這代表還是有治癒的可能。」

心理醫生接觸過的病人多，也是京城極其有名的醫生，要不然程雋也不可能大老遠地把人從京城弄來。

程木跟陸照影說完後滿身風雪地從外面進來，聽到心理醫生的話時，腳步頓了一下。

「毀滅性……」程雋的手指敲著沙發邊緣，微微眯眼。

「換個環境會對她好一點，」心理醫生說出了自己初步的治療方案，「待在這個城市越久，她的危險性會越來越大。」

程雋點點頭，「所以要換個環境？」

「對，」心理醫生回了一句，「對她會有放鬆效果，她體內隱藏的暴戾因數也會有所好轉。」

「我知道了。」程雋聽了幾句就吩咐程管家把心理醫生送出去。

心理醫生以為程雋聽進去了，走之前，還低頭說了好幾個安撫病人情緒的方法。

程木看到醫生還拿出紙跟筆寫了幾件事，嘴角不由得抽了一下，面無表情地看了心理醫生一眼。

還安撫病人呢，依照現在的情況，秦小姐要殺人，雋爺不僅不會阻止，更有可能幫她遞刀。當然，還會遞個手帕讓她擦手什麼的。

安撫病人？想什麼呢。

《第一部　完》

高寶書版集團
gobooks.com.tw

CP Capt CP004
神祕主義至上！為女王獻上膝蓋04

作　　者　一路煩花
插　　畫　Tefco
責任編輯　陳凱筠
封面設計　林檎
內頁排版　林檎
企　　劃　鍾惠鈞

發 行 人　朱凱蕾
出　　版　三日月書版股份有限公司
Printed in Taiwan
地　　址　臺北市內湖區洲子街88號3樓
網　　址　www.gobooks.com.tw
電　　話　(02) 27992788
電　　郵　readers@gobooks.com.tw（讀者服務部）
傳　　真　出版部　(02) 27990909　行銷部 (02) 27993088
郵政劃撥　50404557
戶　　名　三日月書版股份有限公司
發　　行　英屬維京群島商高寶國際有限公司台灣分公司
Global Group Holdings, Ltd.
初版日期　2021年 9 月

國家圖書館出版品預行編目(CIP)資料

神祕主義至上!為女王獻上膝蓋/一路煩花著.-- 初版. -- 臺北市：英屬維京群島商高寶國際有限公司臺灣分公司, 2021.09-
冊； 公分. --

ISBN 978-986-06564-8-0(第2冊：平裝)
ISBN 978-986-0774-18-4(第3冊：平裝)
ISBN 978-986-0774-29-0(第4冊：平裝)

857.7　　　110007981